À TROP JOUER AVEC LE FEU

Publié pour la première fois en Suède sous le titre *Lågorna* par Bokförlaget Forum en 2022.

LINA
BENGTSDOTTER

À TROP JOUER AVEC LE FEU

Traduit du suédois par Anna Gibson

BLACK LAB

Nous avançons sur le chemin gravillonné. Katia porte la robe rouge de sa tante, et moi, une jupe bleu clair et un gilet assorti pris dans la même armoire.

Je dis à Katia que nous devrions rentrer, que c'est une idée… folle. Mais Katia continue, et je n'arrive pas à faire demi-tour.

En arrivant au vieux chêne, là où le gravier s'arrête et devient de l'herbe, Katia se met à chanter :

En promenade, autour de moi
Les oiseaux à pleine voix

Elle rit et me prend par la main. Ma voix faible se mêle à la sienne, qui s'élève dans l'air, pure et puissante.

Cette belle fille, soudain, surgit
Une pensée alors me dit

Tel un être invisible, un œil qui planerait en hauteur et qui verrait tout, j'observe notre progression chancelante vers la maison. Est-ce vraiment moi qui trébuche, là, en bas, sur le sentier, vêtue des habits d'une fille disparue ? Est-ce moi qui, en essayant de relever Katia, suis entraînée dans sa chute ? Est-ce nous qui rampons dans l'herbe, qui nous relevons, qui continuons d'avancer en fredonnant des ballades d'un autre temps ? Nous y voilà, nous y sommes. Les fenêtres sombres de la petite maison, l'odeur forte de la haie de lilas, les oiseaux de nuit qui crient. La tondeuse un peu plus loin, là où le jardin cède la place à la forêt. À côté de la tondeuse, le bidon d'essence. Comme s'il avait été posé là par l'accessoiriste de cette mise en scène étrange, où je suis à la fois public et actrice.

C'est Katia qui dévisse le bouchon noir, Katia qui trace un sillon d'essence jusqu'à la porte avant de projeter le reste sur la façade en secouant le bidon. C'est Katia qui fait tout cela, mais je ne l'en empêche pas. C'est seulement lorsqu'elle sort son briquet que je dis qu'il est peut-être encore à l'intérieur.

— Mais non, rétorque Katia. Il est retourné à Stockholm. Je l'ai vu à la gare aujourd'hui.

Puis elle se penche, met le feu à l'essence, et je ne fais rien pour l'arrêter.

Tel un serpent, le feu sinue en sifflant vers la maison. Ça va si vite, ai-je le temps de penser. Les flammes lèchent déjà la façade. Soudain, le ciel change de couleur et illumine le visage de Katia. Elle crie quelque chose, mais le fracas du feu couvre sa voix. Alors elle m'empoigne par le bras et hurle qu'il faut courir, bordel de merde, sinon on va mourir.

— Tu veux mourir ?

Je fais non de la tête, mais mes jambes ne suivent pas, et je pense que je suis peut-être un animal, un cheval qui préfère brûler dans la sécurité de son écurie plutôt que survivre au-dehors.

Katia me lâche et disparaît dans la forêt. Elle, elle n'a pas l'intention de mourir.

Objets planqués au fond de ma garde-robe dans l'ancien moulin, au Marais : un bijou en argent déformé qui représentait autrefois une lyre ; une culotte blanche en coton raidie par le sperme ; une lettre expliquant pour quelles raisons Vega Johansson a remporté le premier prix d'un concours de nouvelles sur le thème des péchés capitaux ; quatre histoires sur du papier froissé, avec commentaires d'Atle Berggren – points d'exclamation, points d'interrogation et exhortations : « Ici, le lecteur veut en savoir plus » ; une bible marron, méconnaissable à force d'avoir été manipulée ; et puis la photo de nous. Nous nous tenons par l'épaule et plissons les yeux à cause du soleil. C'est en mai 2008, quelques semaines seulement avant les faits.

Le trajet en train entre Stockholm et Silverbro durait trois heures et demie. Plus de temps que le vol de Londres à Stockholm. J'avais besoin de dormir, mais la forme de l'appuie-tête m'en empêchait, et chaque fois que je fermais les yeux, c'étaient les mêmes images qui revenaient. Katia, très pâle, en train de fumer sur son lit dans la ferme de Stentorp, et le murmure rassurant de la voix de Jack à l'arrière-plan : « Tout va bien se passer, Katia. »

En fermant plus fort les yeux, je voyais le ciel illuminé par les flammes et le regard excité de Katia, j'entendais les cris, je sentais la fumée envahir mes poumons.

Je suis allée me chercher un café – il est fort dans le train – et je l'ai bu en pensant à mon avant-dernière conversation avec Katia, alors que j'étais à Londres depuis un an et qu'elle m'avait appelée pour m'annoncer qu'elle était enceinte. Depuis cinq mois. Si elle l'avait su avant, elle s'en serait débarrassée, mais maintenant, il était trop tard. Et dire qu'ainsi, elle se retrouvait dans la même situation que moi. N'était-ce pas dingue, qu'il nous soit arrivé la même chose à toutes les deux ?

— Qui est le père ?

— Je ne sais pas. Un cinglé du bled.

— Enfin, Katia ! Arrête !

Katia avait joué l'étonnement. Elle ne savait pas qu'elle s'adressait à la Vierge Marie. Quand donc étais-je devenue une pareille mère-la-morale ? Peut-être que je m'y croyais, sous prétexte que j'avais réussi à choper un connard de riche ?

— Frans, avais-je dit. Il s'appelle Frans, et je ne te fais pas la morale. Je pensais que tu saurais peut-être qui est le père.

— Ils se ressemblent tous, impossible de faire la différence.

Puis, sur un autre ton :

— Je ne sais pas si je vais y arriver, Vega.

— Ça va s'arranger, t'inquiète. Occupe-toi de toi, et tout se passera bien.

— Je n'arrive pas à m'occuper de moi, tu le sais très bien.

— Ça peut peut-être changer ?

— Ah ? On peut changer, tu crois ?

— Si on en a la volonté, oui, peut-être, ou si on a la faculté de…

Je cherchais quelque chose d'encourageant à dire, mais rien ne me venait. Car je ne l'avais pas non plus. La volonté.

— Tu reviendras pour la naissance du bébé ? avait demandé Katia.

— Sans doute, oui.

— Tu me le promets ?

J'avais promis, tout en sachant que je ne tiendrais pas parole.

— Ils deviendront peut-être amis, nos pauvres gosses non désirés. Tu ne crois pas ?

J'avais dit que oui, je le croyais, et j'avais demandé comment allait Jack.

— Il est triste. Putain de triste, parce que t'as fait ce que t'as fait.

J'avais dit que j'avais déménagé, point barre. Je n'avais pas commis un péché mortel. Puis j'avais perdu le fil, car peut-être que si, précisément.

— Alors tu l'as consolé ?

La question avait jailli malgré moi.

— Tu as disparu. Je n'ai pas de comptes à te rendre.

— C'était juste une question.

— Tu aurais pu rester.

— Non. Je n'aurais pas pu. Trop de culpabilité, avais-je ajouté comme Katia gardait le silence.

— Mais on ne savait pas ! C'est arrivé, c'est tout. C'était… le destin.

— Je ne crois pas au destin.

— Le hasard, alors ?

— On a choisi d'y aller. On était libres.

J'avais dit ça, mais je n'y croyais pas vraiment.

— Ce n'était pas notre faute, avait insisté Katia en haussant le ton.

— Bien sûr que si, avais-je dit. Tout était notre faute.

Après cela, neuf années de silence. Jusqu'à avant-hier. L'associé de Frans et sa femme dînaient chez nous, et c'est là, au beau milieu des échanges sans fin sur l'état du marché de l'immobilier, les dividendes et l'*exit tax*, que mon téléphone a sonné. Je me suis excusée et me suis dirigée vers la cuisine tout en prenant l'appel.

— Silver ? C'est toi ?

La voix de Katia, pâteuse. Elle avait changé de numéro, et je n'étais en rien préparée à l'entendre. Cette voix me catapultait dans le passé et me donnait des picotements dans les mains.

— Katia, c'est toi ? Tout va bien ?

— Non.

Elle a fondu en larmes. Je lui ai demandé ce qui lui arrivait et, pendant qu'elle reprenait son souffle, j'ai regardé les gouttes de pluie dégouliner le long de la vitre en luttant contre l'impulsion de raccrocher et d'aller retrouver le gigot d'agneau et les vins coûteux, loin de la noirceur que j'avais autrefois contribué à renforcer.

— Des choses sont remontées, a dit Katia.

— Quelles choses ? l'ai-je interrogée tout en sentant l'espace rétrécir autour de moi.

— Rien n'est comme je le croyais.

— Quoi ?

— Je ne peux pas en parler au téléphone. Il faut que tu viennes. Tout est revenu. Je ne peux plus le garder pour moi. La culpabilité est trop forte. Je suis au bout du rouleau.

— Tu n'as parlé à personne, j'espère ?

À l'époque, nous nous étions juré un silence éternel sur les événements de cette nuit-là.

— Tu te souviens de notre serment ?

— Tu te souviens que tu m'as trahie ?

Le reste s'est perdu dans un marmonnement.

Je ne voulais pas entendre parler de culpabilité. J'avais le vertige.

— Tu ne pourrais pas simplement me dire ce qui s'est passé ?

— Viens, a dit Katia. Rentre.

La communication a été coupée. J'ai tenté de la rappeler, en vain. Je lui ai envoyé un SMS disant que j'allais réserver un billet d'avion tout de suite, puis un deuxième dans lequel je la suppliais de ne pas agir de façon impulsive.

Réponse immédiate : *Dépêche-toi !*

Je ne sais pas combien de temps je suis restée dans la cuisine, le téléphone à la main, en repensant à tout ce que j'avais essayé d'oublier pendant ces dix dernières années en recourant à des stratagèmes absurdes, comme me pincer la peau des bras, courir jusqu'à l'épuisement, prendre des bains chauds, etc. Ça avait fonctionné quelquefois, sur le moment. Mais un coup de fil avait suffi à me propulser de nouveau au cœur de la tempête. Je réentendais les paroles d'Atle sur la culpabilité, et la difficulté de savoir où elle commençait et où elle s'arrêtait.

Elle ne s'arrête nulle part, ai-je pensé. *Jamais.*

Une jeune femme portant un nourrisson endormi s'est assise en face de moi. J'étais si perdue dans mes pensées que je n'avais pas remarqué que nous étions en gare, à l'arrêt, et que des personnes étaient descendues tandis que d'autres montaient à bord. L'enfant s'est réveillé et s'est mis à geindre. La femme m'a adressé un sourire d'excuse avant d'ouvrir sa chemise et d'approcher le bébé de son sein. Ça paraissait si naturel. Quand Valter était petit, je me faisais souvent la réflexion que certaines femmes semblaient mieux équipées que d'autres pour devenir mères. Devant celle-ci, j'ai éprouvé une fois de plus la morsure du chagrin de ne pas faire partie de celles-là.

J'ai attrapé mon sac et j'ai sorti le manuscrit que j'étais allée imprimer quelques jours plus tôt dans une bibliothèque. Il aurait été plus simple de le faire au bureau de Frans, mais je n'avais aucune envie de croiser les femmes de l'accueil, avec leur parfum trop fort et leur sourire figé. Je ne voulais pas me présenter là-bas, telle la pauvre épouse égarée, ignorant tout de ce dont elles n'ignoraient rien, à savoir ce que fabriquait Frans quand elles m'annonçaient au téléphone qu'il n'était pas joignable.

Je suis restée ainsi un moment, les yeux fixés sur le titre : *À trop jouer avec le feu*. Suivaient cinquante-quatre pages d'espoir, de mépris de soi et de folie des grandeurs.

Ce texte était-il bon ? Aucune idée.

À trop jouer avec le feu

Par où commencer ? Je parle de mon propre cas. Je pourrais ouvrir de façon grandiose, au beau milieu de l'action, des mensonges et des vies qui ont pris fin. Ou alors de manière plus feutrée, en évoquant l'endroit particulier où j'ai grandi, le grand costaud qui était mon père, John, et la belle Cecilia, qui était ma mère.

Un jour, quelqu'un m'a dit ceci : « N'importe quelle histoire peut être intéressante ou inintéressante, Vega. Tout dépend de qui la raconte. N'oublie jamais ça. »

Si je suis quelqu'un qui sait raconter une histoire, peu importe alors par où je commence. Et si je ne le suis pas, ça ne changera rien et ce sera, de toute façon, mauvais.

Je suis venue au monde le 1er mai 1990, deux semaines avant terme, sur le sol de la salle de bains, chez nous. Papa m'a accueillie. D'après lui, j'étais une enfant très spéciale, il s'en est aperçu aussitôt. « Tu as crié avant même d'être complètement sortie du corps de ta mère. C'est vrai. On n'avait jamais vu ça. »

En même temps, papa n'était pas sage-femme. Il était contremaître chez Silverbro Bois, et aussi le premier qu'on appelait quand quelque chose se détraquait dans une maison. John Silver savait tout réparer.

En réalité, nous ne vivions pas à Silverbro mais au Marais, à six kilomètres du bourg. Le Marais était composé de deux fermes (Stentorp et le Moulin), elles-mêmes entourées de prairies, de bois et du fameux marais qui avait donné son nom au lieu-dit. Les gens prétendaient qu'il n'avait pas de fond. D'après grand-mère, c'étaient des bêtises. « Bien sûr que le marais a un fond », disait-elle quand je fantasmais à l'idée de perdre pied et de m'y enfoncer. « Tout a un fond, comme tout a une fin. »

Je ne sais pas pourquoi j'étais attirée par les dangers mortels, mais c'était comme s'ils m'appelaient. « Viens, me susurraient-ils. Viens, approche-toi, allez, encore un peu… » Je marchais en équilibre au bord de falaises glissantes, j'approchais mes doigts de la lame quand papa sciait des bûches et je m'engageais sur la glace mince du fleuve en hiver.

Grand-mère était d'avis que ma maman m'élevait de façon laxiste. Cecilia aurait dû me surveiller davantage et me mettre en garde contre ce qui arrivait aux filles comme moi qui couraient n'importe où.

« Pense à ce qui est arrivé à Sofia », lui disait-elle.

Alors maman répliquait que personne ne l'oubliait, que Sofia faisait pour toujours partie de l'histoire de Silverbro, mais elle, Cecilia, n'avait pas l'intention d'autoriser ce fait-là à restreindre mon univers.

À quelques kilomètres de notre ferme, en s'éloignant encore du bourg, on arrivait à la Grande Forêt, une très vieille forêt de conifères si dense que les rayons du soleil atteignaient à peine le sol, mais qui, à quelques endroits, devenait soudain une forêt de feuillus, avec un sous-bois envahi par les fourrés et les ronces. On disait que certains s'y étaient égarés et n'avaient jamais retrouvé leur chemin. Par les nuits sans vent, on entendait leurs âmes crier, et il ne fallait à aucun prix se laisser ensorceler par elles, ni par les autres créatures surnaturelles qui peuplaient la Grande Forêt. Telles étaient les légendes qui circulaient à Silverbro dans mon enfance. Et quand j'ai atteint l'âge de tout remettre en question, je ne l'ai pas fait. J'étais une fille qui aimait croire aux histoires.

Tel était donc le lieu où nous vivions, entre murets de pierre sèche, prés, forêt et marais. En réalité, notre nom de famille n'était pas Silver, mais Johansson. Peu de gens le savaient, car papa avait été surnommé ainsi dès l'enfance (à cause d'une mèche de cheveux entièrement blanche à la tempe gauche). John Silver. Et maman et moi en avions hérité. Cecilia et Vega Silver.

Chez nous, c'était le Moulin. Une vieille maison de meunier qui appartenait à la famille de papa depuis des générations. Une bâtisse toute de travers et mal isolée. Le soir, ce n'était jamais silencieux. On aurait juré que quelqu'un montait l'escalier, s'affairait au grenier. Papa, qui était l'expert, expliquait que le bois était un matériau vivant, raison pour laquelle il grinçait et couinait parfois.

À l'intérieur du Moulin, tout se déglinguait : les plinthes se détachaient des murs, les portes ne fermaient plus, la vieille chaudière s'assoupissait. Moi, j'aurais aimé habiter le centre-ville, dans une villa de plain-pied moderne et avenante, où tout aurait été chaud, intact, simple. Mais maman disait que notre maison possédait une âme et que l'âme était plus importante que le confort. Grand-mère secouait la tête avec mépris en entendant ça. Les maisons pouvaient être confortables ou inconfortables, mais une âme ? Elles n'en avaient pas.

Avec ou sans âme, le Moulin semblait pourtant tenir grand-mère dans ses griffes, puisqu'elle se refusait à le quitter. Après en avoir hérité de la mère de son mari, elle l'avait vendu à mes parents. Mais, au lieu de déménager, elle s'était installée, sans demander l'avis de quiconque, dans l'ancien logis de l'homme de peine, et elle y était restée, tout occupée à porter le deuil de la vie qu'on lui avait volée.

Dans la dépendance, qu'on appelait la resserre et où maman avait aménagé son atelier, s'entassaient les tableaux que personne ne voulait acheter. Au fond de l'atelier, il y avait une chambre et un petit cabinet de toilette, où maman avait l'habitude de loger des gens dont elle disait qu'ils étaient un peu « désemparés dans la vie » : des femmes qui avaient quitté leur mari, des autostoppeurs sans destination, des pères qui avaient perdu leur famille à force de boire. Maman était la consolatrice qui écoutait et comprenait tout. Elle leur offrait du vin, de la nourriture, des cigarettes, leur disait qu'il n'y avait qu'à tenir le coup, respirer et laisser passer les heures. Mais ça, c'était avant ma naissance car, après, il n'y a plus eu de place au Moulin pour d'autres âmes tristes que celle de maman.

« Elle n'est pas faite du bon bois », disait grand-mère à papa, le soir, quand maman était dans son atelier.

Papa répondait que Cecilia était du plus beau bois qui fût et qu'il l'aimait.

L'amour et tout ça, c'était parfait, répliquait grand-mère, mais avec les personnes comme Cecilia, qui avaient ce genre de… d'âme d'artiste… ça ne pouvait que mal finir. Elle le sentait : ça allait mal finir.

« Reste à espérer que la petite ne deviendra pas comme sa mère. »

Je ne comprenais pas ce qu'il y avait de désolant à devenir comme ma mère, car elle était tout ce que je rêvais d'être. Maman savait peindre, raconter des histoires et engager le dialogue de façon détendue avec des étrangers. Mais ça, c'était avant que je ne voie son autre facette, avant que je ne la trouve en pleurs sur le sol de l'atelier, avant que papa ne soit obligé d'aller la chercher au bourg, où elle errait en sous-vêtements en pleine nuit, avant qu'elle ne commence à m'emmener en excursion dans des endroits étranges, avant qu'elle ne se retrouve dans la chambre de quinze mètres carrés du service fermé de l'hôpital psychiatrique.

Quand papa était au travail et que maman peignait, j'étais souvent avec grand-mère. Je m'asseyais à côté d'elle sur le banc de l'imposant métier à tisser, où je voyais des guenilles se transformer en tapis au rythme d'un martèlement cadencé qui emportait mes pensées au loin. C'est ainsi que j'ai passé la plupart de mes journées avant de débuter l'école : dans mon propre monde, avec des amis imaginaires, des animaux qui parlaient et des êtres mystérieux. Mais quand maman disposait un couvert supplémentaire à la table du dîner, quand elle préparait un lit pour l'un ou l'autre de ces camarades qui n'étaient visibles que par moi et qu'elle écoutait mes histoires sans fin, grand-mère exprimait clairement ses réticences.

« Essaie de t'en tenir à la réalité. » La réalité était déjà bien assez dure pour qu'on n'aille pas, en plus, inventer des choses qui n'existaient pas.

Maman, elle, trouvait drôle que grand-mère, qui avait tant de mal à supporter les histoires, puisse être croyante. Cecilia, de son côté, était athée, ce qui ne l'empêchait pas de citer de mémoire de longs extraits de la Bible, des lignées entières, des passages de l'Épître aux Corinthiens, des psaumes, ou l'Évangile selon Jean. *Je suis le bon berger. Le bon berger donne sa vie pour ses brebis.*

Comment se faisait-il que Cecilia en sache aussi long là-dessus si elle ne croyait pas en Dieu ?

« Une histoire n'a pas besoin d'être vraie pour qu'on y croie », disait-elle.

Grand-mère, elle, affirmait que si l'on ne croyait pas en Notre Seigneur, on n'avait pas droit à la vie éternelle.

Mais Cecilia ne voulait pas de la vie éternelle. Pour elle, cela évoquait plutôt un cauchemar dont on ne se réveillerait jamais. Astrid pouvait tout de même lui donner raison là-dessus ? Non ? C'était horrible, tout de même, cette idée de ne jamais trouver la paix !

Pour ma part, je ne savais pas ce qui était le pire, entre vivre pour toujours ou rester morte durant une éternité.

Pour mes six ans, grand-mère m'a offert une bible. Les feuillets incroyablement fins et légers et les lettres minuscules m'ont fait dire que ce livre-là me durerait toute la vie. J'avais bien raison, a approuvé grand-mère. C'était le Livre de la Vie, et si je le lisais, tout irait bien. Mais grand-mère se trompait.

J'aurais sans doute été une enfant très solitaire si le destin n'avait pas placé dans mon entourage un certain Jack Linder, un garçon courageux, doué pour la musique, qui aimait autant que moi s'exposer au danger. Nous sautions du haut des vieilles machines agricoles entreposées dans la grange abandonnée de Stentorp, nous nous défiions à qui s'aventurerait le plus loin dans le marais, nous nous faisions peur mutuellement avec des histoires de morts-vivants et de mains griffues qui émergeaient lentement des cercueils. J'adorais voir l'effroi dans les yeux de Jack quand je lui racontais, en les arrangeant à ma sauce, les événements horribles qui avaient eu lieu autrefois à Silverbro : des hommes disparus dans des silos, des arbres qui avaient fendu en deux la cage thoracique d'un bûcheron en tombant du mauvais côté, et puis l'histoire la plus triste de toutes, celle de la fille qui avait vécu naguère dans la ferme voisine de Stentorp. L'histoire de Sofia Lo. Un soir qu'elle faisait la fête au pub de Silverbro, elle s'était tout simplement volatilisée, sans laisser de trace, dans la nuit d'été. Cela s'était produit plusieurs années avant notre naissance, à Jack et à moi, mais nous en avions tellement entendu parler qu'il nous semblait avoir participé, nous aussi, aux battues dans la forêt et aux recherches dans les granges abandonnées en criant son nom.

La famille de Sofia s'était éparpillée un peu partout après sa disparition. La mère était retournée vivre dans le Nord, sa sœur était partie on ne savait où avec son petit ami, et le père, Holger Lo, qui jusque-là avait été un chef d'équipe fiable à la scierie, s'était vite retrouvé à faire partie de la bande d'alcooliques qui occupait le banc en face de la supérette, dans le centre-ville. La ferme de Stentorp appartenait toujours à la famille, mais plus personne ne s'en occupait. La peinture s'écaillait d'année en année, les tuiles dégringolaient du toit, et le gravier de la cour était envahi par la végétation.

Jack et moi avions l'habitude d'escalader le mur, d'explorer le jardin redevenu sauvage et de jeter un œil à l'intérieur par les vitres sales. Les meubles étaient recouverts de draps blancs, et les aiguilles de la grande horloge du séjour s'étaient arrêtées sur onze heures et quart. Si nous nous attardions un peu plus longtemps, des images de Sofia me venaient. Je la voyais danser dans la poussière ensoleillée devant la cheminée, ou rire avec sa sœur, jusqu'au moment où elle disparaissait soudain. Jack n'avait pas la même facilité que moi pour visualiser des images, alors je l'aidais. « Elle ferme les yeux, elle tourne sur elle-même, elle tend les bras vers le plafond. »

Quand je pense à ma première enfance, Jack est presque toujours présent. Jack avec la guitare, dans sa chambre de garçon, la tête qu'il fait en écoutant mes histoires, sa main qui me rattrape quand je fais semblant de m'enfoncer dans le marais, nous deux sous la tonnelle derrière les framboisiers, maman qui veut bien jouer et qui vient prendre la commande de « ces messieurs-dames ». Puis, dans le vide laissé par Cecilia, Jack qui s'assied près de moi et qui reste, alors que je suis dans mon lit, muette, le regard fixé au plafond.

Durant les premières années, il n'y avait que nous : Jack, moi, les chansons et les contes. Mais ensuite, l'été précédant notre entrée au collège, Kristina Rainen a décidé de divorcer et de retourner vivre à la ferme de Stentorp en emmenant ses enfants. Et tout a été transformé.

J'ai reposé le manuscrit sur mes genoux en pensant à ce qu'en aurait dit Atle.

Où est la voix personnelle ? Où sont le courage, la noirceur, la profondeur ? J'étais restée coincée dans la chronologie et les descriptions de la nature, je m'étais attardée sur les lieux que j'aimais, enfant – les framboisiers, l'atelier de peinture, le marais. Et c'était parfait, bien sûr, mais n'y avait-il pas autre chose ?

Si. Et je voulais l'écrire, mais je ne faisais clairement que tourner autour. Après toutes ces pages, j'avais à peine trempé le bout d'un orteil dans la noirceur. J'avais effleuré ma mère, ses expéditions, ses errances nocturnes, mais je n'avais rien écrit sur l'incident dans la grange, et rien non plus sur la nuit où tout avait pris fin.

Ne réfléchis pas, écris, disait la voix d'Atle dans ma tête. *Cramponne-toi à la liberté de l'écrivain.*

Mais ce que nous avons fait… Si c'est publié un jour, tout le monde saura.

Tu n'as qu'à donner un autre nom aux gens et aux lieux, et prendre un pseudonyme. L'important, c'est que tu arrives à sortir cette histoire.

Ce n'est pas une histoire. C'est la vérité !

Aucun récit n'est vrai, Vega. Voilà la seule vérité qui vaille.

J'ai feuilleté la suite du manuscrit, lisant en diagonale la description de notre rencontre avec Katia et Danny ; notre joie, à Jack et à moi, en comprenant qu'ils étaient jumeaux et que nous allions tous être dans la même classe. Ensuite, de longues descriptions de la transformation de la ferme de Stentorp, des jours sans fin où Kristina buvait pendant que Samuel donnait des coups de marteau au logis qu'il s'aménageait là-haut, dans le fenil de la grange.

Samuel… Ces derniers temps, j'avais plusieurs fois commencé à écrire sur l'aîné des enfants Rainen, qui était déjà adulte au moment de leur retour à Silverbro. J'avais essayé de décrire son œil de prédateur, son visage indéchiffrable et mon malaise dès l'instant où je l'avais vu. Mais cela n'avait donné que des fragments épars, sur sa vieille BMW, ses chiens semblables à des loups qui aboyaient sans cesse et la faculté glaçante qu'il avait de surgir de nulle part, sans un bruit. Puis mes doigts se raidissaient, et je n'étais plus capable que de regarder dans le vide avant de passer sans transition à une autre scène.

Le train a marqué l'arrêt suivant dans la petite ville où mon père était parti vivre après être resté seul dans le Moulin. Lui, John Silver, transplanté dans un deux-pièces déprimant, où il semblait toujours terriblement désœuvré, pas à sa place. Rien à réparer, personne à consoler. Lui qui avait promis à grand-mère de ne jamais vendre la maison de son enfance, avait fait précisément cela, un an à peine après mon départ pour Londres. Grand-mère aurait protesté si elle l'avait pu, mais, à cette époque, elle était déjà auprès de son mari et de ses beaux-parents, dans la tombe familiale du cimetière de Silverbro.

Papa avait déménagé à cause du silence. Il ne supportait plus le silence. Et il ne supportait pas la perspective de mourir ainsi, tel un ermite dans la forêt. Mais la vérité était sans doute qu'il était plus seul entouré d'inconnus, en ville, qu'il ne l'avait jamais été à Silverbro.

J'ai pris mon téléphone et j'ai fait apparaître sur l'écran le numéro de Katia. Après l'échange de Londres, nous n'avions eu aucun contact. Elle n'avait pas répondu au SMS dans lequel je disais avoir réservé mes billets, et mon appel avait été transféré directement sur sa boîte vocale. Même chose cette fois encore : « C'est Katia, je ne peux pas répondre et je n'écoute pas mes messages, alors envoyez un SMS. »

Elle n'écoutait peut-être pas ses messages, mais j'en ai enregistré un malgré tout.

— Katia, réponds-moi. Je suis presque arrivée. S'il te plaît, ne parle à personne et ne fais pas de bêtise.

Après avoir raccroché, j'ai regardé tous les messages que je lui avais envoyés au cours des derniers jours ; je la suppliais avec une urgence croissante de tenir le coup, de garder le silence et d'attendre que nous nous soyons parlé avant de mettre en œuvre ses intentions, quelles qu'elles soient.

Peut-être était-il trop tard. Je l'imaginais, Katia, perchée sur un tabouret au comptoir du pub, annonçant soudain d'une voix forte qu'elle avait quelque chose à dire.

Les villageois nous témoigneraient-ils de la compréhension ? Et la justice ? Je ne le pensais pas. Papa aurait-il la force d'endurer un chagrin de plus dans sa vie ? Et Valter ? Que se passerait-il pour lui ?

J'avais prévu de m'arrêter chez papa et de déjeuner avec lui avant de reprendre le train suivant pour Silverbro. Deux heures de battement.

Il m'attendait sur le quai, les mains enfoncées dans ses poches. En me voyant, il s'est illuminé et s'est hâté de prendre en charge ma valise à roulettes. Comment s'était passé le voyage ? Comment allait Valter ? Et Frans ? Est-ce que j'avais faim ? Il avait préparé un *smörgåstårta.*

Je le voyais d'ici : le grand gâteau de sandwichs décoré avec art qui accompagnait chez nous, depuis toujours, les grandes occasions.

— Tu en as fait un entier, rien que pour nous deux ?

— Mais oui. On adore ça, non ?

Il souriait, mais j'ai vu le chagrin dans ses yeux. Maman adorait ça, elle aussi.

Nous avons traversé la place centrale aux pavés ronds. Mon regard balayait les maisons, le minuscule centre commercial baptisé La Coupole ; il s'est arrêté face à la façade de pierre peinte en rose de l'hôtel, là où Katia et moi réussissions toujours à nous faire admettre aux fêtes et aux soirées alors que nous étions pourtant beaucoup trop jeunes. Chaque fois que je rendais visite à papa, j'étais frappée par le sentiment étrange que ce n'était pas la même ville. Comme si elle avait rétréci et s'était transformée en autre chose.

L'appartement sentait le savon noir. J'ai suspendu ma veste et rangé mes chaussures à côté des deux paires de papa. Il m'a proposé de m'asseoir dans le séjour pendant qu'il s'occupait des derniers préparatifs. C'était plus agréable de manger dans cette pièce. Et non, il ne voulait pas que je l'aide, je devais me reposer du voyage.

Les murs du séjour étaient recouverts de tableaux de maman, qui paraissaient trop grands dans le petit deux-pièces, contrairement au Moulin. Le jour où je l'avais fait remarquer à papa, il m'avait répondu que ce genre de considération, les proportions et tout ça, il s'en fichait. Il voulait les avoir autour de lui, car ça le rendait heureux.

Ce n'étaient pourtant pas des tableaux heureux qu'elle lui avait laissés, mais des visages torturés surgissant d'un chaos de couleurs. Cela me déprimait de savoir qu'il les avait en permanence autour de lui.

L'appartement était comme un mausolée voué à la mémoire de maman. Partout des photos d'elle, de papa et de moi. Moi, à différents âges, toujours aussi maigre et le regard noir, sous les yeux pleins d'amour de mes parents. Papa gardait leur photographie de mariage sur sa table de chevet. Maman, pieds nus, vêtue de la robe qu'elle avait cousue elle-même dans un tissu de rideaux, cheveux sombres détachés, visage tourné vers son grand blond de mari. Derrière eux, le champ de colza jaune et, à l'arrière-plan, la grande forêt. C'était une belle photo, mais je ne comprenais pas comment papa supportait de la voir chaque fois qu'il entrait dans sa chambre.

Sa guitare était appuyée contre la porte de la penderie. Je le revoyais au Moulin, avec cette même guitare, en train de jouer et de chanter un truc à propos de Cecilia qui lui brisait le cœur et qui *shaked his confidence daily,* et maman qui riait et lui demandait de continuer : « Joue-moi encore quelque chose, John, ce que tu veux. »

Et John jouait la ballade du vieux transporteur Fredrik et de la jeune demoiselle Cecilia.

Quand je pensais à eux, je les imaginais souvent ainsi : John et Cecilia sur une piste de danse couverte de feuillage, son bras à lui passé autour de sa taille à elle, leurs corps entrelacés.

Pourtant, ce n'était ni d'un mari ni d'une famille que maman avait rêvé, petite. Elle se voyait parcourir l'existence seule, et libre, elle se voyait vivre pour l'art. Adolescente, elle avait imaginé un logement sous les combles quelque part en Europe. Parfois, elle m'y emmenait en pensée, l'escalier grinçant, les pièces traversées de courants d'air, les couleurs, la vie, la musique, les gens qui allaient et venaient, les conversations sur le monde et l'art, les fume-cigarette, le vin… Mais la vie l'avait aiguillée différemment. Elle était restée à Silverbro. Un endroit qu'elle décrivait dans ses moments sombres comme un coin où les filles disparaissaient et où les rêves mouraient.

John adorait Cecilia. Mais Cecilia l'adorait-elle autant en retour ?

« Certaines personnes doivent se contenter d'aimer et d'autres d'être aimées, avait-elle dit un jour, en réponse à ma question. Et si tu dois absolument avoir un mari, alors prends-en un qui t'aime autant que ton père m'aime. Promets-moi ça, Vega. »

Et la briseuse de promesses avait promis.

À trop jouer avec le feu

Plusieurs semaines s'écoulèrent après le retour de la famille Rainen avant que Katia ne nous invite à entrer chez eux. Le vestibule était un chaos de chaussures, de vestes, de pulls. Ça puait la vieille litière de chat, la fête et la cigarette. Dans la cuisine, le plan de travail était encombré de casseroles et d'assiettes, où étaient collés des restes de nourriture.

— Kristina travaille ? a demandé Jack.

Danny l'a fait taire et est allé fermer la porte entrebâillée d'une chambre qui donnait directement sur la cuisine.

— Elle dort, dit-il. Elle n'a pas de travail. À moins de compter le tarot divinatoire, mais elle n'a pas encore beaucoup de clients dans le coin.

Jack paraissait surpris.

— Pourquoi dort-elle en plein jour ?

Je l'ai regardé en regrettant de ne pas être comme lui : quelqu'un qui s'étonnait qu'on puisse ne pas avoir des parents qui respectent l'ordre des jours et des nuits et se conduisent normalement.

— Parce que la nuit, elle boit, a dit Katia. Et boire, ça fatigue.

C'était une sensation étrange de traverser ces pièces que je n'avais jusque-là observées que de l'extérieur, par les fenêtres. Les draps blancs qui avaient recouvert les meubles n'étaient plus là, et l'impression de tristesse n'était plus aussi palpable depuis que le lieu était de nouveau occupé par des vivants.

Pourtant, elle était bien là. Une trace de douleur, le souvenir d'une jeune fille, une énigme non résolue.

Nous étions au pied d'un escalier raide. Au mur, des photos de famille dans des cadres de formes et de tailles différentes. Le jeune Holger et sa femme enlacés et, devant eux, leurs deux filles vêtues à l'identique, d'un chemisier et d'un pantalon. La photo voisine avait été prise dehors : une petite fille souriante en robe courte, chaussettes blanches jusqu'aux genoux, assise sur le mur.

— C'est ma tante, a dit Katia, voyant que j'étais tombée en arrêt. Les photos sont restées là... Bah, oui, depuis tout ce temps.

Elle nous a montré un autre cliché sur lequel Sofia était nettement plus âgée. C'était le portrait qui avait été reproduit dans tous les journaux après sa disparition. Sofia, souriante, robe rouge et sac à bandoulière assorti, en compagnie d'une fille de son âge.

— C'est Camilla, a dit Katia quand je lui ai posé la question. Sa meilleure amie. On l'a enlevée de la photo, après.

Je connaissais Camilla. Elle nous saluait gaiement, papa et moi, quand nous la croisions à la supérette, toujours aussi exubérante et mal coiffée. Une femme sans le moindre point commun avec cette version d'elle plus jeune, sur la photo.

— C'est tellement triste, ai-je dit. Sa disparition.

Katia a dit que c'était encore pire de ne pas savoir ce qui lui était arrivé.

La première chose que Jack a vue en entrant dans la chambre presque vide de Danny a été la guitare posée contre le mur.

— Tu joues ? a-t-il demandé en se tournant vers lui.

— J'essaie.

— Pourquoi n'en as-tu rien dit ?

— Peut-être parce qu'il n'est pas très bon, a glissé Katia. Bah quoi ? a-t-elle ajouté devant le regard noir de Danny. Je dis les choses comme elles sont, c'est tout. À croire que tu t'es fait couper tous les doigts. Et, en plus, t'as aucune oreille.

Danny a dit que c'était n'importe quoi. Il venait à peine de commencer, comment pourrait-il être bon d'emblée ?

— Tu pourrais peut-être l'aider, Jack ? Vega dit que tu t'y connais.

Jack a répondu à Katia qu'il ne fallait pas trop écouter ce que je racontais, mais qu'il donnerait volontiers un coup de main pour les bases. Il a pris la guitare. Mal accordée, a-t-il constaté. Après avoir tripoté les clés un bon moment, il l'a passée à Danny.

C'était rigolo de voir Danny tenter de placer ses doigts dans le bon ordre pour plaquer les accords.

Katia avait raison, apparemment. Il n'avait aucune oreille.

— Tu ne pourrais pas plutôt nous jouer un truc, Jack ?

Que voulions-nous entendre ? a demandé Jack quand Danny lui a tendu la guitare.

— Tu choisis.

Jack m'a regardée et a commencé à jouer l'intro de « Nothing Else Matters » de Metallica. Il avait essayé de me l'enseigner, mais j'étais malheureusement aussi peu douée que Danny.

Puis Katia s'est mise à chanter. Ça parlait de la distance entre les cœurs, de cette vie qui était la nôtre et du fait qu'il ne fallait pas se préoccuper de ce que les gens disaient, faisaient ou savaient.

Tout s'est arrêté. Mon corps entier réagissait à la justesse de sa voix et à la pureté de son timbre. J'ai regardé Jack, qui paraissait aussi saisi que moi.

— Waouh ! Tu sais chanter, a-t-il dit à la fin du morceau. Je veux dire… Tu devrais en faire ton métier.

— Merci. Tu n'es pas trop mauvais, toi non plus.

Nous avons continué vers la chambre de Katia, voisine de celle de Danny.

— En réalité, je voulais la chambre de l'autre côté du couloir, mais maman n'a pas voulu parce que c'était celle de Sofia. Je ne comprends pas vraiment pourquoi, mais…

— Et moi, je ne comprends pas que tu ne sois pas capable de te contenter de cette chambre-ci, a répliqué Danny.

— L'autre est plus belle. Mais maman veut qu'on ne touche à rien. Elle croit que Sofia va revenir.

— Tu dis n'importe quoi.

Danny et elle ont commencé à se chamailler sur la raison pour laquelle cette chambre était sacrée pour Kristina.

— Elle ne veut peut-être pas faire face, ai-je suggéré.

Je pensais à ma propre difficulté à entrer dans l'atelier, où l'absence de ma mère rendait l'air irrespirable.

— Peu importe l'endroit où elle est, a dit Katia. Peu importe si elle a les yeux ouverts ou fermés. Ça n'a rien à voir avec la chambre. Tout lui rappelle sa sœur. Sofia lui manquera toujours.

En revenant à la maison ce jour-là, j'ai demandé à grand-mère de me parler de Sofia Lo. Pas seulement de sa disparition. Je voulais en savoir plus sur la personne qu'elle avait été.

— Dans mon souvenir, elle n'était pas comme les autres.

Je lui ai demandé ce qu'elle entendait par là, car je savais ses critères de normalité étroits.

— Il y avait souvent du grabuge autour de sa personne. Je sais que Holger et sa femme étaient inquiets…

— À cause de quoi ?

— Son appétit pour les hommes. Ce n'était qu'une enfant, mais chez certaines, cet intérêt-là s'éveille tôt. Et on a bien vu à quoi ça l'a menée : droit à sa perte. Pourquoi me regardes-tu ainsi ? Tu ne vas pas me dire que la plupart des filles de cet âge se laisseraient attirer comme ça ? Par un étranger, en plus.

— Comment sais-tu que c'était un étranger ?

Grand-mère n'en savait rien. Elle disait juste ce qu'elle croyait.

— Ça ne pouvait pas être quelqu'un d'ici ?

— Peut-être. Mais qui ce serait, dans ce cas ? D'autant qu'elle avait déjà un petit ami. Un type bizarre, qui n'était pas d'ici et qui est reparti tout de suite après. Beaucoup de gens pensent que c'est lui qui a fait le coup.

Je lui ai demandé comment s'appelait ce petit ami. Nils, a répondu grand-mère, mais elle ne se souvenait plus du nom de famille. Cet été-là, il habitait chez le fermier Arvid et sa femme, qui n'avaient pas d'enfant et qui accueillaient souvent des gosses inadaptés pendant les vacances. Or, cet inadapté-ci traînait souvent avec Sofia.

— De quelle manière était-il inadapté ?

— Je ne sais pas. C'est juste l'impression qu'il donnait. Où vas-tu ? a-t-elle ajouté comme je me levais.

— Au grenier.

— On va bientôt manger.

— Appelle-moi quand ce sera prêt.

— Alors laisse la porte ouverte pour entendre.

J'ai pris mon ordinateur et je suis montée au grenier. Maman avait dit un jour que le plus important, si on voulait créer, c'était d'avoir une chambre à soi. Malheureusement, ma chambre ne me suffisait pas, car grand-mère pouvait à tout moment ouvrir la porte et rompre la magie. Mais elle n'osait pas monter au grenier, car elle détestait l'obscurité, les souris et la poussière.

Je me suis assise à la table, sous la petite lucarne couverte de toiles d'araignée, j'ai ouvert mon ordinateur et j'ai commencé à écrire ce à quoi je pensais depuis si longtemps. L'histoire de Sofia Lo, la fille disparue.

Papa est arrivé dans le séjour avec un plateau sur lequel trônait l'énorme gâteau, surmonté de crevettes, de brins d'aneth et de gravlax. Il m'a demandé ce que je voulais boire.

— Tu as du vin ?

— Oui, mais uniquement du rouge.

— Parfait.

J'ai enfourné une grosse bouchée de *smörgåstårta* en fermant les yeux de plaisir. Ce n'était pas seulement le goût, c'était le souvenir des fêtes, des grandes occasions, des moments de joie dans une famille autrefois presque heureuse.

— J'ai été un peu surpris quand tu m'as annoncé que tu venais à Silverbro. Toi qui n'es même pas rentrée pour l'enterrement de ta grand-mère.

— C'est parce que je n'allais pas bien.

C'était vrai, je n'allais vraiment pas bien après la naissance de Valter, et la dernière chose dont j'avais envie, c'était de rentrer à Silverbro.

— Et là, si j'ai bien compris, tu vas revoir Katia ?

J'ai hoché la tête.

— Je croyais que vous n'étiez plus en contact.

— C'est vrai. Pas depuis le lycée.

— Que s'est-il passé ? Je n'ai jamais tout saisi.

— On s'est éloignées.

C'était un mensonge. Katia et moi ne nous étions pas éloignées. Nous avions été arrachées l'une à l'autre par une déflagration. Rien à voir avec le fait que nos vies avaient pris

« des directions différentes ». C'était nous qui avions créé ce gouffre entre nous. Du moins, si l'on croit au libre arbitre.

— J'ai croisé Katia par hasard, il y a quelques mois, a dit papa. Ici, en ville.

— Comment allait-elle ?

— Ça avait l'air d'aller. J'ai eu l'impression qu'elle était en train de reprendre pied. Elle était avec sa fille.

— Stella ?

— Oui, Stella. Elles allaient lui acheter une tenue pour un anniversaire.

Je pensais à la Katia bouleversée et ivre qui m'avait appelée. Rien à voir avec une mère qui accompagne sa fille en ville pour acheter des habits de fête.

— Elle n'allait pas très bien quand elle m'a appelée.

— Les choses peuvent s'améliorer un moment. Et puis empirer de nouveau.

Les tableaux sombres sur le mur me rappelaient toutes les fois où nous avions eu l'occasion de vivre ça. Les moments lumineux de maman, l'espoir, cette fragilité dans l'air, et puis les rechutes, les régressions, le chagrin. Papa a goûté son vin. Puis il a dit que c'était étrange qu'une seule et même famille puisse accumuler ainsi les malheurs. J'étais au courant, pour Tony, pas vrai ?

J'ai secoué la tête, car je n'avais aucune nouvelle de Tony depuis des années.

— Il a un cancer. Une tumeur au cerveau, je crois. Il ne lui reste plus longtemps à vivre, à ce qu'il paraît. Peut-être est-ce pour ça que Katia a rechuté.

« Je n'ai pas de père. Il n'y a pas de père », disait Katia chaque fois qu'il était question de Tony Rainen. J'essayais d'imaginer Tony malade, pâle, dans un lit, mais c'était difficile.

— Katia le hait. Alors je ne crois pas que ce soit ça qui lui ait fait perdre les pédales.

— Parfois, on a beau haïr quelqu'un, on peut être bouleversé quand cette personne tombe gravement malade.

J'ai hoché la tête. Il avait sans doute raison.

— Quoi qu'il en soit, à la tienne ! a dit papa en levant son verre. À ton retour ! Dommage que Valter ne soit pas avec toi.

Valter et son monde innocent, loin des trois-huit, des douleurs et des addictions… J'ai dit que ce n'était peut-être pas la meilleure occasion de lui montrer Silverbro, alors que Katia allait mal.

— Tu aurais pu me le laisser.

— C'est vrai, mais je vais peut-être rester un certain temps. Et Valter va à l'école. Et puis… j'avais besoin d'être seule.

— Il s'est passé quelque chose ?

— Non.

Intérieurement, je voyais l'immense appartement blanc, dans l'une des rues les plus huppées de Londres, et la vie que je menais là-bas… Je n'avais pas l'impression que c'était la mienne.

Papa a demandé s'il y avait un problème avec Frans.

— Tout ne tourne pas autour de Frans.

Alors il a posé ses couverts et m'a regardée avec une expression qui m'a donné envie de pleurer.

— Comment ça va, Vega ?

— C'est… un peu difficile.

J'ai bu une gorgée de vin.

— Je crois que j'ai vraiment le désir de trouver ma place dans l'existence et, pour l'instant, j'ai plutôt le sentiment de…

Il m'a coupée.

— Tu parles comme ta mère. Quand tu as dit ça, on aurait vraiment cru entendre Cecilia.

Je lui ai demandé d'arrêter, car s'il y avait une chose qui me mettait mal à l'aise, c'était d'être comparée à elle. Il avait beau me dire que j'étais faite d'un bois solide, chaque fois qu'il soulignait nos ressemblances, j'avais la sensation de pouvoir me briser en mille morceaux d'un instant à l'autre.

Papa a dit que ça partait pourtant d'une bonne intention.

Je le savais. Mais il devait comprendre, depuis tout ce temps, que ça ne me faisait pas plaisir. Ce n'était pas que je n'aimais pas maman – je l'avais aimée, je l'avais admirée –, mais cela ne suffisait pas à compenser la peur que je pouvais avoir de finir comme elle, à errer dans les rues, la nuit, en sous-vêtements, étrangère à moi-même et incomprise du reste du monde.

— Au fait, j'ai recommencé à écrire.

— Ça me fait incroyablement plaisir de l'apprendre, Vega.

Il me regardait comme si je venais de lui annoncer un événement décisif. Et ça l'était peut-être. En tout cas pour moi, car depuis l'instant où j'avais commencé à écrire, la vie me paraissait vide et dénuée de sens durant les périodes où je n'écrivais pas.

— C'est un roman. Du moins, c'est l'esquisse de quelque chose qui pourrait devenir un roman.

— De quoi ça parle ?

— Je ne saurais pas dire. Devenir qui on est, peut-être.

— Ça me paraît... compliqué.

— Ça l'est.

— Mais écrire, ça, tu sais le faire. Je le disais à ta grand-mère, quand elle se plaignait des histoires que tu inventais sans cesse. « Un jour », lui disais-je, « tu verras que ma fille en vivra, de ces histoires-là. »

Je me suis resservi une grande part de *smörgåstårta* en pensant à ce qu'avait dit grand-mère la première fois que j'avais déclaré mon intention de devenir écrivaine : « Redescends sur terre, Vega. » Ma mère avait répondu, du tac au tac, que personne n'avait le droit d'exiger de sa fille qu'elle descende d'où que ce soit. Elle était absolument convaincue que j'allais réussir, car aucune autre fille de mon âge n'écrivait comme moi. Mes histoires n'étaient vraiment pas des contes de fées ni des rayons de soleil, mais c'était précisément ce qu'elles avaient de génial. Cecilia n'avait jamais aimé les histoires qui finissaient bien.

À trop jouer avec le feu

Kristina Rainen était attablée dans la cuisine de la ferme de Stentorp. Devant elle, au milieu des cendriers, des bouteilles, des verres sales, une épaisse liasse de documents.

— Venez vous asseoir, a-t-elle dit en nous apercevant. Je veux vous parler de Sofia.

Katia a répliqué que nous avions autre chose à faire. Voyant que je m'étais figée, elle m'a murmuré à l'oreille :

— Elle n'arrête jamais. Elle peut continuer pendant des heures quand elle a bu, et ce ne sont que des resucées, il n'y a jamais rien de neuf.

— Je t'entends, a dit Kristina. Je ne suis pas sourde.

Katia se dirigeait déjà vers l'escalier, mais je trouvais grossier d'ignorer quelqu'un qui souhaitait parler de sa sœur disparue. Et je voulais en apprendre davantage sur Sofia. Alors je me suis assise. Katia est revenue sur ses pas en soupirant, a poussé le chat de la chaise voisine et s'est assise à son tour.

— Trois théories, a dit Kristina en levant vers nous trois doigts aux ongles vernis dont la laque bleue s'écaillait.

Elle a posé la main sur le tas de papier, et j'ai compris qu'il devait faire partie du dossier de l'enquête.

— La police a travaillé à partir de trois hypothèses. Enfin, « travaillé », c'est beaucoup dire. Au début, ils n'ont rien fait du tout. Ils ont cru qu'elle était partie de son plein gré, ado en fugue, etc. – ils finissent tous par revenir tôt ou tard.

— Oui, oui, on sait tout ça, maman.

— Vega ne le sait peut-être pas.

— Tout le monde est au courant dans le coin.

Sans prêter attention à sa fille, Kristina a tout repris du début. C'était l'un des jours les plus chauds de l'été, Sofia et elle se préparaient au premier étage dans la salle de bains, khôl, crayon à lèvres, ombre à paupières, les espoirs pour la soirée qui s'annonçait, la joie dans l'air, oui, parce que c'était l'été et qu'elles étaient jeunes et qu'elles allaient faire la fête, et que Tony s'était montré plus gentil qu'il ne l'avait été depuis longtemps, et que tout avait l'air de s'arranger pour le mieux, et puis, quand elles étaient descendues, elles avaient vu en passant devant le séjour que leurs parents dansaient sur une vieille musique.

— Maman, s'il te plaît, tu n'es pas obligée de chanter toute la chanson, a dit Katia.

Mais Kristina le faisait déjà.

En promenade, autour de moi
Les oiseaux à pleine voix
Une belle fille soudain surgit
Une pensée alors me dit

— Arrête ! s'est exclamée Katia en attrapant le verre de vin de Kristina, qui a réagi en voyant des gouttes rouges éclabousser la nappe déjà pleine de taches.

— Ça va pas, non ? J'ai perdu le fil. J'en étais où ?

Kristina a récupéré son verre.

— Ils dansaient, ai-je dit.

Je voulais tout savoir sur cette soirée et sur la fille qui avait toujours été présente telle une ombre dans ma propre vie.

Kristina a continué. Elles étaient parties au pub en voiture. Holger, leur père, au volant. Il avait encore le permis à cette époque.

— On est passés prendre John et Cecilia, a dit Kristina en me regardant.

— Ah ? Je ne savais pas.

Je savais seulement que mes parents étaient présents au pub ce soir-là, eux aussi.

— Tout le monde était là. Tout le monde. Mais personne n'a rien vu ni entendu. N'est-ce quand même pas incroyablement bizarre, dans un village où rien n'échappe à personne ?

J'ai hoché la tête.

— Pour ce qui est de John Silver, ce n'est peut-être pas si étrange, a continué Kristina, car cet homme-là n'avait d'yeux que pour Cecilia. Il l'aimait pour de vrai.

— Arrête, maman.

— Je me demande ce que ça doit faire, d'être aimée de cette façon, comme dans les contes, et de vivre heureux jusqu'à la fin de ses jours.

— Ce n'était pas comme dans les contes, ai-je dit en levant les yeux vers elle. Et ça ne s'est pas bien fini.

— Oui, pardon. Excuse-moi. C'est affreux. Ce n'était pas facile pour Cecilia. Son père, Olle, était… Bon, il était spécial, lui aussi. Tu savais, Katia, que le grand-père de Vega était inventeur ?

Katia m'a regardée en disant qu'elle l'ignorait.

Maman ne parlait pas beaucoup de son père, car ça la rendait triste. Il se prétendait inventeur mais n'avait jamais inventé quoi que ce soit de valeur. Maman avait grandi seule avec lui dans une petite maison, de l'autre côté du bourg, où ils cohabitaient avec des dindons, des lapins et des chats. Tout ce que je savais, c'était que la vie n'avait pas été simple. D'après grand-mère, ça tenait au fait qu'Olle était complètement dingo depuis que sa femme était morte, jeune. Ou peut-être l'était-il déjà avant. Quoi qu'il en soit, c'était une histoire triste.

— Il était spécial, a répété Kristina. Parfois, on passait devant sa ferme et on jetait des pierres sur les dindons.

Elle racontait cela en souriant, comme si c'était un bon souvenir. Katia s'est énervée.

— Et pourquoi vous faisiez ça ? Vous étiez débiles, ou quoi ?

— C'était tellement drôle de les voir devenir tout violets et se mettre à brailler !

— Ce n'est pas drôle, maman. C'est horrible.

— Tu dis ça parce que tu n'as jamais vu un dindon en colère et un inventeur fou de rage.

Kristina riait, redoublant la fureur de Katia.

— C'est du grand-père de ma copine que tu parles. Réfléchis un peu !

— Pardon... Mais c'était tellement drôle. Olle était vraiment... divertissant. Dommage qu'il n'ait pas fait de vieux os.

Puis elle est revenue sur John et Cecilia.

— Quel beau couple. Je n'ai jamais compris comment Cecilia pouvait avoir de tels accès de rage contre son mari.

— Pardon ?

— Ta mère était... Comment dire ? Disons qu'elle n'était pas toujours en pleine possession de ses moyens.

— Arrête, maman, tu ne sais pas de quoi tu parles.

— Bien sûr que si. N'oublie pas que j'ai grandi ici. Je connaissais Cecilia. Elle était spéciale, tout le monde le savait. Ça ne part pas d'une mauvaise intention, a-t-elle continué en se tournant vers moi. Je dis les choses comme elles sont, voilà.

J'ai éprouvé une soudaine bouffée de colère à l'encontre de Kristina, qui déblatérait ainsi à tort et à travers sans réfléchir. C'était ma mère dont elle parlait, et qu'elle prétendait connaître, mais elle était totalement à côté de la plaque. Personne ne connaissait Cecilia aussi bien que moi. Car j'étais sa fille. Pourtant, je n'ai pu m'empêcher de lui demander ce qu'elle entendait par « accès de rage ». Kristina a alors évoqué la jalousie de maman. C'était un peu curieux, a-t-elle ajouté, que Cecilia puisse avoir ce genre d'idées, elle qui avait toutefois un mari qui la vénérait.

— Ma mère n'était pas jalouse et elle n'avait pas ce genre d'idées.

— Eh bien, parfait, dans ce cas, a dit Kristina en se carrant sur sa chaise. J'ai dû mal comprendre.

Elle est revenue sur le soir de la disparition de Sofia, mais ses souvenirs semblaient plus flous à présent. Tout le village était au pub, on avait fait venir un groupe de la ville, qui enchaînait les morceaux. Un instant, Sofia se tenait à côté de Kristina, et celui d'après, elle n'y était plus. Kristina l'avait cherchée des yeux parmi les danseurs, puis elle s'était mise à la chercher sérieusement. Mais Sofia n'était nulle part, ni sur la piste, ni dans la partie restaurant, ni aux toilettes. Elle s'était comme volatilisée. C'était alors que Kristina avait été prise de panique. Intuitivement, elle avait capté qu'il s'était passé une chose atroce. Les gens avaient beau lui dire de se calmer, elle ne le pouvait pas, car elle savait… Elle savait que la vie ne serait plus jamais comme avant.

— Pourquoi n'as-tu pas participé aux recherches, si tu étais si inquiète ?

— De quoi parles-tu ?

Kristina, qui venait d'allumer une cigarette, a inspiré la fumée à fond et l'a soufflée vers Katia.

— C'est Tony qui nous l'a dit. Que tu n'avais pas participé aux recherches.

Kristina a reposé son verre brutalement.

— Mais qu'est-ce que tu racontes ?

— Je répète seulement ce que nous a dit Tony : que tu as continué à faire la fête comme si de rien n'était.

— Mais qu'est-ce qu'il en sait, bordel ? Qu'est-ce qu'il en sait, Tony ? Il était là, lui, peut-être ? Non, c'est bien ce que je disais. Il ferait mieux de fermer sa gueule. On ne peut pas se fier à une seule parole de cet homme-là. Pas un mot de ce qu'il dit.

Katia a dit qu'elle le savait bien. Elle avait vécu avec lui, elle aussi.

Je pensais au peu de choses que Katia avait eu le temps de me raconter sur son père. Son côté imprévisible, ses explosions de rage, sa violence.

— Ton père est froid comme un serpent et bête comme un cochon, a ajouté Kristina. Il est plus animal qu'humain…

— Pourquoi l'as-tu épousé alors ? Pourquoi t'es-tu mariée avec un animal quand tu aurais pu choisir un homme ?

Kristina est restée silencieuse un long moment. Le tic-tac de l'horloge du séjour s'entendait jusque dans la cuisine.

— Parce que je ne savais pas, a-t-elle fini par dire. J'avais dix-huit ans. Je n'étais pas capable de distinguer un humain d'une bête, et quand j'ai compris, il était trop tard.

Je voulais lui dire que ce n'était pas vrai. Elle l'avait quitté, après tout. Elle s'en était sortie. Même si, après, il y avait eu l'alcool, le chagrin, le chômage, et cette bête féroce d'ex-mari qui continuait de la tourmenter, et la pensée de tout ce qu'elle aurait pu être et faire et devenir si tout avait été différent.

— Si Sofia n'avait pas disparu, je l'aurais quitté à ce moment-là, a dit Kristina. Je l'avais déjà fait, en réalité, mais après cette nuit-là, c'était comme si je n'avais plus eu la force de faire quoi que ce soit. D'autant que, pour tout arranger, j'étais enceinte.

— Tu pourrais peut-être arrêter de boire, a dit Katia. Je veux dire maintenant. Arrêter de rejeter toutes les fautes sur les autres et prendre tes responsabilités.

— Absolument, a dit Kristina en avalant une rasade. Je le pourrais, mais c'est difficile. En gros, c'est impossible, surtout quand on pense à ce qui s'est passé. Les gens ont besoin d'une fin pour pouvoir continuer. C'est peut-être horrible, mais on a besoin de *savoir.* Si seulement j'avais une tombe sur laquelle me recueillir, alors…

J'attendais la suite, mais rien n'est venu. De mon côté, je ne comprenais pas ce qu'une tombe changerait à l'affaire. Pour ma part, je souffrais surtout du fait que maman n'existait plus. Cela m'était égal de connaître l'endroit où pourrissait son corps. Mais quand on ignorait tout de la raison de la disparition de quelqu'un, c'était peut-être une autre histoire.

— Alors tu arrêterais de boire ? a demandé Katia. Si tu avais une tombe sur laquelle te recueillir ?

Kristina a dit que c'était ça. Elle avait besoin de savoir ce qui s'était passé et de pouvoir enterrer sa sœur, mais par-dessus tout, elle voulait que la personne qui avait fait ça soit punie. Alors elle n'aurait plus besoin de l'alcool. Elle en était absolument certaine.

Moi, je suivais le mouvement de ses lèvres teintes en violet par le vin et je n'étais pas convaincue.

— Et puis il y a le détail de son journal intime, a dit Kristina en voyant Katia se lever. On ne l'a jamais retrouvé. Tu savais, Vega, qu'on n'a jamais retrouvé son journal ?

J'ai dit que j'en avais entendu parler, mais que je ne savais pas ce qui était vrai ou non. Les gens du coin racontaient tant de choses.

Kristina a répondu avec un petit rire qu'elle en avait bien conscience, mais que, parfois, les commérages n'étaient pas totalement infondés, et cette histoire de journal disparu, par exemple, était exacte : on ne l'avait pas retrouvé.

— Et puis il y a l'homme mystère, a-t-elle ajouté. Tu as entendu parler de cette rumeur-là ? Sofia avait rencontré quelqu'un.

— Elle avait un petit ami, il me semble.

— Oui, mais les gens faisaient aussi état de quelqu'un d'autre. Mais parmi ses proches, c'est-à-dire nous, personne n'était au courant alors… Que faut-il croire ?

J'avais envie de rester là et d'entendre tout ce que Kristina avait à nous dire, mais Katia, elle, en avait assez et m'a suppliée de la suivre.

— Tu penses que la vérité sera révélée un jour ? lui ai-je demandé, une fois là-haut dans sa chambre.

— L'affaire a été classée, mais je fais ce que je peux. Tu veux voir un truc ?

Elle s'est approchée de la penderie et a écarté les cintres d'un geste théâtral. Derrière, le mur était couvert de photos et de coupures de presse. Katia avait transformé son mur en tableau, comme ceux qu'on voit dans les séries policières à la télé. Tout ce qui concernait la disparition de Sofia était collé sur ce mur, avec des traits et des flèches reliant les différents éléments de l'affaire, avec des chiffres entourés d'un cercle et des points d'interrogation.

— J'ai fait des copies d'une partie du dossier de ma mère et j'ai aussi déniché pas mal d'éléments toute seule. Je mène ma propre enquête.

Je me suis approchée à mon tour. J'étais tout ouïe.

— Ma mère a oublié qu'elle était censée te parler des hypothèses des enquêteurs mais, quoi qu'il en soit, il y en avait trois.

Elle a indiqué le mur. Mon regard est tombé sur la photo de Sofia dans la robe rouge. Camilla avait été détourée aux ciseaux mais sur le bord, à droite, on apercevait un bout de sa jupe... Pendant ce temps, Katia passait en revue les théories de la police : ou bien Sofia avait fugué, ou bien elle s'était suicidée, ou alors, troisième possibilité, elle avait rencontré quelqu'un qui lui avait fait du mal. Il avait fallu une éternité aux policiers avant de comprendre qu'elle n'avait sans doute pas fugué, vu qu'elle n'avait emporté ni argent ni passeport. Si elle s'était suicidée, on aurait dû découvrir son corps tôt ou tard. Restait donc la troisième hypothèse.

— Avaient-ils des suspects ? ai-je demandé, même si je savais déjà, pour en avoir parlé avec ma grand-mère, que tous les hommes solitaires du coin avaient été interrogés.

Katia s'est mise à parler d'un garçon de l'école de Sofia, qui avait un an de plus qu'elle ; un de ces dingues qui adorent torturer les animaux et voler les culottes sur les cordes à linge ; il était mort quelques années plus tard.

— Ensuite, a-t-elle enchaîné, on a étendu les recherches aux types normaux. Je crois que tous les individus de sexe masculin dont l'âge pouvait coller ont été entendus, mais difficile de faire plus que les interroger sur leur alibi puisqu'on n'avait rien du tout, pas le moindre indice, pas même un corps.

— Et les femmes alors ?

— Quoi ?

C'était comme si cette idée n'avait jamais traversé l'esprit de Katia.

— Pourquoi auraient-ils soupçonné une femme ?

— Bah, pourquoi pas ?

— Ce n'est jamais une femme. Cite-moi une seule femme qui aurait kidnappé une jeune fille.

J'ai gardé le silence.

— Tu vois.

J'ai dit que je ne connaissais pas non plus d'homme dans ce cas. Mais Katia, oui. Elle s'est mise à me réciter une liste de noms d'hommes qui avaient tué des femmes ; je l'écoutais avec un effroi et une fascination grandissants.

Quand elle s'est tue, je lui ai demandé si elle savait où était Tony la nuit de la disparition de Sofia. Katia s'est raidie et m'a demandé où je voulais en venir.

— Kristina a dit tout à l'heure qu'il n'était pas à la fête.

— Il n'était plus au pub. Mais à la fête, avant, si, je crois.

— Pourquoi n'était-il pas au pub ?

— Parce qu'il avait sans doute été mêlé à une bagarre. Il est interdit de pub par périodes. Glad refuse de le laisser entrer.

— Mais il était peut-être dans le coin ?

J'essayais d'imaginer la fête ce soir-là, le pub illuminé, et Tony, le paria, rôdant dans l'ombre.

— Je ne comprends pas où tu veux en venir, a répété Katia même si, à en croire sa tête, il était clair qu'elle comprenait parfaitement.

— Tony est violent.

— Être violent, ce n'est pas pareil qu'enlever Sofia et se débarrasser de son corps quelque part.

J'étais d'accord. Mais c'était quand même préoccupant.

Katia a dit que l'interrogatoire de Tony n'avait rien donné. Et elle avait beau détester son père, elle ne le croyait pas capable d'une chose pareille. En tout cas, pas sur sa belle-sœur. Elle a enchaîné :

— Ça te dit de fumer une clope ?

J'ai hoché la tête, et Katia a ouvert le premier tiroir de son bureau, celui où elle rangeait ses cigarettes.

— Et toi, tu en penses quoi ? ai-je demandé, une fois perchées toutes les deux sur le bord de la fenêtre. Tu crois que c'était quelqu'un d'ici ?

— Je suis certaine que c'était le Stockholmois.

— Celui qui habitait chez Arvid, le fermier ?

Katia a confirmé. C'était dommage qu'Arvid et sa femme soient morts, parce qu'elle aurait bien aimé aller les interroger à propos du gosse à problèmes qui logeait chez eux cet été-là.

— Tu penses qu'il a pu lui faire du mal ?

— C'était son petit ami, a dit Katia, comme si cela constituait une raison suffisante.

Puis elle s'est expliquée : d'après la rumeur, Sofia aurait rencontré un autre homme, ce qui aurait désespéré le Stockholmois.

— Mais a-t-il pu la tuer pour autant ?

Katia m'a lancé un regard consterné. C'était tout de même étrange qu'une fille comme moi, si intelligente par certains côtés, puisse être aussi idiote.

— Les hommes qu'on quitte sont dangereux, tout le monde sait ça.

— Et que dit la police ? Il a été interrogé ?

— Il a nié, bien sûr. Et il n'y avait pas de corps, encore une fois, il n'y avait rien du tout, personne n'avait rien vu, tout le monde était aveugle et sourd, mais, en tout cas, le Stockholmois a menti sur son alibi. Cet imbécile a prétendu qu'il était avec Camilla, la meilleure amie de Sofia. C'était facile de vérifier que ce n'était pas vrai.

— Alors Camilla n'était pas présente à la fête, elle non plus ?

— Non, elle était chez elle.

— Et le Stockholmois ?

— Il n'était pas au pub, mais il était peut-être planqué dehors.

— Et où est-il maintenant ?

— J'ai retourné tout l'internet, mais je n'ai rien trouvé sur lui.

— Il est peut-être mort.

— Je l'espère. Quoi ? Ce ne serait que justice, non ?

— Mais tu ne sais pas si c'est lui.

— Ah bon ? Et pourquoi serait-il parti comme ça, dare-dare, s'il était innocent ?

J'ai dit que le fait d'être soupçonné d'un tel crime était déjà en soi une bonne raison de quitter les lieux, qu'on soit coupable ou non.

— Qui Sofia a-t-elle rencontré ce soir-là, d'après toi ? ai-je ajouté. Lui ? Ou l'autre homme ?

Katia a dit qu'elle n'en savait rien. Personne ne savait. Ce n'était qu'une rumeur. Elle a tiré de sa penderie un carton rempli de photos, parmi lesquelles elle a fouillé un moment.

— Regarde !

J'ai regardé la photo qu'elle me tendait et qui avait quelques marques de pliure. Sofia en robe blanche, pendue au cou d'un garçon blond, grand et mince, en jean et tee-shirt aux manches coupées.

— Le petit ami. Tu vois ce qu'il a sur l'avant-bras ?

J'ai regardé de plus près, mais je ne voyais qu'une forme sombre indistincte.

— Un tatouage ?

— Il représente une fenêtre. Une fenêtre ouverte.

— Comment le sais-tu ?

— J'ai regardé à la loupe.

— Et ça veut dire quoi ?

Katia a dit qu'elle n'en savait rien. C'était une fenêtre, voilà tout.

J'ai pensé à ce qu'affirmait toujours grand-mère quand les choses ne se passaient pas comme prévu. Elle disait que lorsque le Seigneur fermait une porte, il ouvrait toujours une fenêtre.

En rentrant, j'ai interrogé papa sur les accès de jalousie de maman mentionnés par Kristina. Il a répondu que ce n'était rien de grave mais que, parfois, Cecilia se mettait en tête qu'il avait fait des choses qu'il n'aurait jamais l'idée de faire en réalité.

— Et pourquoi croyait-elle ça ?

— Je ne sais pas. Parfois, c'était comme si elle... n'était plus elle-même. Comme si elle devenait quelqu'un d'autre.

Curieux, cependant, que Kristina eût dit cela de Cecilia, a-t-il ajouté. Elle qui était connue comme le loup blanc pour ses propres accès de rage jalouse. Cette femme avait l'alcool mauvais, c'était le moins qu'on pût dire.

— Pas étonnant qu'elle se soit disputée avec Tony, vu la façon dont il la traitait.

— Il n'y avait pas que Tony. Kristina se disputait avec tout le monde.

— Avec sa sœur aussi ?

Je pensais aux propos de Tony rapportés par Katia, comme quoi Kristina n'avait pas participé aux recherches cette nuit-là.

— Oui, a dit papa. Assez souvent, même. Je crois qu'elle était jalouse de l'attention qui entourait sa sœur.

— Tu crois que Kristina aurait pu... ?

— Non, a-t-il dit. Kristina était peut-être impulsive, menteuse et irritable, mais elle n'aurait pas fait de mal à sa sœur.

Comment pouvait-il en être si sûr ?

Parce qu'il la connaissait depuis toujours.

J'ai dit que je comprenais.

Mais était-ce vraiment le cas ? Après tout, le monde est rempli de gens qui se connaissent depuis toujours et qui n'en commettent pas moins des choses atroces.

J'étais de nouveau dans le train, cette fois un petit omnibus qui s'arrêtait dans chaque trou paumé que desservait la ligne. Dans quarante minutes je serais à Silverbro. La rencontre avec papa avait un peu amorti mon inquiétude pour Katia, mais à présent que je me retrouvais seule, elle revenait avec force. Je l'ai rappelée. « C'est Katia, je ne peux pas répondre. »

Le paysage changeait. Des champs. De la forêt. Des prairies. Je contemplais tout cela dans le crépuscule en pensant à la nuit où maman m'avait emmenée à la maison abandonnée, aux elfes de brume qui dansaient sur les prés, au chemin que nous avions emprunté à travers la forêt. Je pensais que nous n'arriverions jamais à cet endroit qu'elle voulait me montrer, mais, soudain, la maison était apparue dans la brume. À qui appartenait-elle ?

Maman avait dit qu'elle n'était à personne mais qu'elle était autrefois habitée par une certaine Tora. Et elle s'était mise à me raconter l'histoire de cette femme solitaire qui n'avait jamais eu la possibilité de devenir qui elle était.

Maman m'avait prise par la main. Nous avions escaladé la clôture à claire-voie qui était par endroits impossible à distinguer de l'herbe. C'était beau, disait maman, si beau quand la nature reprenait ses droits. Nous avions traversé le jardin jusqu'à un groupe d'arbres fruitiers aux troncs noueux sous lesquels il y avait quelques pierres, et maman m'avait raconté que Tora essayait de tailler des visages humains dans ces pierres. Est-ce que je les voyais ? Comme j'hésitais, elle avait approché mes mains des pierres et m'avait demandé de les sentir. Oui, avais-je dit après quelques instants. Je les sentais.

Nous nous étions assises et nous avions regardé le ciel. Maman m'avait montré les constellations, la Lyre, le Cygne, le Renard, le Dauphin. Et puis Vega, l'étoile la plus brillante dans le ciel du Nord. Elle m'avait demandé de fermer les yeux et de soulever mes cheveux. J'avais senti le froid de la chaînette et du pendentif sur mon cou. C'était une lyre en argent. Maman l'avait créée elle-même, et elle signifiait beaucoup de choses. La Lyre était la constellation à laquelle appartenait Vega, l'étoile, et elle symbolisait aussi le chant et la poésie lyrique. Elle m'allait à la perfection.

J'avais dit que je l'adorais et que je la garderais sur moi tant que je vivrais. Ensuite, j'avais voulu rentrer, mais maman avait autre chose à me montrer. Tandis que nous nous enfoncions dans le jardin, j'avais levé les yeux vers la maison. Un voilage blanc bougeait au premier étage, et j'avais cru voir la silhouette d'une femme à la fenêtre.

J'avais suivi maman derrière la bâtisse, où il y avait un vieux puits. Elle m'avait demandé de m'en approcher et de regarder au fond. J'avais obéi. En me penchant par-dessus la margelle, j'avais entrevu des ténèbres scintillantes. Je m'étais retournée vers maman, qui avait entre-temps allumé une cigarette. Tora était morte là, avait-elle dit. Tora, la pauvre, était morte au fond de ce puits.

J'essayais d'évaluer son humeur, si elle cherchait simplement à me faire peur, mais son expression était sérieuse.

Pourquoi Tora était-elle morte ?

Parce qu'elle ne supportait pas de vivre dans un monde où elle n'avait pas la possibilité de devenir celle qu'elle était, et aussi parce que les gens étaient méchants avec elle. Les gens pouvaient vraiment être atroces vis-à-vis des personnes qui n'étaient pas comme eux. Maman avait ajouté que c'était pareil pour nous. Nous étions différentes, nous aussi, et même si c'était difficile, nous devions persévérer sur notre voie. Peu importait si celle-ci était tortueuse et pleine d'épines, nous ne devions jamais l'abandonner, jamais changer de chemin. Nous devions garder notre cap. Est-ce que je comprenais ?

J'avais fait oui de la tête, même si je ne comprenais pas vraiment. Pourquoi marcher sur des voies tortueuses et pleines d'épines s'il existait d'autres manières, plus simples, d'avancer ?

Alors maman m'avait demandé de fermer à nouveau les yeux.

Est-ce que je la voyais ? Est-ce que je voyais la pauvre Tora dans le puits ? Est-ce que je l'entendais pleurer ?

J'avais dit que oui, même si je ne voyais rien et que tout ce que j'entendais, c'était le bruit de mon propre cœur.

Que voulais-je lui dire ?

J'avais répondu que je ne savais pas.

Que lui aurais-je dit si j'avais été là au moment où elle s'apprêtait à sauter dans le puits ?

J'avais murmuré qu'elle devait rester là. Qu'il ne fallait pas faire ça. Puis j'avais fondu en larmes. Je ne voulais pas vivre dans un monde où des gens faisaient disparaître d'autres gens dans des puits.

Ma main s'est levée d'elle-même, comme si le souvenir me faisait chercher ce bijou offert par ma mère et qui n'était plus à mon cou depuis dix-sept ans.

L'arrêt suivant était la gare de Silverbro. J'étais la seule à descendre. Ma valise à roulettes rebondissait sur le bitume fendillé de la rue principale, où j'avançais, direction le centre-ville. Tout m'était familier, pourtant complètement différent. Autrefois, cet endroit faisait partie de moi ; à présent, j'avais la sensation de revivre un rêve ancien. J'avais à nouveau vérifié l'adresse avant de descendre du train. Katia occupait un appartement dans le bâtiment où avait vécu son grand-père maternel avant d'en être expulsé. J'avais d'abord pensé faire une halte au pub, mais je n'avais plus la paix intérieure suffisante pour ça.

L'entrée de l'immeuble sentait les épices et la cuisine. J'ai laissé ma valise à côté d'un déambulateur et j'ai commencé à gravir l'escalier. Une plaque en bois sur une porte : « Katia et Stella Rainen ». J'ai sonné et j'ai attendu, aux aguets, à l'affût d'un bruit de pas, mais tout était silencieux. J'ai essayé encore deux fois, puis j'ai commencé à frapper. Il fallait se rendre à l'évidence, personne ne m'ouvrirait. Je suis redescendue, j'ai repris ma valise et je suis ressortie dans la rue.

Au pub, avec un peu de chance, je rencontrerais quelqu'un qui pourrait m'expliquer le silence de Katia.

En arrivant devant la bibliothèque, j'ai ralenti. De l'extérieur, ce n'était qu'un bâtiment marron quelconque. Mais derrière cette façade j'avais vécu quelques-uns des meilleurs moments de ma vie.

Maman y lisait des contes. Tous les samedis à dix heures, nous nous retrouvions en cercle autour d'elle sur des coussins recouverts de tissu-éponge et nous l'écoutions. Elle lisait avec une intensité magique. *Le Petit Prince*, *Alice au pays des merveilles*…

« Plus bas, encore plus bas, toujours plus bas. Cette chute ne finirait-elle donc jamais ? »

Juste à côté de la bibliothèque, il y avait la scierie, où mon grand-père maternel s'était détruit les poumons à cause des vernis et ma grand-mère paternelle les poignets à cause du travail à la chaîne.

« Et toi, John ? demandait toujours maman. Tu vas t'offrir en sacrifice là-bas à ton tour ? Abandonner ton rêve de musique ? »

Pour ma part, j'avais travaillé deux étés à la scierie, et la monotonie des tâches m'avait presque fait perdre la raison. Je n'oublierais jamais la chaleur, ni le bord rugueux, tranchant, des planches contre la peau de mes avant-bras. À l'époque, j'avais cru que je resterais prisonnière pour toujours de cet endroit et que maman serait déçue si elle l'apprenait. Elle ne m'avait pas mise au monde pour que mon âme meure dans une usine ; mais, d'un autre côté, ses propres rêves d'artiste l'avaient menée à un terminus encore plus triste.

« C'est normal ? » avais-je demandé à Jack une fois, quand nous nous étions retrouvés au pub après une journée de travail. « C'est ça, la vie ? Qu'est-ce qu'on doit faire ? »

Jack ne comprenait pas tout à fait. Lui allait devenir plombier, aider son père et, plus tard, reprendre la boîte à son compte. Voilà ce qu'il allait faire.

Mais était-ce ce qu'il voulait ?

Il n'y avait jamais pensé. Ç'avait été décidé comme ça, c'était tout. Que pouvait-on demander de plus que d'avoir un boulot et de bien gagner sa vie ?

J'avais dit qu'on ne pouvait sans doute pas en exiger davantage, mais cette conversation m'avait profondément abattue, car je ne comprenais pas le sens qu'il pouvait y avoir à passer sa vie à se rendre chez les gens pour déboucher leurs canalisations chaque jour de la semaine entre sept heures du matin et quatre heures de l'après-midi, ou alors à transpirer à l'usine et à s'user la santé au milieu des planches et des échardes juste pour pouvoir se payer le strict nécessaire et ensuite devenir vieille et mourir. Dans ce cas, j'estimais qu'il valait mieux en finir tout de suite.

Mais moi, j'allais écrire, non ? avait dit Jack. Ce n'était pas ça que je voulais ?

Oui, mais ce n'était pas si simple. Il n'avait pas bien compris ce point. Je savais écrire, tout le monde était au courant. La seule chose qu'il me fallait, c'était du papier et un crayon. Ce n'était pas plus compliqué que ça.

J'ai dit que je ne pouvais plus écrire, que j'avais perdu le truc.

Alors Jack a dit que ce n'était pas un truc qu'on perdait. C'était quelque chose qui se trouvait à l'intérieur de moi, et tant que je vivrais et que j'aurais ma tête, ça ne disparaîtrait pas, il en avait la certitude.

À trop jouer avec le feu

Kristina, assise en tailleur sur le tapis devant la table basse, battait les cartes de tarot. Elle était de retour au pays depuis quatre mois, mais difficile de trouver des gens prêts à se faire lire l'avenir, du moins s'il fallait payer. Alors elle nous avait demandé si elle pouvait s'exercer sur nous, pour ne pas perdre le coup de main, disait-elle ; ça ne prendrait pas beaucoup de temps et, d'ailleurs, ça pouvait être sympa de savoir ce que l'avenir nous réservait.

J'ai dit que ça dépendait.

— De quoi ?

— Bah, de l'avenir en question. S'il est sombre, on n'a pas forcément envie d'être prévenu, mieux vaut vivre dans l'incertitude.

— Tu parles comme une petite poète, a dit Kristina avec un rire sec.

C'était drôle d'entendre une gamine parler comme une vieille, a-t-elle ajouté.

— J'ai treize ans.

— C'est ça. Une gamine bizarre et sérieuse. Parfois, tu me rappelles ma sœur. Elle était comme toi, vieille depuis la naissance, à toujours s'intéresser aux livres et aux contes…

— Arrête, maman ! s'est exclamée Katia comme Kristina tendait sa main sèche vers moi pour me caresser la joue.

— Bordel, qu'est-ce que vous pouvez être pénibles ! a soupiré Kristina.

Elle n'était pas d'accord pour ce qui était de l'incertitude, pas du tout. Car si un truc noir nous attendait au tournant, mieux valait être prêt, non ?

— Imagine si tu avais pu prédire l'avenir à Sofia.

— On peut lui tirer les cartes, a proposé Kristina.

— C'est possible ?

Katia semblait soudain très intéressée. Kristina a dit qu'on pouvait tenter le coup. Elle a posé trois cartes, les a retournées une à une et a pris un air soucieux.

— Tu vois quelque chose ?

— Que du noir. Des impasses et du noir.

— Tu ne vois pas un homme ? Tu ne vois rien de ce qui s'est passé ?

Katia se penchait sur les cartes comme si elle allait tout découvrir à condition de se concentrer suffisamment fort.

Kristina a dit que ça dépendait de la façon dont on les interprétait. Peut-être était-il possible d'y voir un homme.

— Est-ce que ce serpent représente son petit ami ?

— Pas sûr.

— Mais dans la réalité alors ? Dans la réalité, tu crois quand même que c'était lui, non ?

Oui. Mais à quoi cela servait-il de tirer les cartes et de croire ceci ou cela dès lors que la police avait décidé que ça ne s'était pas passé ainsi et que le fameux Nils était aussi introuvable que Sofia elle-même ?

Au même instant, Samuel est entré sans enlever ses chaussures. Il avait besoin d'aide au fenil. Katia et moi pouvions-nous l'aider ?

Kristina a montré les cartes.

— Tu ne vois pas qu'elles sont occupées ?

— Je peux vous le dire, moi, à quoi ressemble votre avenir : vous allez mourir comme tout le monde. Maintenant que vous êtes au courant, vous pouvez venir ?

— Vous n'avez pas un peu passé l'âge de croire à la magie ? a demandé Samuel tandis que nous nous dirigions vers la grange.

— On croit ce qu'on veut, a dit Katia. C'est un droit humain.

— Je trouve ça bizarre.

— C'est peut-être parce que tu ne comprends pas, ai-je dit.

Samuel s'est arrêté et m'a toisée de son regard froid.

— Tu veux dire que je suis bête ?

— Ça, je n'en sais rien.

C'était vrai. Tout ce que je savais de lui, c'était qu'il était désagréable.

Katia est intervenue.

— Tu veux quoi ? Parler de ton QI ou qu'on te file un coup de main ?

Dans le chenil, à notre passage, les énormes bêtes grises ont commencé à aboyer en se jetant contre le grillage, me faisant sursauter.

— Qu'est-ce qu'il y a, Vega ? Tu as peur ?

J'ai dit que je n'avais pas peur des chiens. C'était vrai. Sauf que ceux-ci, ai-je pensé en les regardant au fond de leurs yeux d'un bleu de glace, n'étaient pas des chiens mais des loups.

— Tu as tort, a dit Samuel. Ils pourraient te mettre en pièces en deux secondes. Calme, a-t-il ajouté comme je reculais. Ils ne feront rien tant que je ne le leur en donnerai pas l'ordre.

Il a empoigné une gueule ouverte qui venait de trouver un trou dans le grillage.

— Approche, Vega. Viens voir.

Malgré le grondement sourd de l'animal, il lui a écarté les mâchoires.

— Tu vois ces crocs ? Crois-moi, tu n'as pas envie qu'ils te chopent.

Nous sommes entrés dans la grange. Les rayons pâles du soleil d'automne s'insinuaient entre les planches mal jointes. Les vieilles machines agricoles que nous escaladions, plus jeunes, Jack et moi, avaient disparu, et le sol était balayé. Ça sentait encore le foin, mais aussi le bois neuf. La vieille échelle du fenil avait été remplacée par un escalier solide, avec une rampe.

— Qu'en pensez-vous ? a demandé Samuel, une fois en haut.

J'ai regardé autour de moi. Le fenil avait été isolé et ressemblait, de fait, à un vrai logis. Une vingtaine de bouteilles étaient alignées sur une étagère ; toutes contenaient un liquide transparent.

— J'ai ma propre petite boutique de vins et spiritueux, a dit Samuel en suivant mon regard. J'ai tout ce qu'il me faut.

— Tu voulais de l'aide pour quoi ?

— Je pensais que ça vous ferait plaisir de le nourrir.

— Non, a déclaré Katia.

— Elle, elle en a peut-être envie, a dit Samuel en me désignant d'un mouvement de tête.

J'étais sur le point de demander qui devait être nourri quand j'ai aperçu la caisse vitrée à demi cachée derrière une tronçonneuse.

— Elle n'aime pas les serpents, a dit Katia. N'est-ce pas, Vega ?

J'ai confirmé, même si, en réalité, je n'avais pas d'avis sur la question.

— Mais vous voulez peut-être me regarder pendant que je m'en occupe ?

— Non. Tu sais très bien que je n'aime pas ça.

Pourtant, nous sommes restées. Samuel m'a expliqué quel genre de serpent c'était et de quoi il était capable. Il semblait vraiment entiché à fond des bêtes capables de tuer les gens.

J'ai commencé à me sentir mal en le voyant s'approcher d'une petite cage et soulever une souris blanche par la queue. Il l'a laissée osciller un long moment au-dessus du serpent avant de la lâcher. La souris est tombée. Elle était parfaitement immobile, mais on voyait sous sa peau son petit cœur qui battait à tout rompre.

— Pourquoi la faire souffrir ainsi ? Pourquoi ne pas la tuer avant ?

— Parce que, dans ce cas, le serpent ne la mangerait pas. C'est le mouvement qui éveille son instinct de chasse, et la souris le sait. C'est pour ça qu'elle ne bouge pas.

Nous sommes restés là une éternité, à observer la souris en silence. Enfin, elle a tenté un mouvement de fuite latéral. Terminé. Une fraction de seconde plus tard, seul le bout de sa queue dépassait de la gueule du serpent.

— Beurk, a dit Katia. C'est dégueulasse. C'est cruel.

— Ce n'est ni dégueulasse ni cruel, a dit Samuel. La nature est comme ça, c'est tout.

Glad fumait une cigarette en haut des marches du pub. En me voyant, il a balancé son mégot et s'est avancé pour m'embrasser. Puis il a reculé d'un pas, comme s'il n'arrivait pas à en croire ses yeux.

— Tu n'as pas changé…

— Toi non plus.

Ce n'était pas la stricte vérité. Les années l'avaient bien marqué, ses cheveux n'avaient plus aucune couleur, et son visage était sillonné de rides. Il avait été infiniment surpris quand je l'avais appelé en annonçant que je voulais réserver une chambre. Était-il arrivé quelque chose ? J'avais dit que non, que tout le monde me manquait, voilà tout.

— Je n'aurais jamais cru que tu reviendrais, a-t-il dit. Tu es la bienvenue.

— Merci.

— Je vais monter ta valise. Je t'ai réservé la suite.

— Ce n'était pas la peine.

— Bien sûr que si ! Maintenant que tu es enfin là… Installe-toi au bar en attendant, on va rattraper le temps perdu !

Dès le seuil franchi, j'ai été accueillie par l'odeur familière de bière et de fête. C'était étrange d'être de retour dans cet endroit si intimement associé au passé, à celle que j'étais autrefois. Mon regard a parcouru les canapés rouges, les photos de Silverbro accrochées au mur, et puis la une, vieille de trente ans, consacrée à Sofia Lo. « Disparue », proclamait le titre en grandes lettres, avec, dessous, une photo d'elle, souriante, devant la ferme familiale. Ce village ne l'oublierait jamais.

Les premiers que j'ai aperçus en passant dans la partie bar, c'étaient Karsten et Sverker. Ils étaient à leur table habituelle ; j'ai eu la sensation étrange qu'ils n'avaient pas bougé depuis la dernière fois que je les avais vus, attablés au même endroit, plus de dix ans auparavant. Sauf qu'à l'époque, ils étaient trois. Holger Lo, le père de Sofia et de Kristina, était là, lui aussi. Il occupait la chaise la plus proche de la petite scène.

— Cecilia ? a fait Karsten en me voyant. Tu es revenue ?

— Mais bordel, Karsten ! Tu ne vois pas que c'est la fille ? C'est sa fille. C'est…

— Vega, ai-je dit.

— C'est ça.

— Et moi qui croyais que Cecilia avait ressuscité !

— Arrête de voir des morts partout, Karsten. On va bientôt t'enfermer chez les fous, méfie-toi.

Sverker s'est tourné vers moi pour expliquer que, depuis quelque temps, Karsten apercevait des trucs qui n'existaient pas.

— Il exagère, a protesté Karsten.

— L'autre nuit, tu as dit que tu avais vu Sofia.

— J'ai *cru* la voir. Il faisait nuit, une fille en robe marchait sur la route et…

— Attention ou on va t'enfermer, a répété Sverker en levant son verre.

Karsten a secoué la tête. Je ressemblais vraiment à ma mère, a-t-il dit. Alors ça n'avait rien de bizarre qu'il ait réagi de la sorte.

OK, a fait Sverker. Dommage que Holger ne fût plus là. Holger adorait Cecilia, est-ce que j'étais au courant ?

J'ai acquiescé. Maman avait continué à discuter avec Holger bien après que tout le monde eut arrêté de le faire. Elle écoutait patiemment son flot de paroles, ses longues litanies sur tout ce qu'il avait perdu. Elle n'était découragée ni par son haleine d'alcoolique, ni par son corps qu'il avait cessé de laver, ni par ses larmes. « Laisse sortir la peine, Holger. Tu n'es pas seul. On n'est jamais seul. » Cecilia était peut-être faite d'un bois fragile – elle était parfois folle et absente –, mais elle n'avait pas peur de sa propre noirceur ni de celle des autres.

Karsten a tâté sa poche de chemise et m'a tendu une gourde plate. Tout en la prenant, j'ai indiqué le comptoir d'un air interrogateur.

— Il faut bien corser un peu ce qu'on nous sert ici. Tu m'as l'air un peu triste, alors vas-y, bois un bon coup. Rien ne console aussi bien que l'alcool.

J'ai avalé une rasade. Il avait raison. S'il n'y avait pas eu Valter, j'aurais peut-être fait comme eux. Je me serais consolée, et ensuite, en sentant venir le retour de bâton de l'angoisse, j'aurais continué. C'était ce désir-là qui m'avait conduite à m'imposer des règles : ne jamais boire seule, ne jamais boire avant midi, ne jamais boire quand j'étais avec Valter. La plupart du temps, j'arrivais à m'y tenir. Mais ça ne voulait pas dire que l'envie n'y était pas. J'étais perpétuellement assoiffée de tout ce qui pouvait aider mon cerveau à se détendre et, à présent, je sentais que j'en avais besoin plus que jamais.

— Alors pourquoi maintenant ? a demandé Karsten. Enfin… Tu es revenue pour une raison spéciale ?

Je n'ai pas eu le temps de lui répondre, car Maggie, la femme de Glad, a déboulé de la cuisine.

— Mais te voilà !

— Oui.

Je me suis approchée du comptoir et de Maggie.

— Et le garçon, alors ? Il est où ?

— À la maison, avec son papa.

Elle a voulu connaître son âge. J'ai dit neuf ans, et quand elle a demandé à voir une photo, j'ai pris mon téléphone et lui ai montré Valter en train de jouer de la guitare.

— Il va devenir une vedette de rock comme son grand-père ?

— Papa n'est pas une vedette de rock, et tu le sais très bien.

— Allez, détends-toi ! Je te fais marcher un peu, c'est tout.

Maggie souriait, d'un sourire trop large, que je ne lui ai pas rendu. J'en avais assez des gens qui se moquaient des rêves des autres.

— Sois la bienvenue, en tout cas. Tu es revenue pour une raison spéciale ?

— Je pensais rendre visite à Katia.

— Tu lui as parlé récemment, à ce qu'il paraît.

— Avant-hier. Mais depuis, je n'arrive pas à la joindre.

— J'ai bien peur qu'elle se soit de nouveau laissée aller. Pile au moment où on croyait que ça commençait à s'arranger pour elle… Cette famille enchaîne décidément les malheurs. Kristina Rainen n'aurait jamais dû revenir. Retourner dans un endroit où on en a déjà connu tellement, ça ne peut pas être bon.

— Ils sont toujours là ? Je veux dire, le reste de la famille ?

— Kristina est encore à la ferme, Danny a une maison à Bråten et… Je te vois, Karsten ! a-t-elle fait en élevant la voix. Si c'est pour boire vos propres mixtures, vous n'avez qu'à rentrer chez vous.

— Et Samuel Rainen, tu sais où il est ? L'aîné de la fratrie, ai-je précisé, comme Maggie ne répondait pas.

— Je sais qui est Samuel. Il habite à Bäcka.

Je visualisais l'endroit. Un hameau riquiqui à la périphérie du bourg. Pas loin de là où avait vécu Atle.

— On ne le voit quasiment plus jamais en ville, a ajouté Maggie. C'est devenu un ermite. Et tant mieux, quand on pense à tout le grabuge qu'il déclenchait dès qu'il avait bu. Ce garçon-là a l'alcool aussi mauvais que son père.

Samuel Rainen. J'avais perdu l'habitude de prononcer ce nom à voix haute. Au fil des ans, j'avais même peaufiné des stratagèmes pour ne jamais penser à lui. Quand son visage me revenait, je songeais aux framboisiers du Moulin, aux sentiers secrets dans les prés, avant la fenaison, aux mélodies que papa me jouait à la guitare quand je n'arrivais pas à m'endormir.

À trop jouer avec le feu

Il nous fallait un endroit où être tranquilles, car c'était l'été, nous avions quatorze ans et nous venions de découvrir la joie de faire la fête. Jusque-là, nous avions été tranquilles à Stentorp, quand Kristina allait au bal. Mais, depuis quelque temps, elle passait ses week-ends à la maison avec un petit ami barbu et bruyant.

Jack avait aperçu une maison alors qu'il chassait le sanglier avec son père. Elle paraissait abandonnée.

— C'était une cabane ? a demandé Katia.

Non, pas une cabane. La maison n'était pas en super état, mais en isolant les fenêtres et en l'arrangeant un peu, on pourrait sûrement y passer du temps, d'après Jack.

— Je crois que maman m'en a parlé. Est-ce que c'est l'endroit où les jeunes avaient l'habitude de faire la fête dans le temps ?

— Oui. Mon père a dit que c'était là, mais que c'était dangereux.

— Pourquoi ?

— Le toit peut s'effondrer d'un moment à l'autre. Je crois qu'il a surtout dit ça pour que je n'aie pas envie d'y retourner.

Nous avons décidé d'y aller l'après-midi même. Katia, en maillot de bain et en short, chassait les moustiques à coups de jurons. Nous avancions sur des sentiers de forêt de plus en plus étroits, qui ont fini par disparaître entièrement. Elle avait emporté un mélange d'alcools de son cru, dont elle buvait régulièrement quelques gorgées au goulot. Plus rarement, elle nous passait la bouteille pour qu'on y goûte.

On a marché longtemps comme ça sur le sol couvert d'aiguilles de pin, pendant que l'été bourdonnait autour de nous.

— Où elle est, cette baraque ? a fini par demander Katia. Je n'ai plus la force d'avancer.

— T'as qu'à rentrer alors, a dit Danny.

— Je vais me perdre. Vous savez que des gens sont morts par ici ? Cette forêt est remplie de macchabées qui n'ont jamais retrouvé le chemin de chez eux.

— Tu comprends pas que ce sont des racontars ? T'es bête, ou quoi ?

— Qu'est-ce que t'en sais, Danny Débile ?

Danny n'a pas vu venir le croche-patte ; déséquilibré, il est tombé à la renverse.

— *Sorry*, a dit Katia en le voyant se relever, rouge de fureur.

— Mais enfin, arrêtez ! Vous avez cinq ans, ou quoi ? a fait Jack, ulcéré.

Danny et Katia ont continué à se chamailler, et puis, soudain, la forêt s'est ouverte. Nous avons débouché sur une prairie pleine de fleurs. L'herbe nous arrivait à la taille. Et, à l'autre bout, nous avons aperçu la maison, aussi fantomatique, mélancolique et mystérieuse qu'elle m'était apparue la première fois.

— Qu'est-ce qu'il y a, Vega ? a dit Jack en voyant ma réaction.

— Je suis déjà venue ici. Avec maman.

— Tu veux qu'on rentre ?

J'ai fait non de la tête. Les endroits où j'étais allée avec maman me donnaient encore envie de pleurer et de m'enfuir, mais je ne voulais pas rentrer. Pas après tous ces efforts et alors que nous touchions au but.

— Allez, viens, a dit Katia.

Elle a pris ma main et m'a entraînée au milieu des fleurs, en fredonnant une chanson où il était question de lys, de sauge, de rose, d'achillée.

***

L'état de la maison s'était beaucoup dégradé depuis que j'étais venue là, de nuit, avec maman. La peinture rouge était presque entièrement écaillée, et plusieurs vitres étaient brisées.

En entrant dans le jardin, qui finissait de retourner à l'état sauvage, j'ai jeté un coup d'œil aux pommiers noueux et aux pierres qui étaient dessous. Elles étaient plus petites que dans mon souvenir.

— C'est quoi, ça ? a fait Danny en montrant une forme à demi écroulée à la lisière de la forêt. Un puits ? J'ai soif.

— Je ne pense pas que l'eau soit potable.

— Comment tu le sais ?

Alors je leur ai raconté l'histoire de Tora, l'artiste qui vivait autrefois dans cette maison et qui taillait la pierre sans avoir les bons outils pour ça. Tout ce que maman m'avait raconté sur sa vie solitaire et sur sa fin au fond de ce puits, je le leur ai répété.

— Dis donc, elle ne te racontait pas des histoires hyper sympas, ta mère. Pas étonnant que tu sois si…

— Si quoi ?

— Je sais pas. Disons… spéciale.

— Elle est intelligente, a dit Katia. C'est ça qu'elle a de spécial.

Elle s'est tournée vers moi et m'a demandé si Tora avait réellement sauté dans le puits.

J'ai hoché la tête.

— Et après ?

Je repensais à la façon dont maman m'avait décrit les tourments de Tora au fond du puits, son corps peu à peu engourdi par le froid. « Tu la vois ? Tu vois la pauvre Tora ? Tu l'entends pleurer ? »

— Et après, elle est morte, ai-je dit.

— Je n'ai jamais entendu parler d'elle, a dit Jack. Mon père ne m'a rien raconté sur une quelconque Tora.

— Bordel de merde, qu'est-ce que c'est triste ! Il me faut quelque chose à boire.

Katia a tendu la main vers la bouteille, mais Danny s'en était déjà emparé.

— Qu'est-ce que tu fous ?

— Toi, tu as fini de boire.

— Ça, c'est moi qui décide. D'ailleurs, c'est ma bouteille.

— Arrête ! a crié Jack pendant que Katia essayait rageusement de récupérer son bien. Rends-la-lui, Danny !

Danny a tendu la bouteille en soupirant.

— Tu vas devenir comme maman.

— Comme si toi, tu ne buvais pas ! C'est peut-être toi qui vas devenir comme maman, d'ailleurs. Ou comme papa, qui s'en prend à tout le monde. Est-ce que tu es en train de devenir comme papa, Danny ?

— Arrêtez, ai-je dit. Si on allait voir comment c'est à l'intérieur ?

La porte bleue était dévorée par les moisissures. En approchant, nous avons été pétrifiés en lisant l'inscription qui la surmontait :

« Abandonnez tout espoir, vous qui franchissez ce seuil. »

— On se croirait dans un film d'horreur, a murmuré Katia. Il faut qu'on entre.

— Pourquoi tu chuchotes ?

Jack a appuyé sur la poignée, et la porte s'est ouverte.

— Parce que j'ai l'impression qu'il y a quelqu'un. C'est peut-être la fameuse Tora…

J'ai baissé les yeux : deux vieux sabots rouges et un chausson de gymnastique unique, d'un blanc sale. Nous avons traversé la petite entrée jusqu'à une cuisine aux bancs bas et aux placards jaunes gondolés d'humidité.

— D'après mon père, les derniers à avoir vécu ici étaient des frères, a dit Jack. Deux asociaux qui ont vécu là toute leur vie.

— Sans gonzesses ? a demandé Danny.

— C'est ça.

— Quel cauchemar !

— Mais alors, de quoi vivaient-ils ? a voulu savoir Katia.

De la forêt, a dit Jack. La chasse, la pêche… Mais ensuite les frères étaient morts, et la maison était devenue un endroit où les jeunes venaient pour faire la fête. Et nous nous tenions à présent au milieu des débris de toutes ces histoires.

— Merde alors, a dit Katia en montrant les bouteilles vides et les bocaux sales sur le plan de travail. On a vraiment raté quelque chose.

Dans le séjour, il y avait un canapé dont le rembourrage et les ressorts sortaient du tissu de garniture. Dans la pièce suivante, un poêle en faïence et un vieux piano. Katia s'est dirigée vers l'instrument. Un nuage de poussière s'est soulevé du banc quand elle s'y est assise. Elle a effleuré les touches. Un peu désaccordé, mais pas catastrophique, a-t-elle constaté. Le jeu de ses doigts a évolué vers une mélodie que je n'avais encore jamais entendue, puis elle a entonné une chanson, très belle, sur les bras ouverts du chagrin, les instants de rire et les étoiles qui se montraient.

— C'est toi qui l'as écrite ? a demandé Jack quand elle s'est levée, prête à poursuivre la visite.

— Bon Dieu, non ! C'est Ted Gärdestad. Il doit y avoir un premier étage, non ?

J'ai grimpé l'escalier la première, en écartant les toiles d'araignée avec mes mains.

Là-haut, nous avons trouvé une souche de cheminée et trois chambres avec des rideaux de dentelle jaunie aux fenêtres et des lits sans draps.

Jack a montré le mur.

— Regardez, des gens ont écrit des choses.

Nous avons lu : « Chatte, bite, suce », et un tas de « *I was here* » suivis du nom et de la date. Soudain, j'ai vu l'autre inscription : « John et Cecilia ». Un cœur maladroit reliait leurs deux noms.

— Qu'y a-t-il, Vega ?

Jack avait une faculté particulière de percevoir mes moindres changements d'humeur.

J'ai indiqué les noms de mes parents. Les autres se sont rapprochés.

— Bah, ça n'a rien de bizarre, a déclaré Katia. Tout le monde traînait là à cette époque. En tout cas, d'après ma mère.

Elle avait raison. Mais leurs noms et le cœur gravés m'avaient rendue triste. Ils étaient venus là autrefois. Cecilia et John, jeunes et amoureux.

Nous avons continué à lire les inscriptions. Il y avait des extraits de chansons. Plusieurs personnes se déclaraient un amour éternel.

— Regardez ! a crié Katia.

Elle avait le doigt posé sur le mur et là, en lettres minuscules, parmi toutes les grandes proclamations : « Sofia est venue. » Et une date : « 06/07/1983 ».

— Mince alors ! C'est le lendemain de sa disparition, a dit Katia.

On a réfléchi. Ça collait.

— Mais d'autres ont bien dû venir ici ! Quelqu'un a bien dû voir ça, non ?

— Il n'y a rien dans le dossier d'enquête, en tout cas.

Katia a sorti son téléphone et a photographié le texte.

— C'est écrit tout petit. Et puis ces imbéciles de flics l'auraient sûrement ratée même si elle avait été taguée sur la façade.

— Ça ne veut peut-être rien dire, a répliqué Danny. Quelqu'un a pu l'écrire plus tard.

— Et pourquoi quelqu'un aurait fait ça ?

— Je n'en sais rien. Peut-être pour embêter tout le monde. En tout cas, ne commence pas à en faire une histoire. Ça ne te mènera nulle part.

— Qu'est-ce que tu sais de ce qui peut mener à quoi que ce soit ? Et comment peux-tu être aussi froid alors qu'on parle de notre propre tante ?

Danny a répliqué qu'il n'était pas froid, mais que c'était comme ce mantra que Kristina récitait en boucle quand elle voulait cesser de boire : accepter ce qu'on ne pouvait pas changer, changer ce qu'on pouvait et, surtout, surtout, réussir à faire la différence entre les deux.

Katia a dit qu'elle comprenait bien tout ça, mais qu'ils ne voyaient pas les choses de la même façon. Elle, elle croyait vraiment qu'il était encore possible de résoudre l'énigme, et elle n'était pas du genre à renoncer.

Le frère et la sœur ont recommencé à se chamailler, de façon plus violente que d'habitude, mais, avant que ça ne parte en vrille, Jack a réussi à faire diversion en proposant à Danny de descendre avec lui voir s'il y avait quelque chose d'intéressant à la cave. Ils ont disparu pendant que Katia et moi sommes restées là-haut.

On est entrées dans l'une des chambres et on s'est assises sur un lit. Le matelas était défoncé et taché.

Katia a allumé nos cigarettes.

— Danny ne comprend pas l'importance de clore les choses. Clôture, et réhabilitation pour Sofia.

— Il a peut-être raison. Il faut tourner la page.

— Oui, mais maman n'y arrive pas, alors on ne peut pas le faire non plus. Elle va se tuer à force de boire. Elle va mourir, tu comprends ? Et, même si elle est pénible, je ne peux pas vivre sans mère.

— Si, c'est possible.

Katia s'est frappé le front du plat de la main.

— Pardon, Vega. Je suis vraiment qu'une débilos.

— Pas de problème.

— Ce que je voulais dire, c'est que je ne peux pas laisser les choses en plan. Parce que si Kristina en arrive là, dévastée par l'alcool, morte, je veux pouvoir me dire que j'aurai au moins fait tout ce que je pouvais pour nous venger.

— Tout à l'heure, tu parlais de clôture, pas de vengeance.

— L'une n'empêche pas l'autre. Quand je pense qu'elle est venue ici…

Katia a caressé le papier peint à fleurs bleues qui partait en lambeaux.

— Tu te rends compte ? Elle s'est peut-être assise sur ce lit pour discuter le coup avec sa meilleure copine, comme toi et moi maintenant.

Je la voyais : Sofia dans sa robe rouge, assise en tailleur sur ce même matelas, en train d'échanger des confidences avec Camilla.

Nous avons fumé une autre cigarette à la fenêtre. Forêt et forêt à perte de vue.

— Est-ce qu'on va retrouver le chemin de chez nous ? ai-je demandé.

— Bah, on pourra toujours survivre grâce à la nature. Habiter ici tous les quatre. Tu feras quelques gosses avec Danny, et moi quelques-uns avec Jack.

— Je ne savais pas que tu étais amoureuse de Jack.

— Je ne suis amoureuse de personne, mais si c'était notre seule chance de survivre, alors…

— Je crois qu'on va réussir à rentrer.

— Tu me fais la gueule ?

— Pourquoi je te ferais la gueule ?

— Parce que j'ai dit que je pourrais avoir des gosses avec Jack.

— C'était une blague, non ?

J'ai repoussé l'image désagréable qui venait de surgir dans ma tête : Jack et Katia en pleine action, en train de concevoir des enfants.

Katia a tiré une taffe et a avalé la fumée. Puis elle a dit que c'était pour rire mais qu'elle l'avait toujours trouvé super.

— Il *est* super, ai-je dit.

— Pourquoi tu sors pas avec lui alors ?

— Pas envie.

— Menteuse.

J'ai avalé ma fumée, moi aussi, en me demandant si c'était vraiment visible à ce point ou si Katia faisait l'idiote, point barre. Mais elle avait raison. J'étais une menteuse.

Glad est revenu. Pourquoi Maggie ne m'avait-elle pas servi à boire ?

— Elle n'a rien commandé, a répliqué Maggie.

— Tu veux un shot réglisse ?

— Arrête ! Bien sûr que non, elle n'en veut pas, de ton shot réglisse.

J'ai dit qu'un shot réglisse serait parfait.

Glad est passé derrière le comptoir. Un shot pour moi. Et puis, fidèle à la tradition, un shot pour lui.

— Tu avais pourtant dit que tu allais te calmer, a commenté Maggie.

— Laisse-moi m'occuper de moi.

Maggie lui a jeté un regard froid. Elle le ferait volontiers, a-t-elle dit, si seulement il était capable de le faire. Elle a ajouté, en se tournant vers moi, que l'ivresse avait des effets secondaires, on prenait des décisions débiles, l'argent disparaissait et…

— Arrête de me faire la leçon devant nos invités. Je n'ai pas vu Vega depuis dix ans, alors arrête ton char et laisse-nous boire un coup.

— Mais tu avais promis que tu limiterais ta consommation aux week-ends, a insisté Maggie sur le même ton geignard.

— Et alors ? C'est le week-end. On est jeudi. Tu devrais te détendre un peu, Maggie.

— Et toi, tu devrais moins boire.

Maggie a jeté sur le comptoir le torchon qu'elle tenait à la main et est partie en direction des cuisines.

— Comment ça va, à Londres ? a demandé Glad, une fois nos shots éclusés.

— Bien.

— Et le mari ? Il est gentil avec toi ?

— Ça va.

— « Ça va »… C'est tout ? N'oublie pas que tu mérites ce qu'il y a de mieux.

Mon regard a plongé dans celui, brun et chaleureux, de Glad, et j'ai pensé qu'il avait tort.

Devant mon silence, Glad a donné un coup de chiffon au comptoir avant d'insister.

— À quoi ça sert d'être riche si on n'est pas gentil ?

— Pourquoi mon mari ne serait-il pas gentil ?

Il a haussé les épaules.

— Je ne connais pas beaucoup de riches qui le soient. Mais au fait, j'y pense, je ne connais pas beaucoup de riches. Content, en tout cas, que tu aies réussi à en choper un qui soit les deux.

J'ai hoché la tête. Intérieurement, je songeais aux conversations murmurées de Frans quand il changeait de pièce pour répondre à un appel, sur son portable, qu'il posait toujours écran vers le bas sur la table, ainsi qu'aux femmes du bureau, à Stephanie, Carol et Dieu sait comment elles s'appelaient encore, aux nuits où il ne rentrait pas à la maison, à tous les mensonges que je m'obligeais à avaler parce que… Parce que j'avais l'impression de ne pas avoir le choix. Tout cela me paraissait tellement insignifiant, à présent.

— Je n'aurais jamais cru que tu reviendrais, a dit Glad en remplissant à nouveau nos verres.

— Katia m'a appelée. Elle m'a demandé de venir, et elle avait une voix incroyablement triste…

— Elle t'a dit pourquoi ?

« Des choses sont remontées », voilà ce qu'elle avait dit. Mais ça, je ne pouvais pas le répéter à Glad. Alors j'ai éludé.

— On devait en parler à mon retour.

— Elle a encore perdu pied. C'est allé vite, cette fois. J'espère que tu vas pouvoir l'aider à se remettre en piste.

Je me souvenais des efforts obstinés de papa pour rendre sa bonne humeur à Cecilia et j'ai répondu que ce n'était pas si facile.

— Je sais, a dit Glad. Par expérience. Moi aussi, j'ai des périodes où je descends à la cave.

C'était surprenant d'entendre ça de la bouche de quelqu'un qui était généralement associé à la fête.

— Ah bon ? Et tu as pu être aidé ? Je veux dire, tu as parlé à quelqu'un ?

— Quelle différence ça ferait ?

— Je ne sais pas.

— Maggie me tanne pour que je prenne des médocs. Mais ça, j'en ai déjà, a-t-il ajouté en souriant. Un bar entier plein de médocs.

— Ce qui est dommage, c'est que ça n'aide qu'un temps.

Glad a ri.

— Tu m'étonnes que c'est dommage ! Mais que veux-tu, on est bien obligé de faire avec ce qu'on a.

Puis il m'a demandé combien de temps j'avais l'intention de rester. J'ai dit que je ne savais pas.

— Tu gardes la chambre tant que tu veux.

La conversation est revenue sur Katia. Je lui ai dit que j'étais passée chez elle mais que personne ne m'avait ouvert et que, chaque fois que je l'appelais, je tombais directement sur sa boîte vocale.

— Dans ces périodes-là, elle oublie de recharger son portable. Et quand elle ne va vraiment pas bien, elle n'ouvre à personne.

J'ai demandé depuis combien de temps durait cette « période ». Glad a hésité. En tout cas, a-t-il dit, juste avant que ça ne recommence, elle allait vraiment mieux.

— Que s'est-il passé ?

— Bah, elle a rechuté. Et maintenant, elle a l'air d'avoir dévissé pour de bon. On m'a rapporté qu'elle errait dans le bourg en parlant à tort et à travers à n'importe qui. Et puis elle a surgi ici un soir, totalement confuse.

— De quoi parlait-elle ?

Mon cœur s'est emballé au souvenir de notre dernier échange. « Tout est revenu. Je ne peux plus le garder pour moi. »

Était-il trop tard ? Nous nous étions promis un silence éternel, et la Katia d'autrefois n'aurait jamais rompu une promesse. Mais cela faisait presque dix ans. Dix années d'addiction, de trahisons et de solitude, ça pouvait transformer quelqu'un.

Glad n'a pas su me dire de quoi Katia avait parlé ce soir-là. Un blabla incohérent sur le châtiment, le pardon, toutes sortes de choses. Et aussi sur ce gars, là… Comment s'appelait-il déjà ? Le prof…

— Atle Berggren ?

— Oui.

— Ah. Et qu'a-t-elle dit sur lui ?

J'essayais de prendre un air dégagé, comme si ça ne me bouleversait pas de fond en comble.

— Quelque chose sur le fait que la culpabilité commence quelque part, un truc comme ça. Elle parlait tellement vite que j'avais du mal à la suivre.

— C'était quand ?

— La semaine dernière. Mercredi, peut-être… Oui, mercredi. C'est le jour où on nous livre la bière, et j'étais en train de réceptionner les caisses.

J'ai consulté mon téléphone. Aucun appel manqué, aucune réponse au moindre SMS. Je me suis excusée le temps de rappeler Katia, mais la messagerie s'est déclenchée dès la première sonnerie, avec le même message.

— Je ne comprends pas pourquoi elle ne me répond pas, ai-je dit en revenant vers Glad.

— T'inquiète pas pour elle, elle refera surface bientôt. C'est toujours le cas, tôt ou tard. Tu as interrogé Jack et Danny ? Ils en savent sûrement plus que moi.

J'ai dit que ça faisait des années que je ne leur avais pas parlé et que nous avions complètement perdu le contact.

Ce n'était pas la stricte vérité. Durant les premiers temps, Danny et Jack m'avaient téléphoné à Londres, mais comme je ne les rappelais jamais et que je mettais un terme à la conversation au bout d'une minute, ils avaient fini par renoncer.

— Et la fille de Katia alors ? Qui s'occupe d'elle ?

— Stella ? Elle est sûrement avec Jack.

— Ah bon ?

— Oui, il s'est toujours occupé d'elle, depuis le début. Je crois même qu'elle le considère comme son père.

J'ai imaginé la fillette de Katia avec Jack, sa petite main dans la sienne. Des images de Jack me sont revenues. Ses doigts sur les miens quand il essayait de m'apprendre à jouer de la guitare. Lui et moi en train de fumer en cachette dans le fenil de la ferme de Stentorp. Nos jeux dans la forêt. Toutes les occasions que nous avions laissé passer. Tout ce qui n'était jamais advenu.

— Jack ne semble pas t'avoir oubliée, en tout cas. Il mentionne ton nom quand il est bourré.

— Ah bon. Et il dit quoi ?

— Que tu lui manques. Je crois qu'il y a beaucoup de gens ici à qui tu manques, Vega.

— Tu as son numéro ?

Glad a pris son téléphone, et j'ai composé les chiffres au fur et à mesure qu'il me les dictait.

J'ai senti mon cœur battre au rythme des sonneries. Puis sa voix. Et moi :

— Jack ? C'est Vega.

Le silence a duré si longtemps que j'ai dû regarder l'écran pour vérifier qu'il n'avait pas raccroché. Les secondes ont passé. Puis, de nouveau, sa voix.

— Pardon, j'ai été un peu surpris. Tu m'appelles de Londres ?

— Non. Je suis rentrée.

— À Silverbro ?

— Oui. Je voulais voir Katia, mais je n'arrive pas à la joindre.

— Moi non plus. Personne n'a de ses nouvelles depuis mardi.

— Mais tu crois que… Vous n'êtes pas inquiets ?

Jack a répondu que si, mais qu'il était déjà arrivé à Katia de disparaître et qu'elle était toujours revenue.

— Vous êtes allés chez elle ? Vérifier qu'elle n'était pas inconsciente ou quelque chose comme ça ?

— Oui. Elle n'y est pas. J'ai les clés et je suis passé cet après-midi. Mais on dirait qu'elle n'a rien emporté, alors elle va sûrement revenir bientôt. Avec Danny, on va faire un tour demain. Il y a un certain nombre d'endroits où elle a l'habitude d'aller. On verra bien.

J'ai demandé s'ils avaient contacté la police. Danny venait de les appeler, a dit Jack, mais ils connaissaient Katia, alors ils n'étaient pas très motivés pour lancer une recherche.

Le fait de savoir que Katia était coutumière de ces périodes d'absence aurait dû me calmer. Mais, jusqu'à cette fois, il n'était jamais arrivé qu'elle me contacte. Cette fois, c'était différent. « Tout est revenu. Je ne peux plus le garder pour moi. » Mais je ne pouvais pas le dire à Jack et à Danny. Je ne pouvais le dire à personne.

— On peut se voir ? ai-je demandé. Je pourrais vous aider à la chercher.

Bien sûr, a répondu Jack. Avec un peu de chance, on se verrait même bientôt tous les quatre, si elle était en état. Il me rappellerait demain.

— Vega, a-t-il dit avant de raccrocher. Pourquoi reviens-tu maintenant ?

À trop jouer avec le feu

Nous étions à la ferme de Stentorp dans la chambre de Katia ; Jack dans le fauteuil en rotin blanc, moi sur le lit, et Katia en tailleur sur le sol, comme d'habitude. Ce n'était plus du jeu, a dit Jack à Katia, qui faisait l'idiote alors qu'il venait de jouer l'intro à la guitare.

— Pardon, a-t-elle dit. Quand c'est sérieux, j'ai toujours un fou rire, tu comprends ?

Non, Jack ne comprenait pas. Il restait quatre heures avant le concert, et ils avaient besoin de répéter, alors pouvait-elle être sympa et se concentrer un peu ?

— Elle a eu un fou rire à l'église pendant l'enterrement de notre grand-mère, a dit Danny, qui venait d'apparaître sur le seuil. Alors n'en attends pas trop d'elle.

— Ta gueule, a répliqué Katia.

— Quoi ? Je le mets en garde. Je veux qu'il sache que tu n'es pas fiable.

— Ce n'est pas ma faute. Parfois, je ris sans le vouloir. J'ai des mauvaises connexions dans le cerveau.

J'ai hoché la tête, je comprenais très bien. Ça m'arrivait, à moi aussi, de me mettre à rire à des moments inconvenants : quand les gens ne comprenaient pas ce que je disais, ou me comprenaient de travers, ou parfois à l'église avec grand-mère, ou quand quelqu'un tombait et se faisait mal. C'était exactement comme l'expliquait Katia : une sorte de court-circuit dans le cerveau. Et, une fois le fou rire lancé, impossible de l'arrêter.

— Je vais faire de mon mieux, a dit Katia en toussant. Tu reprends l'intro ?

Jack a obéi, Katia s'est mise à chanter et, comme à chaque fois que je l'entendais, le monde a disparu.

À la fin du morceau, elle s'est tournée vers Danny et moi, et elle nous a demandé si c'était OK.

C'était mieux que ça, avons-nous dit. Et Jack, il en pensait quoi ? Il a répondu qu'elle connaissait la réponse.

Katia a protesté. Comment pouvait-elle connaître la réponse ? Elle ne lisait pas dans les pensées.

— Tu as la meilleure voix de Silverbro.

Katia a ri en disant que ça ressemblait à une insulte. Bah oui, quoi, combien d'habitants y avait-il à Silverbro ? Et parmi eux… qui était capable de tenir ne serait-ce qu'une seule note juste ?

Jack l'ignorait. Il savait seulement qu'aucune voix, à Silverbro ou ailleurs, parmi toutes celles qu'il avait pu entendre, ne se mesurait à celle de Katia.

Je me suis levée. Aussitôt, elle a tourné la tête.

— Tu t'en vas ?

— Il faut que je rentre. J'ai des choses à faire.

— Comme quoi ? Écrire ?

— Oui, j'ai commencé un truc.

— Bon. Vas-y s'il le faut, mais si je ne te vois pas au concert ce soir, tu peux m'oublier.

— Bien sûr que je serai là.

En sortant, j'ai croisé Kristina, qui fumait une cigarette, assise sur les marches du perron. Je l'ai saluée et j'ai passé mon chemin, mais elle m'a appelée et a attendu que je sois devant elle pour reprendre la parole.

— La maison abandonnée, a-t-elle dit. Je sais ce que vous y avez trouvé. La date. Le fait que Sofia aurait été là-bas le lendemain de sa disparition.

— Tu étais au courant ?

Kristina a acquiescé. On avait découvert l'inscription environ une semaine après sa disparition, mais la police ne s'y était pas intéressée. Ils pensaient que quelqu'un d'autre l'avait griffonnée après coup, comme une blague de mauvais goût.

— Qui aurait fait une chose pareille ?

— Aucune idée. Mais je sais qui écrivait le plus souvent sur ces murs.

— Ah bon.

— Tu ne veux pas savoir qui ?

— Qui ?

— Ta mère, a dit Kristina en écrasant son mégot contre la marche en pierre.

— Je ne comprends pas où tu veux en venir.

— Moi non plus. Je divaguais à haute voix, c'est tout.

— Maman n'aurait jamais fait quelque chose d'aussi méchant. Et pourquoi ? Quelle raison aurait-elle eue ?

— Sofia a disparu cette nuit-là. Peut-être est-elle allée à la maison abandonnée. Et puis la nuit est devenue jour, matin et…

— Quel rapport avec ma mère ?

— Aucun. Oublie ce que je viens de dire et ne le répète surtout pas à ton père, s'il te plaît. Ça ferait du raffut pour rien.

Je suis partie après lui avoir assuré que je ne dirais rien. Pourtant, elle m'a appelée encore une fois pour me faire promettre de ne pas en parler à mon père, ajoutant qu'elle ne savait pas, elle-même, ce qu'elle racontait.

La première chose que j'ai faite en rentrant a été de tout raconter à papa. Ça l'a bouleversé. Kristina ne devrait pas passer son temps à répandre ces saletés de rumeurs, a-t-il dit. C'était déjà ce qu'elle avait tendance à faire avant la disparition de sa sœur, mais ça avait empiré depuis. Pourquoi diable Cecilia aurait-elle fait une chose pareille ?

— Oui, papa. Pourquoi écrire ça ? Sur une fille qui a disparu ?

Papa n'en avait aucune idée. Peut-être était-ce Sofia elle-même qui était passée là, ou alors quelqu'un d'autre. Comment savoir ? Mais une chose était absolument certaine : les gens faisaient parfois des choses horribles. Et je pouvais informer Kristina que Cecilia n'était pas dans la maison abandonnée cette nuit-là. Et lui dire que, si elle voulait en parler, elle pouvait s'adresser directement à lui.

Je suis montée au grenier, je me suis assise à la table sous la fenêtre et j'ai continué le récit que j'avais commencé sur Sofia. J'ai ajouté ce que nous avait raconté Kristina, les préparatifs de la fête, deux sœurs dans une salle de bains, Kristina aidant Sofia à appliquer l'ombre à paupières. « Ouvre les yeux. Ferme les yeux. Rouvre les yeux. » Sofia dans la robe à fleurs. La musique qui joue quand elles descendent l'escalier, les parents qui dansent dans le séjour. Un soir en plein cœur de l'été. À cet instant, personne ne sait que la famille Lo n'est au grand complet que pour quelques heures seulement et que la vie va bientôt exploser en mille morceaux.

Écrire m'a fait oublier le temps ; j'ai attrapé mon vélo à la dernière minute et j'ai pédalé jusqu'au bourg.

Katia et Jack se tenaient sur la petite scène du pub. Katia paraissait calme, mais Jack était pâle comme un linge, et ses doigts tremblaient en accordant la guitare.

Je me sentais aussi nerveuse que si j'avais été sur la scène à leur place, mais ensuite Jack a joué les premiers accords d'un des morceaux qu'ils avaient répétés, Katia s'est emparée du micro et s'est mise à chanter, et toutes mes tensions ont lâché d'un coup. J'ai regardé autour de moi. Les conversations d'ivrognes venaient de cesser brusquement, et tous les regards étaient tournés vers la scène.

C'est une maison avec autour du grillage à poules
Le monde l'a oubliée comme nous oublions nos rêves
En fumant des clopes

Le temps passe lentement, se remplit de rien
Cet endroit est mort, aucune lumière n'y parvient

En arrivant au refrain, Katia a serré les mains autour du micro et a fermé les yeux.

Je hais cet endroit, il me bouffe mon âme
Mais je me tire quand je veux
Ouais, je me tire quand je veux

En croisant le regard de Danny, j'ai cru voir des larmes dans ses yeux. Ou alors c'était moi qui voyais flou à cause des miennes.

Ils ont enchaîné plusieurs morceaux, y compris certains que je n'avais jamais entendus en répèt. Le public était de plus en plus enthousiaste. J'ai capté un échange entre Karsten et Holger.

— Si j'avais su que la petite chantait comme ça !

— Mais je te l'avais dit ! Je t'ai dit que c'était une star.

Ils étaient obligés de crier pour s'entendre et, dans son excitation, Holger a renversé sa pinte.

— Alors ? T'en as pensé quoi ? a demandé Katia en venant me voir à la pause, une fois les applaudissements terminés.

— Vous étiez…

Je ne trouvais pas mes mots.

— Tu étais magique.

— Sérieux ?

— T'as pas remarqué ? Les gens étaient comme dingues.

— Peut-être. Mais l'important, c'est ce que tu en penses, toi.

Il était vingt-deux heures passées quand j'ai posé la main sur la rampe en bois de l'escalier pour monter les trois étages jusqu'à ma chambre. La moquette rouge était plus tachée que dans mon souvenir. On n'avait pas le droit d'introduire de l'alcool dans les chambres, mais personne, pas même Glad, ne respectait le règlement quand c'était la fête.

La suite nuptiale n'avait pas changé. J'ai eu la sensation fantomatique que les fleurs coupées dans le vase posé sur le bord de la fenêtre étaient les mêmes que lors de ma précédente visite. Et quand j'ai soulevé la courtepointe du grand lit double, c'étaient aussi les mêmes draps : blancs avec un liseré argenté.

J'ai regardé mon téléphone. Deux appels manqués de Valter. J'avais oublié ma promesse de l'appeler.

Valter a décroché à la première sonnerie.

Étais-je bien arrivée ? Avais-je vu grand-père ? Où étais-je maintenant ?

Je lui ai dit que j'étais à Silverbro, au pub, et que oui, j'avais vu son grand-père.

— Quand est-ce que tu reviens, maman ?

— Je ne sais pas. Je vais peut-être rester une semaine.

— Pourquoi ?

— Ça fait tellement longtemps.

— Maman ?

— Oui.

— Tu me manques.

— Toi aussi.

C'était la première fois que j'étais séparée de Valter pendant plus d'une journée. Ç'aurait dû me faire un effet bizarre, mais Silverbro m'avait comme catapultée dans le passé et avait refait de moi la fille d'alors, qui n'avait qu'elle-même et ses rêves.

— Papa dit que tu es en enfer.

— Quoi ?

— Je l'ai entendu dire ça au téléphone. Que chez toi, c'est l'enfer sur terre.

— Il plaisante.

J'essayais de prendre une voix calme, mais c'était insupportable que Frans parle avec mépris de mes origines devant notre fils.

J'ai demandé à Valter de me le passer. Frans a pris le téléphone.

— Comment ça se passe ?

— Katia a disparu.

— Disparu ? Ça veut dire quoi ?

— Qu'elle n'est plus là.

— Mais elle ne voulait pas te voir ?

— Si. Personne ne sait où elle est.

— Mais enfin, elle est bien quelque part !

J'ai entendu qu'il mangeait quelque chose.

— Personne ne sait où, en tout cas.

— Katia n'est-elle pas... Je veux dire... Elle n'avait pas des problèmes ?

— Si. C'est bien la raison pour laquelle c'est inquiétant.

— Vous allez la retrouver, j'en suis sûr.

Frans a enchaîné en me demandant quand je revenais. Une fille du bureau pouvait s'occuper de me réserver une place sur un vol. J'ai dit que je m'en occuperais moi-même mais que je ne savais pas encore quel jour je rentrerais. Je devais d'abord retrouver Katia. Ensuite, je resterais peut-être encore un peu.

— Pourquoi ?

— Parce que j'en ai envie.

En le disant à haute voix, j'ai senti à quel point c'était vrai.

Frans m'a demandé de le rappeler quand j'en saurais plus. Après lui avoir dit au revoir, j'ai attendu un moment le téléphone à la main, songeant à ma vie à Londres, aux journées qui s'enchaînaient, aux nuits où je demeurais allongée, les yeux ouverts, à sentir la vie me quitter goutte à goutte. J'essayais d'écrire, mais, les premiers temps à Londres, j'avais à peine eu la force ne fût-ce que de lire. Peut-être était-ce la fatigue, les cauchemars récurrents qui me ramenaient à la lisière de la Grande Forêt et à la fournaise infernale.

J'ai rappelé Katia. Messagerie.

J'ai tenté de me calmer en écoutant sa voix. Elle devait être en train de cuver chez un copain à elle, un fêtard quelconque, elle me rappellerait le lendemain. Ou alors Jack et Danny la localiseraient.

Qu'est-ce qui est remonté ? lui ai-je demandé en pensée. *Tu étais sur le point de revenir à la vie. Pourquoi as-tu recommencé à te détruire ? Tu allais mieux pourtant...*

Oui, et après, j'ai été moins bien.

Pourquoi ?

Pas de réponse.

Je suis allée à la fenêtre, j'ai déplacé les fleurs et j'ai ouvert. Dehors, un bruit de moteur tournait et, plus loin dans l'obscurité, un rire. Au bord de la route, plusieurs lampadaires clignotaient tandis que d'autres étaient carrément éteints. J'ai aperçu une jeune femme. J'avais envie de lui crier que c'était dangereux de marcher seule la nuit. *Tu as oublié ce qui est arrivé à Sofia ?*

Je pensais à toutes les mises en garde de ma grand-mère : toujours être accompagnée, ne jamais être seule dehors la nuit, s'en tenir aux chemins éclairés. « Quoi que tu fasses, ne quitte jamais la route. N'oublie pas ce qui est arrivé à Sofia. » Mais je n'étais pas comme grand-mère. Je ne croyais pas à l'existence d'un loup qui attendait en embuscade l'occasion de repasser à l'acte.

J'ai sorti mon manuscrit et j'ai commencé à feuilleter les passages consacrés aux premières années après le retour des Rainen. Les fêtes que nous organisions à la ferme de Stentorp, l'alcool que nous allions mendier auprès de Holger Lo et de ses amis devant la supérette. La jeunesse, l'été, les rires et les chansons. Mais, au milieu de tout ça, il y avait aussi autre chose : le regard de Katia quand il s'obscurcissait, les jours où elle semblait se retirer loin en elle-même, ses chansons tristes. Et ça, ç'avait débuté bien avant la disparition de Sofia.

« La meurtrissure et la douleur : c'est là qu'il faut chercher, avait dit Atle. Tu dois aller là où ça fait mal. Tu dois aller vers l'obscurité. »

À trop jouer avec le feu

Certains jours, Samuel avait pris l'habitude de venir nous chercher à la sortie de l'école. Il attendait sur le parking devant l'entrée principale, cigarette au bec, appuyé contre sa voiture comme un acteur de film américain. Il en était très fier : une vieille BMW orange aux banquettes en cuir râpé avec une courroie de ventilateur qui couinait.

Je n'avais pas envie de monter avec lui, car il conduisait dangereusement. Chaque fois qu'il nous ramenait au Marais, je voyais arriver le moment où on partirait en tonneau dans un champ, en se cassant la nuque ou la colonne vertébrale.

— Tu n'as qu'à conduire toi-même, a-t-il dit un jour, alors que je hurlais ma peur panique sur la banquette arrière.

Il n'y avait que lui, Katia et moi, car Jack et Danny avaient pris la mobylette de Jack. Samuel a freiné et m'a laissée prendre le volant. J'avais déjà conduit un peu avec papa, j'étais capable de passer les vitesses sans caler, et Samuel a été impressionné quand j'ai démarré du premier coup.

— Va au lac, a dit Katia.

Elle avait baissé sa vitre et passé la main dehors pour sentir l'air.

— Quel lac ?

— Bah, le fleuve, quoi. La baignade à côté du pont. J'ai besoin de fraîcheur.

Je ne voulais pas traverser le bourg, mais quand je l'ai dit, Samuel a ricané. De quoi avais-je peur ? C'était bien le seul avantage d'habiter un trou comme Silverbro. Il n'y avait pas de police.

Je ne voulais pas que quelqu'un me voie et aille répéter à papa qu'il ou elle m'avait vue conduire. Il avait déjà suffisamment de déceptions à gérer.

— Mauviette, a dit Samuel quand je me suis arrêtée pour lui rendre le volant. Je ne savais pas que tu étais une telle poule mouillée.

Il nous a déposées au pied du pont, et Katia a dit que ce n'était pas la peine de nous attendre, qu'on rentrerait à pied.

Nous avons traversé le pont et marché jusqu'à l'endroit où des arbres faisaient écran entre la route et nous, et elle a commencé à se déshabiller.

— Tu vas vraiment te baigner ?

— Oui. Pas toi ?

— Mais on n'a pas nos maillots.

— On se baigne à poil et on séchera au soleil. Allez, viens.

Katia était déjà en culotte. Elle l'a enlevée.

À contrecœur, je me suis déshabillée tandis que Katia se jetait à l'eau en me criant de la suivre.

Je me suis obligée à faire comme elle. L'eau était si froide que j'ai eu mal dans tout le corps.

— La tête aussi ! a crié Katia.

J'ai trempé ma tête. J'ai poussé un cri.

— Tu es trop sensible, Silver.

Katia s'était mise sur le dos et flottait, complètement détendue.

— Tu n'as pas froid ?

Elle a dit que non. Elle croyait qu'elle avait une sensibilité différente de la moyenne. Le froid ne l'atteignait pas vraiment. La douleur non plus, en fait. Elle était capable de « débrancher » son corps et de ne rien sentir.

Je lui ai demandé comment elle avait appris à faire ça. Elle ne savait pas. Ç'avait commencé quand elle était petite. Ça se faisait tout seul.

Mais pas même Katia ne pouvait tenir le froid en échec indéfiniment, car, soudain, elle a dit qu'elle voulait sortir.

Elle m'a précédée sur la berge. En arrivant là où nous nous étions déshabillées, elle a poussé un cri.

— Bordel de merde ! Nos affaires !

Je l'ai vu, moi aussi, au même instant : nos vêtements n'étaient plus à l'endroit où nous les avions laissés.

— Ils doivent être par là, ai-je dit bêtement.

— Samuel ! a hurlé Katia. Rapporte les fringues !

Elle a continué de crier, et je ne savais pas si je devais être apeurée ou en colère, quand, soudain, un ricanement familier s'est élevé derrière les broussailles, et Samuel est apparu avec nos vêtements.

— Espèce de connard ! T'es complètement demeuré, ou quoi ?

Samuel était hilare. Je sentais son regard sur mon corps pendant que j'essayais de me cacher avec les bras, avec les mains.

— Vas-y, balance nos affaires ! On est en train de crever de froid.

— Je vois ça, a-t-il dit en souriant. Je vous ramène ?

— Non.

— Allez, quoi ! C'était une blague. Vous croyez que j'ai jamais vu de fille à poil ? Allez, zou, en voiture, avant de choper une pneumonie.

— On rentre par nos propres moyens, ai-je dit.

Sur le chemin gravillonné, pendant que nous revenions chez nous et que nos cheveux séchaient au soleil, Katia a dit que Samuel avait vraiment un truc tordu dans la tête. Il avait peut-être manqué d'oxygène pendant l'accouchement, ou un truc comme ça. J'ai demandé si le manque d'oxygène pouvait générer ce type de personnalité, et Katia a dit qu'elle n'en savait rien, mais qu'il était quand même gravement perturbé, ça ne faisait aucun doute.

— Ah non ! s'est-elle écriée en arrivant à Stentorp, où un pick-up inconnu stationnait dans la cour.

Ça signifiait que Tony était dans les parages. Pouvions-nous aller plutôt chez moi ?

Nous sommes parties, mais trop tard, Tony nous avait repérées.

— Katiaaaaa !

— Cours, a dit Katia. Cours !

Et on a couru.

Le lendemain, je me suis réveillée à huit heures et j'ai regardé mon portable, que j'avais laissé allumé toute la nuit avec le son. Ni appel manqué ni message.

Je suis allée prendre une douche. Le jet faible et tiède sortant du pommeau jauni m'a rappelé la sensation au Moulin, où il n'y avait jamais de pression et où l'eau chaude s'arrêtait brusquement. Le Moulin… Ç'avait été une lutte permanente contre le froid.

Au rez-de-chaussée, j'ai trouvé Glad au bar, en train de nettoyer le miroir derrière les bouteilles.

— Salut ! Petit déjeuner ?

J'ai dit que ça allait, mais Glad n'a rien voulu entendre. Une tartine et un café, c'était bien le minimum.

Il est parti dans la cuisine et il est revenu avec un sandwich au jambon et deux tasses de café noir. Entre-temps, je m'étais assise au comptoir ; Glad s'est perché sur un tabouret à côté de moi. Ce soir, c'était vendredi, a-t-il dit, et il avait concocté une playlist qui ferait danser tous les villageois, foi de Glad.

Il n'y avait pas que la musique qui faisait danser la clientèle du pub, ai-je pensé en regardant l'alignement de bouteilles rutilantes.

— Tu seras là, non ? Il y aura sûrement plein de gens que tu connais.

— Oui, bien sûr. Mais d'abord, je veux retrouver Katia.

— Elle se pointera peut-être à la soirée. Elle vient toujours le week-end, quand elle n'est pas trop mal en point. Si ce n'est pas ce soir, ce sera sûrement demain, car il y a un groupe qui joue et je sais qu'elle l'apprécie.

Pourvu qu'il dît vrai. J'ai appelé Jack. Il était en voiture avec Danny et m'a mise sur haut-parleur. Ils n'avaient aucune nouvelle de Katia, mais ils étaient en route vers quelques adresses possibles. C'était étrange que l'échange se réduise à ces phrases alors qu'on ne s'était pas vus depuis si longtemps. Mais l'absence de Katia rendait tout le reste dérisoire.

J'ai demandé où elle avait l'habitude d'aller quand elle disparaissait de la sorte. Chez des fêtards comme elle, a répondu Jack. Parfois, à son retour, elle ne savait pas exactement ce qu'elle avait fait ni avec qui.

— Vous êtes allés à la maison abandonnée ?

— Elle n'y a pas mis les pieds depuis des années. D'ailleurs, il fait beaucoup trop froid là-bas.

Jack a dit qu'ils allaient tout de même vérifier en revenant.

— Tu fais quelque chose de spécial là, tout de suite ? a demandé Danny.

J'ai répondu par la négative, et il m'a demandé si je pouvais passer voir Kristina à la ferme. Elle était un peu… agitée. Ça le rassurerait.

J'ai dit OK, et il m'a donné son numéro.

Kristina Rainen a décroché au bout de deux sonneries.

— Où es-tu ? a-t-elle demandé en découvrant que c'était moi.

J'ai dit que j'étais rentrée.

— Où ça ?

— Chez nous. À Silverbro. Je voulais voir Katia.

— Elle n'est pas ici, et je n'ai aucune idée de l'endroit où elle se trouve.

— Je sais.

— Je ne comprends pas qu'elle puisse faire ça alors qu'elle sait ce que j'ai traversé. Chaque fois que ça arrive, j'ai l'impression que c'est le même cauchemar qui recommence. Tu comprends ?

— Oui.

Je pensais à toutes les fois où maman avait disparu et où mon cœur battait comme celui d'un lièvre en panique. Je lui ai demandé si je pouvais passer, et Kristina a dit oui, si j'étais prête à supporter le bazar.

— Pas de problème.

— Viens dans une heure… Dans une heure, tu peux venir.

J'ai demandé à Glad si on pouvait appeler un taxi.

Il s'est marré.

— Tu sais bien que non.

— Parfois, les choses changent.

— Pas dans ce sens-là, a dit Glad. Les seuls changements par ici, c'est que les gens et les entreprises disparaissent. Mais tu vas où ? Je peux te prêter ma voiture.

— Stentorp. Je vais voir Kristina.

— Pas de problème, a-t-il dit en me tendant ses clés. Au fait, tu as entendu que le Moulin était à vendre ? Les derniers occupants sont partis, mais je n'ai pas encore vu les nouveaux. Espérons qu'il ne reste pas à l'abandon.

J'ai dit que je n'étais pas au courant, et papa non plus – du moins, je l'espérais, car cela l'aurait profondément attristé de l'apprendre.

J'avais passé mon permis de conduire à Londres, et mon corps entier protestait contre le fait de devoir tout faire à l'envers. Au moment d'enclencher les vitesses, ma main gauche se levait automatiquement et je devais sans cesse m'exhorter à rester à droite sur la petite route. Curieux que je n'aie jamais réalisé à quel point cet endroit était beau, ai-je pensé en bifurquant vers le Marais. Les feuilles des bouleaux commençaient à jaunir et se détachaient sur le fond sombre de la forêt de conifères. L'herbe des prés ondulait dans la brise – elle n'allait d'ailleurs pas tarder à se transformer en foin. Je pensais à toutes les fois où nous avions traversé ces champs en rentrant de l'école, Katia, Jack, Danny et moi, pleins de projets pour la suite de l'après-midi. Je pensais aux soirées que nous passions aux abords du marais, Katia et moi, avec nos shorts en jean et nos jambes dévorées par les moustiques, à sauter d'une touffe d'herbe à l'autre. Au moindre faux pas, terminé, nous aurions été aspirées vers le fond.

J'étais en avance. Je me suis dit que je pouvais faire un détour par le Moulin.

J'avais les mains qui tremblaient sur le volant en remontant l'allée, jusqu'au lieu qui avait été autrefois mon monde. La bâtisse m'a semblé à la fois familière et étrangère, posée là dans le paysage automnal. Je suis restée un long moment à contempler le jardin avant de descendre de voiture et de m'approcher. En plissant les yeux face au soleil, j'ai eu l'impression de voir Cecilia et John, assis sur les marches du perron, chacun avec sa tasse de café fleurie, comme ils le faisaient dans les bonnes périodes. Parfois, ils étaient si absorbés l'un par l'autre qu'ils ne remarquaient pas ma présence tant que je n'étais pas pile devant eux. J'aimais penser à eux ainsi. John et Cecilia, tête contre tête, ses cheveux blonds à lui se mêlant à ses mèches sombres à elle.

Les framboisiers étaient encore là. Je me suis approchée des buissons jaunissants en me rappelant toutes les fois où maman et moi cueillions les framboises chaudes de soleil pour en faire du sirop, que nous versions dans des bouteilles en verre avec des étiquettes de notre propre fabrication qui disaient : « Buvez-moi ! » Le grand massif de fleurs de grand-mère avait disparu, réduit à un imperceptible tracé sur la pelouse. L'intérêt pour les fleurs était sans doute la seule chose que grand-mère et maman avaient partagée. Au milieu des pois de senteur, des roses et des marguerites, il pouvait arriver qu'elles échangent. « Regarde, Astrid ! Une belle-dame sur la belle-de-jour ! Quelle coïncidence ! » Et toutes deux de m'expliquer que le papillon et la fleur avaient une vie aussi courte l'un que l'autre. J'adorais apprendre d'elles le nom des plantes et leur signification, j'adorais les entendre parler de ce qu'elles avaient l'intention de planter à la saison suivante. Protea ? avait proposé maman, un jour. C'était une fleur qui supportait tout.

Pas le froid, avait répliqué grand-mère. Le froid, elle ne le supportait pas du tout.

Maman avait protesté. Protea, ça voulait dire « changeante », et ça résistait à tout, même aux incendies. Elle avait lu ça quelque part.

Peut-être, avait dit grand-mère, mais au froid, non. Elle ne survivrait pas à l'extérieur, elle en était certaine.

Mais elle était si belle, avait dit maman. Pourquoi ne pas la planter et la laisser vivre tant qu'elle supporterait le climat ? Rien ne vivait éternellement, de toute façon. Le glas sonnait pour nous tous.

Grand-mère avait alors proposé une culture en pots. Mais maman les avait plantées en pleine terre, le long de la façade sud. Elles avaient survécu jusqu'à la première nuit de gel.

J'ai tâté la poignée de la porte. Fermée, bien sûr. J'ai fait le tour du bâtiment et j'ai levé les yeux vers la fenêtre de la chambre qui était autrefois la mienne. Au-dessus : la lucarne du grenier. Ma table de travail était-elle encore là ? Ou papa s'était-il débarrassé du bric-à-brac en vendant la maison ? Je n'en savais rien. Quand il l'avait vendue, j'étais déjà loin.

J'ai regardé par la fenêtre du séjour en plaquant mes mains de part et d'autre de mon visage. Les rayonnages sur mesure que maman avait persuadé papa de fabriquer étaient vides.

Cecilia m'avait présenté tous les livres qu'elle préférait. La plupart avaient été écrits par des femmes qui s'étaient suicidées. J'adorais l'entendre parler des diverses méthodes qu'elles avaient utilisées. Je ne sais pas pourquoi j'aimais tant entendre parler de techniques de suicide, mais c'était comme si je n'en avais jamais assez de ses récits sur Karin Boye et les médicaments, Sylvia Plath qui avait tourné le bouton du gaz et introduit sa tête dans le four, Victoria Benedictsson qui avait approché une lame de son cou, et Virginia Woolf qui avait lesté les poches de son imperméable avant d'entrer dans la rivière. Maman disait qu'elle pensait souvent à ce qui aurait pu advenir, si tout avait été différent. Que serait-il arrivé si Karin Boye avait vécu à une époque où l'on avait le droit d'aimer qui on voulait ? Si Woolf était née sous une meilleure étoile ? Si Plath avait épousé quelqu'un d'autre que ce poète sournois qui la trompait à n'importe quelle heure du jour et de la nuit ? En tout cas, elle était certaine d'une chose : alors nous n'aurions pas eu l'occasion de lire ces textes à la beauté douloureuse. Car il était sans doute vrai que les plus grandes œuvres émanaient des âmes les plus sensibles.

Je me suis tournée vers l'atelier. Je ne voulais pas y aller, mais je l'ai fait quand même. La porte, étrangement, n'était pas verrouillée. J'ai hésité. Je n'y avais pas mis les pieds depuis ce que grand-mère et papa appelaient « l'accident ». Mais puisque je n'avais plus l'intention de contourner l'obscurité, il n'y avait qu'à franchir le seuil.

L'odeur de térébenthine et de peinture à l'huile m'a saisie, à peine entrée, et m'a renvoyée tout droit en enfance. J'étais une petite fille cachée près de la porte pour voir les toiles se remplir de couleurs, observant sa maman se mouvoir seule dans un monde qui ne s'ouvrait que pour elle. Les propriétaires suivants avaient dû utiliser l'atelier comme resserre, car il était encombré de vieux vélos, de traîneaux et d'outils de jardinage. Pourquoi avaient-ils laissé tout cela en partant ? J'ai soudain éprouvé l'envie subite de tout sortir et de recréer le lieu tel qu'il avait été autrefois, avec les chevalets, les toiles, les pinceaux, du feu dans la cheminée qu'on distinguait difficilement, à présent, à cause du bazar. Mon regard s'est arrêté sur le petit tabouret rouge, coincé entre un fauteuil et une tondeuse à gazon. C'était là que je m'asseyais parfois, quand maman m'autorisait à rester avec elle. J'ai repensé à une certaine période où elle peignait en vue d'une exposition et me questionnait sur les couleurs, les motifs, les émotions qui affleuraient dans ses œuvres comme si j'étais une personne dont les réponses avaient de l'importance. Je me suis rappelé le soir du vernissage. Toutes ces choses subtiles dont maman avait parlé avec moi passaient visiblement au-dessus de la tête des invités, qui avaient dévoré les petits fours et bu tout le vin avant de disparaître, direction le pub, sans lui avoir acheté la moindre toile.

« Ils sont aveugles, avait dit papa tandis que maman pleurait. La prochaine fois, il faudra inviter des gens qui comprennent ce que c'est que l'art quand ils en ont un exemple sous les yeux. »

Ce soir-là, maman avait refusé de rentrer avec nous en voiture. Elle voulait faire une promenade. Elle s'était emportée contre papa et grand-mère, disant que ce n'était pas la peine de faire cette tête effarée alors qu'elle avait seulement besoin de prendre l'air. Mais ensuite les heures avaient passé, et maman ne revenait toujours pas. Elle était rentrée à l'aube, sans avoir l'air de saisir pourquoi papa et grand-mère étaient si agités. Elle était allée marcher un peu sur la glace, avait-elle dit. Le lac scintillait, tellement beau, comme s'il ne demandait qu'à être traversé. Grand-mère avait répliqué que ce n'était pas un lac, c'était un fleuve. Pourquoi cette manie de couper les cheveux en quatre ? L'eau, ce n'était jamais que de l'eau. Mais il ne s'agissait pas de ça, avait dit grand-mère. La glace d'un fleuve était traîtresse. Un fleuve, c'était de l'eau en mouvement. Maman aurait dû le savoir, elle qui avait vécu toute sa vie à Silverbro.

Maman avait rétorqué qu'elle était en vie, que leur fallait-il de plus ? Elle avait survécu et elle n'avait même pas eu froid. Fallait croire qu'elle était une surfemme.

Non, elle n'était pas une surfemme, avait répondu grand-mère. Et pas davantage Jésus qui marchait sur l'eau. Alors maman avait ri en disant qu'Astrid ne pouvait pas décider à sa place de ce qu'elle était ou non. Astrid n'était pas Jésus, elle non plus.

J'essayais de garder les yeux rivés au sol, mais ils se levaient vers le plafond malgré moi. C'était papa qui l'avait trouvée pendue à l'une des poutres. Cette vision m'avait été épargnée, pourtant elle était tout à fait présente, imprimée pour toujours sur ma rétine. Et malgré le brouillard de chagrin pelucheux qui s'était abattu sur la ferme à compter de ce jour-là, je me souvenais soudain avec une clarté parfaite des pensées que j'avais eues, ce premier soir, alors que j'étais au lit et que la main rêche de grand-mère me caressait le front. J'avais prié le bon Dieu, auquel je ne croyais pas, de laisser le sommeil m'emporter à jamais, car je ne voyais pas comment j'allais pouvoir continuer à respirer pendant tout le reste des jours, des mois, des années où j'allais devoir vivre sans maman.

En descendant de voiture, j'ai été frappée par le silence qui régnait dans la cour de la ferme. Il y avait eu tant de bruit autrefois à Stentorp, entre les chiens qui aboyaient, les moteurs qui s'emballaient, les coups de marteaux qui résonnaient à toute heure du jour et de la nuit. L'endroit semblait presque inhabité. Sauf qu'un fauteuil jaune déglingué était posé sur l'herbe. Et de vieux appareils électroménagers s'entassaient le long de la façade.

En remontant l'allée de gravier, j'ai jeté un coup d'œil aux restes de l'ancien chenil. Les planches qui avaient naguère fait tenir la structure s'étaient effondrées, et le grillage à poules gondolait dans tous les sens.

Je me suis rappelé ma première rencontre avec les chiens. La fierté avec laquelle Samuel nous avait expliqué qu'ils pouvaient mettre en pièces un être humain en un rien de temps. Après ce jour-là, j'avais toujours fait un grand détour, de peur que le grillage ne cède et que les bêtes aux yeux clairs ne m'attaquent, gueule béante, et ne me déchirent entre leurs crocs.

Mon regard est tombé sur la petite fenêtre du pignon de la grange. L'ancien logis de Samuel Rainen.

Ne pense pas à ça maintenant. Ce n'est pas arrivé.

Il n'y avait plus de sonnette, alors j'ai frappé. Rien. J'ai tâté la poignée. La porte s'est ouverte.

— Il y a quelqu'un ? ai-je appelé vers l'intérieur de la maison.

Aucun chat n'est venu se frotter à mes jambes, personne ne m'a crié d'entrer. J'ai actionné l'interrupteur, mais l'ampoule au plafond ne s'est pas allumée.

— Kristina ? ai-je fait en me dirigeant vers la cuisine.

— Bon sang, ce que tu m'as fait peur ! s'est exclamée une voix au moment où je passais devant le séjour.

Kristina s'est redressée sur le canapé. Son regard avait du mal à se fixer.

Elle offrait une vision désolante. Dix ans plus tôt, elle était déjà marquée par la vie et l'alcool, mais là, elle semblait avoir vieilli à une vitesse phénoménale. Son visage anguleux n'offrait plus que des creux et des ombres, comme si la mort avait déjà entrepris de le remodeler à son idée.

— J'ai dû boire un coup pour calmer l'inquiétude, a-t-elle dit en voyant mon regard se poser sur les bouteilles qui encombraient la table basse. Peu importe le nombre de fois qu'elle disparaît, j'ai toujours aussi peur. C'est comme si elle voulait tuer le peu de moi qui reste. N'en ai-je pas assez supporté ? Ça ne suffit pas ?

Je croyais qu'il s'agissait d'une question rhétorique, mais la voilà soudain qui me regardait comme si elle attendait une réponse.

J'ai dit qu'elle avait raison. C'était plus que suffisant.

— Dieu me hait. Et il hait ma famille.

— Je ne pense pas que Dieu y soit pour quelque chose.

— Ah bon ? Alors comment expliques-tu que nous nous prenions un nouveau coup chaque putain de fois que nous essayons de nous relever ?

Je n'ai rien dit parce que je n'en savais rien. La seule chose dont j'étais relativement sûre, c'était qu'aucune puissance divine ne veillait à équilibrer les plateaux du bonheur et du malheur.

— Tu sais combien de fois je lui ai dit d'arrêter cette merde ?

Kristina s'est resservi un verre de vin, et je n'ai pu m'empêcher de penser à toutes les fois où Katia lui avait adressé exactement la même demande.

— Une addiction ne disparaît pas avec de simples mots, j'imagine.

— Ah bon ? Et que veux-tu que je fasse, dans ce cas ?

— Tu n'as rien fait de mal. C'est juste que ça me paraît difficile.

— Elle est ma seule fille.

J'ai acquiescé. J'avais l'impression qu'elle parlait à une inconnue, et non à quelqu'un qui avait longtemps vécu dans la ferme voisine et qui savait qu'elle avait effectivement une fille, ainsi que deux fils, une sœur qui avait disparu, une mère qui s'était enfuie et un père qui était mort à force de boire.

Il y a eu un silence. Kristina a commencé à tâtonner au milieu des mouchoirs, des emballages de bonbon, des bouteilles et des verres sales, et elle a fini par trouver ce qu'elle cherchait : un paquet de cigarettes.

Elle en a allumé une et a aspiré la fumée au fond de ses poumons, avant de se carrer au fond du canapé en fermant les yeux. J'ai cru qu'elle m'avait oubliée. Mais, soudain, elle a rouvert les yeux.

— Pardon, a-t-elle dit. Je suis vraiment très fatiguée. Assieds-toi. Tu veux boire quelque chose ?

— Non, merci. Je conduis.

— Une cigarette alors ?

Elle m'a tendu le paquet. J'en ai pris une.

— Pourquoi es-tu rentrée ? Tu n'es pas venue depuis... Attends... Depuis que tu t'es carapatée là-bas, à Londres.

— Je suis venue pour voir Katia, lui ai-je rappelé.

Je lui ai décrit notre échange au téléphone, combien Katia paraissait bouleversée.

— Faut croire qu'elle était sous influence.

— Oui, mais il y avait autre chose.

— Elle avale malheureusement à peu près tout ce qu'elle trouve.

— Je crois qu'il s'était passé quelque chose.

Kristina m'a lancé un regard grave.

Maintenant, elle va le dire, ai-je pensé. *Elle va me dire qu'elle est au courant de tout.* Mais non.

— Je regrette de ne pas lui avoir parlé, a-t-elle dit simplement. Quand elle est venue la semaine dernière. Elle voulait récupérer des choses dans sa chambre. C'était mardi. Ou mercredi.

— Quelles choses ?

— Je n'en sais rien, moi. Je l'ai laissée faire. Quand elle est de cette humeur, il vaut mieux se planquer.

— Ça te dérange si je monte jeter un coup d'œil dans sa chambre ?

Kristina a fait non de la tête. Je pensais qu'elle me laisserait y aller seule, mais elle s'est levée et m'a précédée. Dans l'escalier, elle a failli trébucher mais s'est ressaisie.

— Tu as vu ça ? a-t-elle dit en me montrant une photo de famille sur le mur. C'est notre mariage, à Tony et à moi.

Ça ne ressemblait pas à une photo de mariage. Tony était en jean et en chemise tandis que Kristina portait une robe jaune mal coupée qui lui arrivait aux genoux.

— Je n'avais pas ressorti cette photo depuis le divorce, mais je la trouve bien là. Chaque fois que je la vois – ça va peut-être te paraître horrible –, mais je me dis qu'il va bientôt crever. Cet homme-là n'avait rien de bon en lui.

— Papa m'a appris qu'il était malade.

— Oui, a dit Kristina en souriant. Il a une tumeur au cerveau.

À trop jouer avec le feu

C'était un soir d'automne, et je rentrais chez moi après avoir passé du temps avec Katia quand je suis tombée sur Tony Rainen. L'herbe était mouillée à cause de la pluie. Aussi, au lieu de prendre le raccourci par le jardin et d'escalader le mur, j'avais décidé de rester sur le chemin. Le ciel était rose, et l'air, parfumé par la mousse et les feuilles en décomposition. J'étais déjà dans le bois quand j'ai entendu un bruit de pas derrière moi. Je me suis retournée. Je l'avais déjà vu plus tôt dans la soirée, mais à une distance rassurante, depuis l'intérieur de la ferme, pendant qu'il hurlait des insanités dans la cour. Or, tout à coup, il était là, tout près de moi, avec le même sourire ambigu que celui de son fils aîné. Son tee-shirt noir ne couvrait pas le bas de son ventre. Le nom de sa boîte de terrassement était écrit dessus en grandes lettres vertes : Rainens Gräv.

— Tu voulais me dire quelque chose ?

Ma voix tremblait.

— Non. C'est un chemin public, j'ai le droit d'y être comme toi.

— OK, ai-je dit en me remettant en marche.

— Attends un peu.

Je me suis de nouveau tournée alors que je ne le voulais vraiment pas.

— Je suis Tony Rainen. J'ai vu que tu venais de la ferme et… Bon, je ne sais plus trop qui sont les amis de mes enfants, alors je voulais juste te dire bonjour. Tu es la fille de l'autre, là, non ? a-t-il ajouté en faisant un pas vers moi.

— Ça dépend. De qui tu parles ?

— Cecilia. Tu es son portrait craché.

Puis, sans que j'aie confirmé le lien de parenté, il a enchaîné :

— Tu lui passeras le bonjour.

— Bien sûr, ai-je répondu en sentant un froid caresser ma nuque.

Je ne sais pas pourquoi je n'ai pas dit la vérité, que Cecilia était morte depuis des années. Peut-être parce que j'avais le sentiment terrible que Tony le savait déjà.

Il a laissé passer un temps, puis il a changé de sujet.

— Ils vont comment, à Stentorp ? Il y a eu quelques embrouilles avec Kristina, alors, que veux-tu, elle ne me laisse pas entrer.

J'ai pensé à ce que m'avait raconté Katia. Les yeux au beurre noir, les menaces, les portes fermées à clé. « Quelques embrouilles »... Était-ce ainsi que Tony voyait les choses ?

— Ils se débrouillent, ai-je dit.

Tony a sorti un paquet de cigarettes de la poche de sa chemise avec des gestes mal assurés. Il me l'a tendu. J'ai fait non de la tête.

Puis il s'est mis à parler de Silverbro, qui était un endroit horrible, plein d'hypocrites, rancuniers et menteurs, qui n'oubliaient jamais le moindre faux pas. Qu'est-ce que j'en pensais ? C'était un endroit épouvantable, non ?

Il s'est approché un peu plus de moi. Il était si près à présent que je percevais son odeur fétide mêlée à celle de l'alcool. Que ferait-il si je m'enfuyais ? Est-ce qu'il me poursuivrait ?

J'ai levé la tête vers le ciel et les cimes des sapins qui oscillaient au-dessus de nous, et je me suis maudite de ne pas avoir pris le raccourci par le mur. Puis on a entendu un aboiement. Quelques secondes plus tard, Samuel a surgi sur le chemin avec l'un de ses chiens.

— Papa ? Je ne savais pas que tu étais dans le coin. Maman est au courant ?

— Non.

Tony s'est penché vers le chien et lui a gratté la tête, fort, avec les deux mains.

— Si je lui annonçais ma venue, ce n'est pas non plus comme si elle allait m'accueillir avec du café et des gâteaux.

— Je peux te faire un café chez moi, a dit Samuel en enroulant la laisse autour de son poignet.

Samuel paraissait plus jeune, subitement, et il parlait beaucoup moins fort que d'habitude.

Tony a gardé le silence un moment avant de dire qu'un café ne serait pas de refus. À condition que Kristina ne se mette pas en tête d'appeler la police.

Samuel a dit qu'ils pouvaient passer par-derrière. Pour peu qu'il évite d'aller jusqu'à la maison et de s'engueuler avec elle, Kristina ne remarquerait rien.

Ils sont partis. J'ai entendu Tony dire à Samuel qu'il ne s'engueulait pas avec Kristina. De temps en temps, il était obligé de remettre les pendules à l'heure, voilà tout. Quand elle devenait folle et méchante. Bah quoi ? Comment faire autrement ? Il était quelqu'un qui ne tolérait pas qu'on lui manque de respect.

Kristina a ouvert la porte de la chambre de Katia. Tout était exactement comme dans mon souvenir : les meubles en rotin blanc, le vieux bureau, les affiches de groupes dont j'avais oublié le nom. J'ai regardé le bord de la fenêtre où Katia et moi avions l'habitude de nous asseoir face à face, avec nos plantes de pieds qui se touchaient, à fumer et à parler de tout ce qu'on ferait quand on serait assez grandes pour décider de tout nous-mêmes.

Le téléphone de Kristina a sonné.

— Putain, il est où ? a-t-elle fait en palpant les poches de son pantalon.

J'ai désigné sa poitrine, où la lumière de l'écran brillait à travers son tee-shirt. Kristina l'a repêché en plongeant une main tremblante dans son soutien-gorge.

— C'est Danny, m'a-t-elle soufflé avant de décrocher. Oui, Danny. Vous l'avez trouvée ? Et alors ? Il a dit quoi ? Mais il l'a vue quand ? Non, mais ça, c'était avant qu'elle fiche le camp. Non, je ne suis pas désagréable, seulement inquiète.

Kristina s'est assise sur le lit et a ajouté que non, elle n'avait pas bu. Ou alors juste un petit verre, histoire de se calmer les nerfs. Elle a écouté un moment avant d'appuyer son front contre sa main libre en disant qu'elle ne pouvait pas le savoir mais que ce n'était pas un problème. Elle n'avait pas beaucoup bu.

Elle a raccroché et a levé les yeux vers moi.

— Stella a mal au ventre. Il faut aller la chercher à l'école. Si j'avais su, j'aurais fait en sorte de rester sobre. Mais je suis pas voyante non plus.

— Qui va aller la chercher alors ?

— Jack. Jack va aller la chercher et il va l'emmener chez ses parents.

Elle s'est levée et m'a demandé si j'avais fini de voir ce que je voulais voir.

Mon regard s'est posé sur la penderie, dont la porte était ouverte. Elle ne contenait plus beaucoup de vêtements, et il m'a semblé apercevoir des bouts de scotch dans l'espace entre deux cintres.

— Elle a jeté l'enquête ?

Au même instant, j'ai compris que Kristina n'était peut-être pas au courant, et que Katia avait évidemment pu emporter les coupures de presse et les photos bien avant, au moment de son déménagement.

Mais Kristina a repoussé les vêtements qui restaient sur le rail et a écarquillé les yeux en voyant le mur vide.

— Ça alors ! Qu'est-ce qu'elle en a fait ? Tout était encore là la semaine dernière. Je le sais, je l'ai vu en passant prendre un pull.

— Katia a-t-elle pu la récupérer l'autre jour ?

— C'est bien possible, mais je ne vois pas pourquoi. Cela faisait des années qu'elle ne s'en occupait plus. Pourquoi maintenant ?

— Je ne sais pas.

Je pensais aux paroles de Katia au téléphone : « Rien n'est comme je le croyais. Tout est revenu. Je ne peux plus le garder pour moi. »

— Tiens, voilà Danny, a-t-elle dit en regardant par la fenêtre.

Nous étions de nouveau au rez-de-chaussée.

— Vega, a fait Danny en entrant.

Il est venu m'embrasser sans prendre la peine d'enlever ses chaussures.

— Alors ? a demandé Kristina. Quelqu'un en ville sait où elle est ?

— Non. Et elle n'est pas non plus dans la maison abandonnée.

— Qu'est-ce qu'elle serait allée faire là-bas ?

— On cherche partout, maman.

Danny s'est tourné vers moi en disant qu'il était content que je sois rentrée et que Katia le serait, elle aussi, quand elle reviendrait.

— Si elle revient, a dit Kristina.

— Bien sûr qu'elle va revenir.

Danny a pris un verre sur le plan de travail, l'a rempli au robinet et a bu d'un trait.

— Ils disaient pareil pour Sofia. Ils disaient qu'ils allaient la retrouver, mais…

— On a toujours retrouvé Katia, a dit Danny.

— Tu sais que l'enquête a disparu ? L'enquête de Katia sur Sofia, sur le mur au fond de sa penderie. Elle n'y est plus.

— C'est important ?

— Je n'en sais rien, mais Katia est venue ici en disant qu'elle voulait récupérer des choses dans sa chambre et, maintenant, elle n'est plus là, et son enquête non plus.

Le téléphone de Danny a émis un tintement.

— C'est elle ?

— Non, c'est Jack. Stella est triste.

— Moi aussi, je le suis.

— Tout le monde est triste, maman. Mais Stella est une enfant, et c'est sa mère qui n'est pas là.

— Katia est mon enfant, a dit Kristina en remplissant son verre.

— Ça suffit, a dit Danny d'un ton brusque en saisissant la bouteille d'une main et le verre de l'autre.

— Tu ne décides pas pour moi !

Kristina lui a arraché la bouteille des mains et s'est dirigée vers l'entrée.

— Où vas-tu ?

— Dehors. Respirer.

La porte d'entrée a claqué. Danny a poussé un soupir.

— Rien n'a changé, comme tu peux le voir. Tu veux un café ? Je te préviens : la cafetière est cassée, il n'y a que de l'instantané.

J'ai dit que je voulais bien un café, et Danny a mis une casserole d'eau à chauffer sur la gazinière.

— Regarde-la ! a-t-il fait en indiquant la fenêtre.

Je l'ai rejoint. Kristina était assise avec sa bouteille sur le vieux fauteuil jaune.

— C'est une gosse. Elle n'est jamais devenue adulte.

— Mais maintenant, elle est aussi assez ivre. Elle s'inquiète pour Katia.

— Ça n'a rien à voir avec Katia. Elle est toujours plus ou moins ivre.

Il m'a tendu une tasse de café.

— Où Katia a-t-elle été vue pour la dernière fois ? ai-je demandé après m'être brûlé la langue.

— La mère de Jack l'a croisée au village mardi après-midi. Depuis, personne n'a de ses nouvelles.

— Qu'est-ce qu'on fait ?

— On continue de chercher, j'imagine. Avec Jack, on va aller écouter le concert au pub ce soir et on va en profiter pour parler à tous les gens qu'elle connaît. Si on a de la chance, elle sera là. Sinon on rappellera la police. Mais ils n'ont pas l'air de se faire beaucoup de souci pour elle…

Danny s'est tourné vers moi.

— Pourquoi es-tu rentrée, Vega ? Précisément maintenant ?

— Katia m'a appelée. Elle voulait que je vienne.

— Elle t'a dit pourquoi ?

J'ai dévisagé Danny en me demandant ce qu'il savait. Personne n'était aussi proche de Katia que lui. Peut-être lui avait-elle tout raconté. Mais, dans ce cas, il m'en aurait parlé de lui-même, non ?

— Elle voulait me voir. Elle n'allait pas bien.

— Je ne savais pas que vous vous appeliez.

— Non. Ça faisait des années que je ne l'avais pas entendue.

— Alors pourquoi t'a-t-elle téléphoné tout à coup ?

— Je ne sais pas. Elle a dit que des choses étaient « revenues », mais elle n'a pas précisé quoi. Et là, quand j'ai vu que sa reconstitution de l'enquête avait disparu, j'ai pensé qu'elle avait peut-être découvert quelque chose et commencé à chercher de son côté, et que ça avait peut-être contrarié quelqu'un.

Danny a reposé sa tasse et m'a regardée bien en face.

— Tu veux dire que quelqu'un serait après elle ?

— Je ne sais pas. Ça m'a juste frappée, et je me suis dit qu'il y avait peut-être un lien. Vous avez bien regardé chez elle ? Peut-être a-t-elle laissé l'enquête là-bas ?

— On n'a rien vu quand on y est allés, mais faut dire qu'on ne cherchait pas vraiment son enquête. On a juste vérifié en vitesse si elle avait emporté des affaires.

— Et alors ?

— D'après ce qu'on a pu voir, elle n'a pris que son portable.

— Son portefeuille ?

— Je ne pense pas qu'elle en ait un. D'habitude, elle range sa carte de crédit dans sa poche.

J'allais demander si on pouvait aller vérifier tout de suite quand le téléphone de Danny a sonné. Il s'est excusé en disant qu'il devait prendre l'appel.

— Non, elle n'est pas rentrée. Qu'est-ce que ça peut te faire ? Eh bien, dans ce cas, tu pourrais peut-être nous donner un coup de main. Ou t'occuper de maman, par exemple. Non, ce n'est pas ça. Non, je me fous de lui. Oui, tu peux venir. Tu devrais déjà être là depuis longtemps.

Danny a rangé son téléphone. J'avais compris, mais il l'a dit quand même :

— C'était Samuel.

— Tu crois qu'il viendra ?

Danny a haussé les épaules en disant qu'il l'espérait, qu'il était peut-être temps que Samuel se soucie de quelqu'un d'autre que de leur dingue de père.

Je ne voulais pas être là quand il débarquerait.

— J'ai appris que Tony était malade, ai-je dit en déposant ma tasse dans l'évier.

— Oui, il est en train de mourir. On devrait sans doute être tristes, mais tu sais comment c'était chez nous.

J'ai acquiescé en silence.

— Samuel est le seul qui se préoccupe de lui. Katia et moi, on ne lui a pas rendu visite une seule fois. Pourtant, il nous a suppliés. L'hôpital nous a même appelés, mais on a dit non. Il veut probablement qu'on lui accorde notre pardon, mais ça, on ne pourra jamais. Tu comprends sûrement.

— Oui.

— Tu t'en vas ?

— Oui. Appelle-moi s'il y a du nouveau. Et je pense qu'on devrait aller vérifier, pour l'enquête.

— Ce n'est pas un peu tiré par les cheveux ? Pour moi, l'absence de Katia a plus à voir avec ses addictions, comme d'habitude. Mais on pourra en reparler ce soir.

Je suis sortie dans la cour.

— Tu pars maintenant ? a crié Kristina en me voyant.

Elle était encore dans son fauteuil.

J'ai dit que je n'allais pas plus loin que le pub.

Kristina a continué à crier dans mon dos que c'était sympa que je sois venue, qu'elle avait été contente de me voir et que Katia serait heureuse maintenant que j'étais rentrée.

À trop jouer avec le feu

C'était l'été avant l'entrée au lycée. Nous étions dans la maison abandonnée, ivres de vin et assis en cercle sur le sol devant le poêle en faïence.

Une bouteille vert sombre tournait au milieu. Elle s'est arrêtée sur Jack.

— Action ou vérité ?

Jack a choisi vérité. Comme toujours.

— Est-ce que tu as couché avec Katia ?

Pendant les quelques secondes qui ont suivi la question de Danny, je n'ai plus entendu que mon propre souffle suspendu dans le silence.

— Réponds, quoi !

Jack a regardé Katia, qui s'est mise à rire.

— Allez, dis la vérité. Il ne va pas te tuer, si c'est ce que tu crois.

— Oui, a dit Jack en regardant ses mains.

J'ai eu la sensation que quelque chose comprimait mes voies respiratoires et menaçait de m'étouffer.

Danny a rigolé. Il voulait des détails.

— Où ? Quand ? Comment ?

Mais Katia a dit qu'on n'avait droit qu'à une question à la fois et, maintenant, c'était au tour de Jack.

Jack a évité mon regard en faisant tourner la bouteille. Elle s'est arrêtée sur moi.

— Allô ! a fait Katia en agitant la main sous mon nez. T'es encore avec nous ?

Je ne l'étais pas.

— Si on ne répond pas, c'est action. C'est la règle.

Elle, qui me taquinait toujours parce que j'étais amoureuse de Jack, n'avait curieusement pas l'air de comprendre ce que je ressentais.

— Je n'ai pas d'idée, a dit Jack.

— Alors c'est moi qui décide.

— Ce n'est pas la règle, ai-je dit.

— Arrête de faire l'idiote. Je décide que tu dois... embrasser Danny. Un vrai baiser, pas de la triche.

Je me suis penchée et j'ai donné à Danny un long baiser qui m'a volé le peu d'air qui restait dans mes poumons. Puis je me suis levée.

— Où tu vas ?

— Fumer une cigarette.

— Tu peux faire ça ici.

— J'ai besoin d'air.

Jack m'a suivie et m'a demandé si ça allait.

— J'ai le vertige, ai-je dit. Je rentre.

— Je t'accompagne. Tu ne dois pas traverser la forêt seule.

— Je n'ai pas peur de la forêt.

— Et tes chaussures ? a-t-il crié dans mon dos. Il vaudrait quand même peut-être mieux que tu remettes tes chaussures.

La nuit d'été était claire, et je courais, trop ivre et trop en colère pour me laisser effrayer par des créatures surnaturelles ou non. Je suis tombée, je me suis écorché les genoux, je me suis relevée, j'ai continué. Dans ma tête, je voyais Katia et Jack. Jack et Katia. Pourquoi n'avaient-ils rien dit ? Pourquoi l'avaient-ils fait ? De ces deux trahisons, je ne savais pas laquelle me décevait le plus. Ç'aurait dû être moi, bordel ! Ç'aurait dû être moi.

En arrivant sur la route, j'ai commencé à pleurer. *Bordel de saloperie de merde !* Soudain, j'ai entendu le bruit d'une courroie de ventilateur en fin de vie et, aussitôt après, la voix de

Samuel Rainen. Il a continué à rouler, comme si la voiture rampait à ma hauteur, et il a baissé sa vitre.

Avais-je bu ? a-t-il voulu savoir comme si ce n'était pas évident, vu la façon dont je titubais.

Oui, j'avais bu.

Beaucoup ?

Ouais, pas mal.

Est-ce que je voulais qu'il me ramène ?

J'ai fait oui.

Pourquoi n'ai-je pas dit non ? Qu'y avait-il de destructeur en moi qui m'a poussée à monter à côté de ce type avec son sourire torve et son ricanement débile ?

Samuel a commenté mes genoux écorchés.

Est-ce que j'étais blessée ? Est-ce que ça faisait mal ? Il a passé son doigt sur le sang.

Un peu, ce n'était pas grave.

J'ai commencé à m'endormir et j'ai sursauté quand il a freiné. On était arrivés à Stentorp.

Est-ce que je voulais passer un petit moment chez lui dans la grange ?

J'ai dit que ça m'était égal. Il n'avait qu'à décider.

Samuel a décidé que oui. Là-haut, je pourrais cuver tranquille et nettoyer mes blessures.

— Où est le serpent ? ai-je demandé, une fois dans le fenil.

Pour une raison ou pour une autre, je m'étais approchée du terrarium.

— Il est mort.

— De quoi ?

— J'en sais rien. Il est mort, c'est tout.

Il a ouvert un petit meuble et en a sorti deux verres, qu'il a remplis d'un mélange d'alcool Explorer et de Sprite. Il semblait avoir oublié son idée de me laisser cuver tranquille.

— Tu sais comment on appelait ça, là où j'habitais avant ? a-t-il demandé en brandissant la bouteille d'Explorer.

Je ne le savais pas.

— Une bouteille de dispute conjugale.

J'ai accepté le verre. Brûlure dans le ventre. Une bouteille de chaleur, oui.

— Viens.

Samuel m'a prise par la main.

— Je vais te montrer quelque chose.

Il m'a entraînée jusqu'à une grande commode, il a ouvert un tiroir et en a tiré un paquet blanc, qu'il a déplié avec précaution.

— Joli, ai-je dit, car je ne savais pas ce qu'il convenait de dire à propos d'un pistolet.

— Joli ? Ça ? Tu sais ce que c'est ?

J'ai dit que c'était un pistolet, n'importe qui pouvait voir ça.

Mais Samuel n'était pas satisfait de ma réponse. C'était un Luger PO8, m'a-t-il expliqué. Capable de transpercer un casque militaire à cent vingt mètres. Est-ce que je voulais le toucher ?

Je ne le voulais pas. Pourtant, j'ai passé mes doigts sur le barillet à rainures et j'ai sursauté quand Samuel l'a écarté d'un geste brusque. Ce n'était pas un jouet, a-t-il crié, c'était tout de même simple à comprendre !

J'ai dit que je comprenais. Bon Dieu, je n'avais même pas voulu le voir, son truc.

Samuel l'a enveloppé soigneusement dans le tissu blanc et l'a remis à sa place dans le tiroir de la commode.

— Est-ce que tu as déjà vu un mort ?

— Pourquoi tu me poses cette question ?

— Je te la pose, c'est tout.

J'ai dit que ça dépendait de ce qu'il entendait par mort.

— Il n'y a pas d'entre-deux, que je sache ? Soit on est vivant, soit on est mort.

— Tu te trompes. Il y a un état intermédiaire.

Je pensais au poème préféré de maman, celui qui explique comment les cheveux et les ongles des morts continuent de pousser longtemps après que le corps s'est raidi et refroidi, comment certains perdent leur sang tout en étant encore en vie, et comment les chiffres gravés sur certaines tombes ne sont pas les bons.

C'est seulement quand Samuel m'a demandé ce que c'était que ce délire que j'ai compris que je m'étais exprimée à haute voix.

— Ce n'est rien, ai-je murmuré.

— Tu racontes n'importe quoi. Les cheveux et les ongles ne poussent pas chez les morts. C'est juste une impression qu'on a parce que la peau autour se ratatine.

— C'était un poème, ai-je marmonné. Pas de la science.

— Tu es une petite poétesse, toi, Silver. Une petite fille propre sur elle qui lit des livres et écrit des poèmes.

— Je n'écris pas de poèmes.

— Tu écris quoi, alors ?

— Des histoires.

— Raconte.

Il a sorti deux cigarettes et m'en a tendu une. J'ai sursauté devant la taille de la flamme de son Zippo.

— Tu veux que je te raconte quoi ?

— Pourquoi tu pleures toute seule sur la route.

J'ai dit que j'étais bourrée et fatiguée et que j'avais mal au cœur.

— Tu n'es pas en train de devenir folle, par hasard ?

— Pourquoi tu dis ça ?

— À cause de ta mère. C'est héréditaire, ces trucs-là, non ?

— Maman n'était pas folle.

— Pourquoi elle s'est suicidée alors ?

— Je ne veux pas en parler. Je suis fatiguée, je te l'ai déjà dit.

Samuel a indiqué le grand lit dans l'angle en disant que je pouvais m'y allonger un moment si je voulais.

Je ne le voulais pas, mais j'étais trop ivre pour rentrer chez moi, alors je me suis allongée sur le dessus-de-lit. Samuel trouvait que ça n'allait pas. Non, il valait mieux que je me déshabille et que je me glisse sous les couvertures. Il allait m'aider.

Samuel m'a déshabillée.

Maintenant, j'allais me reposer, a-t-il dit. Sur son bras.

Couchée là, ma tête lourde posée sur l'avant-bras de Samuel, j'ai soudain éclaté de rire.

Il a demandé ce qu'il y avait de drôle, et j'ai découvert au même instant qu'il était complètement nu.

Qu'est-ce qui me faisait rire ? a-t-il insisté.

Comment aurais-je pu le dire alors que je ne le savais pas moi-même ? Je n'étais même pas gaie.

— Rien, ai-je marmonné. Rien du tout.

Samuel a attiré mon visage contre le sien.

— Regarde-moi, a-t-il dit avec un début de colère. Tu n'es quand même pas en train de te foutre de ma gueule ?

J'ai essayé de me taire et de fixer mon regard sur Samuel, dont le visage dansait devant mes yeux et ressemblait à ceux des chiens dans la cour. Et alors, entre mes lèvres qui tentaient de dire « Excuse-moi », Samuel a fourré sa langue.

Et maintenant ? Ça me faisait quoi, maintenant ? Est-ce que j'avais encore envie de rire ?

Combien de mains avait-il, en vrai ? Elles étaient partout sur mon corps, cherchant chaque ouverture, la trouvant, s'y enfonçant. Mes propres mains, qui auraient voulu repousser les siennes, étaient devenues comme deux poissons inertes.

Puis j'ai senti quelque chose de plus gros qui farfouillait et voulait entrer, là en bas, mais c'était impossible. Ça farfouillait de plus en plus durement. Samuel a marmonné quelque chose. Puis il a craché dans l'une de ses innombrables mains et il a frotté sa salive entre mes cuisses, impatiemment. Puis il a réussi à entrer un peu, et son visage s'est éclairé. Le gros truc dur s'est retiré, et j'ai poussé un soupir de soulagement.

Un court instant, j'ai cru que c'était fini, que Samuel se contenterait de ça, mais, au même moment, ça a recommencé avec une force décuplée, ça s'est enfoncé jusqu'au fond de moi pendant qu'une douleur brûlante irradiait dans ma colonne vertébrale. Je voulais crier, mais j'avais l'impression de ne plus avoir d'air dans les poumons.

Respire, me disais-je à moi-même. *Continue de respirer. Tu vas survivre, c'est tout. Tu es faite du bois le plus solide.*

Samuel bougeait, de plus en plus vite, un va-et-vient de plus en plus frénétique et violent. Enfin, après ce qui m'a paru une éternité, il s'est mis à geindre. Comprenant ce qui se passait, j'ai tenté de me protéger avec les mains, mais trop tard, j'avais été trop lente. Ça a giclé partout, sur mes cuisses, sur mon ventre, sur mon visage.

Samuel me regardait en ricanant. Il a dit que je lui avais offert un putain de tour de manège. L'essentiel avait dû gicler dehors, a-t-il constaté tout en attrapant un rouleau de papier toilette qu'il gardait à portée de main sous son lit. Il a essuyé ce qui était tombé sur les draps et m'a jeté la boulette humide. J'ai essayé d'enlever la masse blanche visqueuse qui recouvrait mon ventre et remplissait mon nombril, mais il y en avait tellement que je l'ai surtout étalée en rond.

Samuel m'a regardée pendant que je me rhabillais en chancelant. Son sexe n'était pas tout à fait revenu au repos, il formait un angle avec son corps. Ç'aurait pu être un peu drôle si je n'avais pas eu à ce point la nausée. Mes mains tremblaient. Impossible de fermer les boutons de ma jupe. Tout mon corps cognait, m'élançait et me brûlait.

— Au fait, a dit Samuel alors que je m'apprêtais à descendre l'escalier.

Il avait allumé une cigarette et fumait, allongé sur le lit.

— Oui ?

— Pas un mot à Katia.

— OK.

— Promets-le.

— Promis.

Lentement, je suis rentrée chez moi. Le soleil chauffait déjà, alors qu'il venait à peine de se lever. Je savais que je tiendrais ma promesse. Je ne parlerais pas de cette nuit. Ni à Katia ni à personne d'autre. Ce n'était pas arrivé.

Il était quatorze heures quand je suis revenue au pub. Après avoir rendu ses clés de voiture à Glad, je suis montée tout droit dans ma chambre, j'ai sorti mon ordinateur, je me suis assise sur le lit et j'ai commencé à écrire. À Londres, je devais presque m'y obliger, mais là, mes doigts couraient sur les touches, plus rapides que mes pensées. J'écrivais sur les jours passés dans la ferme de Stentorp, sur le soleil côté sud, sur l'été, sur les mains de Katia dans mes cheveux. J'écrivais sur nos fêtes à quatre dans la maison abandonnée et sur les créatures sauvages qu'il me semblait apercevoir dans la Grande Forêt. Puis l'écriture a glissé dans le sommeil, et j'ai fait un rêve. Cecilia portait sa robe de peintre, un pinceau à la main, de la couleur sur le front, et criait dans mon dos.

« Tu vas dans la mauvaise direction ! »

Je me suis réveillée en sueur et j'ai regardé mon téléphone. Dix-huit heures trente. Un SMS de Jack m'apprenait que Danny et lui seraient au pub vers dix-neuf heures. En me levant, j'ai eu un vertige et j'ai dû me rasseoir sur le bord du lit, le temps que la chambre cesse de tourner.

Jack était assis au comptoir. Il était dos à l'entrée, mais j'ai reconnu ses boucles désordonnées, les mêmes que dans mon souvenir. J'ai inspiré profondément et j'ai avancé vers lui. Je n'ai pas eu le temps de le surprendre avant qu'il se retourne. Il s'est levé et m'a embrassée.

Son odeur était restée la même. Il sentait le propre, et quelque chose d'autre qui n'appartenait qu'à lui.

Danny n'avait pas pu venir, m'a-t-il expliqué. Crise avec Kristina.

Nous nous sommes assis, et il nous a commandé deux bières.

— Tu n'as pas changé d'un iota, Vega, a-t-il dit. Vraiment.

— Toi non plus.

Ce n'était pas tout à fait vrai. Jack avait changé. Son expression était plus sérieuse, ses mains avaient forci, et son regard n'était plus celui d'un garçon.

Jack a pris les bières des mains de Maggie et m'en a tendu une.

— Je n'aurais jamais cru que tu reviendrais. Quand Katia me l'a dit, j'ai pensé qu'elle délirait. Elle t'a vraiment appelée, alors ?

Je lui ai rapporté notre conversation. Katia était bouleversée. Quelque chose clochait.

Jack a dit que beaucoup de choses clochaient chez Katia et que c'était déjà le cas quand nous étions jeunes. Ses explosions d'agressivité, les jours où elle refusait de quitter le lit…

— Tu te souviens de cette période où elle est restée couchée à fumer en regardant le plafond ?

J'ai hoché la tête. Comment aurais-je pu l'oublier ?

— Elle a toujours eu ce côté destructeur. Comme un désir de mourir chevillé au corps.

— Oui, mais, en même temps, elle adorait la vie. Chanter sur les grandes scènes du monde…

— Ah bon ? Elle ne m'en a jamais parlé.

— À moi, oui, parfois. Quand elle était vraiment ivre. Je crois qu'elle n'a jamais cessé d'en rêver.

— J'en doute, a dit Jack. Je crois qu'il ne lui reste plus le moindre rêve.

Il s'était rassis de façon à pouvoir surveiller l'entrée pendant que, de ma place, je gardais un œil sur la scène et la piste de danse. Il y avait de plus en plus de monde dans le local. Mais pas de Katia.

— Tu as entendu que Katia était passée à Stentorp récupérer son enquête sur Sofia ? Celle qui était affichée sur le mur au fond de sa penderie.

Jack a répondu que c'était étrange, d'autant qu'elle avait abandonné cette enquête depuis des lustres.

Les paroles de Katia, à nouveau : « Rien n'est comme je le croyais. »

— C'est mardi que tu as eu de ses nouvelles pour la dernière fois ?

— Oui. Elle m'a appelé. Je pense qu'elle était chez elle.

— Comment était-elle ?

— Défoncée et… désespérée, je dirais. Incohérente. À un moment, je m'en souviens, elle a dit qu'elle ne se le pardonnerait jamais.

— Quoi donc ?

— Ce n'était pas clair. Elle m'a dit qu'elle t'avait appelée, mais je n'y ai pas vraiment cru.

— Stella était déjà chez toi à ce moment-là ?

— J'étais allé la chercher le mardi d'avant, quand tout a commencé. Ce soir, elle dort chez mes parents. C'est moi qui m'occupe d'elle, en général, quand Katia traverse une mauvaise passe. Et assez souvent aussi le reste du temps, en fait.

— Qui est son père ?

Jack a reposé sa bière.

— Personne ne le sait. Elle ne voulait pas en parler.

— Est-ce qu'elle peut être de toi ? Je veux dire… Je sais que vous…

Jack s'est penché vers moi.

— À mon avis, Katia elle-même ne le savait pas. Mais j'ai toujours considéré Stella comme ma fille. On devrait peut-être faire un test de paternité. Mais peu importe le résultat. Elle est ma fille.

Je lui ai demandé s'il avait une photo de Stella et il a pris son téléphone, a cherché un moment. Puis il m'a montré une photo de Katia et de Stella ensemble, main dans la main, devant une haie de lilas violet. Le regard de Stella était levé vers Katia, et son sourire dévoilait un grand trou à la place de ses dents de devant. Elle ressemblait beaucoup à sa mère. Et dans le visage amaigri de Katia, il me semblait voir quelque chose que je n'y avais pas associé depuis longtemps : de la joie.

Jack m'a montré une autre photo : Katia et Stella, tout sourire, sur une balançoire suspendue à un arbre. La même balançoire sur laquelle Jack et moi tentions autrefois d'atteindre le sommet des arbres et les étoiles.

— C'est chez tes parents ?

— Oui. Mais c'est chez moi, maintenant. Papa et maman voulaient quelque chose de plus facile à entretenir.

— Quand cette photo a-t-elle été prise ? ai-je demandé en lui rendant son téléphone.

— En mai de cette année. Katia était clean depuis presque six mois. Quand on voit ces photos, on a du mal à comprendre qu'elle ait pu décider de replonger.

J'ai acquiescé en pensant que ce n'était pas toujours délibéré. Personne ne décidait de se détruire de gaieté de cœur.

— L'addiction est une force puissante, ai-je dit.

— Plus forte que l'amour pour son enfant ?

Sa réplique m'a fait l'effet d'une provocation.

— C'est une maladie, l'addiction. Elle prend le dessus.

— Je sais, a dit Jack. Mais, parfois, ça me met tellement en colère.

— Comment va Stella ?

— Pas très bien. On essaie de la tenir en dehors de tout ça, dans la mesure du possible, mais… Quand sa maman disparaît comme ça et ne répond même plus au téléphone, elle devine que quelque chose ne tourne pas rond, bien sûr. C'est difficile.

Je me souvenais de la manière dont papa et grand-mère avaient tenté de me protéger de la folie délirante de maman. Et moi, tapie derrière la porte, je les entendais discuter de ce dont il retournait en réalité. Peut-être était-ce la même chose pour Stella.

— Glad a dit que Katia avait mentionné Atle, ai-je expliqué. Elle t'en a parlé ?

— Non. Je ne l'ai jamais entendue dire un seul mot sur lui ni sur ce qui s'était passé. Pas une seule fois depuis le lycée.

Mais des « choses » étaient « remontées ». Quelque chose avait surgi.

À trop jouer avec le feu

— « Je n'ai peut-être pas le cerveau le plus aiguisé. »

Atle Berggren, notre nouveau prof de suédois, était arrivé quelques semaines après le début du trimestre. Notre prof titulaire s'était effondré, d'une façon ou d'une autre. Nous n'avions pas été informés des détails, et voilà donc cet Atle Berggren qui nous faisait cours à sa place, et qui ne ressemblait à rien de ce que j'avais pu voir jusque-là en matière de profs.

— « Je n'ai peut-être pas le cerveau le plus aiguisé. Mais la flamme ! Ma flamme est la plus grande de Suède. »

Katia était assise à côté de moi, et je voyais ses épaules tressauter d'un rire contenu. Nous nous moquions souvent de nos profs, mais cet homme-là… Il y avait quelque chose chez Atle Berggren qui me donnait une seule envie : continuer à l'écouter.

— Qui a écrit ça ?

Il avait quitté l'estrade et se promenait entre les bancs.

— Strindberg, ai-je dit. August Strindberg.

Atle s'est illuminé.

— Précisément. Strindberg. C'est parfait. As-tu lu quelque chose de lui, Vega ?

— Oui.

J'étais surprise qu'il ait mémorisé mon nom.

— Et qu'en as-tu pensé ?

J'ai négocié intérieurement, sans trop savoir ce que je devais répondre. Je voulais paraître intelligente, mais la vérité était que je n'avais jamais réussi à lire un livre de Strindberg jusqu'au bout.

— Je n'aime pas beaucoup. C'est peut-être... à cause de ses descriptions terriblement détaillées. Je préfère me créer mes propres images dans ma tête.

Atle a acquiescé. Il a dit qu'il comprenait et que je n'étais pas la seule. Mais, pour revenir à la citation, que pensions-nous que Strindberg entendait par là ?

Atle plissait le front comme si lui-même l'ignorait, comme si nous, et nous seuls, détenions la réponse. Personne n'a pris la parole. Alors, de nouveau, j'ai entendu ma propre voix.

— Qu'il n'était peut-être pas le plus malin mais qu'il était passionné ? Qu'il brûlait pour quelque chose ?

— C'est ça. Il brûlait pour quelque chose. Merci, Vega.

Puis il nous a demandé pour quoi nous brûlions, nous. Dans le grand silence qui a suivi, il a distribué des feuilles en expliquant que, si nous ne pouvions pas le dire, nous n'avions qu'à l'écrire.

— Et si on ne brûle pour rien ? a demandé Danny.

— Tout être humain brûle pour quelque chose, a dit Atle. Et c'est aussi une façon pour moi d'apprendre à vous connaître.

Je me suis mise à écrire avec une telle intensité que la mine du crayon a noirci les doigts de ma main gauche.

— Bon, a dit Atle après avoir ramassé nos copies. Racontez-moi Silverbro. Je ne suis pas d'ici, a-t-il ajouté comme si cette évidence n'avait pas encore sauté aux yeux de tout le monde. Je viens d'arriver.

Katia s'est lancée.

— C'est un trou paumé, c'est tout.

— Un trou paumé au milieu de nulle part, ai-je complété.

— Même les trous paumés au milieu de nulle part ont une histoire, a dit Atle. Peut-être tout particulièrement ceux-là, d'ailleurs.

Alors nous lui avons parlé de gens qui s'étaient perdus dans la Grande Forêt et de ceux qui s'étaient noyés dans le fleuve. Nous lui avons parlé d'arbres qu'on abattait et qui tombaient du mauvais côté, et de conduites en état d'ivresse qui finissaient à la morgue. Puis tout le monde s'est tu quand Katia s'est mise à évoquer sa tante. Sofia était allée au pub pour s'amuser. Et l'instant d'après : avalée comme par un trou noir. Atle en avait-il entendu parler ?

Il a hoché la tête. Tous les journaux en avaient parlé. Et puis… une histoire pareille, ça ne s'oubliait pas.

Il a marqué un silence en regardant par la fenêtre. Avions-nous d'autres choses à lui raconter ?

Personne n'a repris la parole. Rien ne pouvait surpasser l'histoire de Sofia.

Le regard d'Atle a parcouru nos rangs. Il a dit que c'était une image triste que nous donnions de Silverbro. Avions-nous aussi, par hasard, quelques histoires gaies ? Et comme nous restions silencieux, il a ajouté qu'il était peut-être plus facile de se rappeler l'ombre. Ou plutôt, s'est-il corrigé lui-même, l'ombre était peut-être plus difficile à oublier.

J'ai quitté Jack pour me rendre aux toilettes. Toutes étaient occupées. J'ai jeté un coup d'œil aux lavabos et aux miroirs en attendant qu'une cabine se libère, en pensant à toutes les fois où nous nous étions tenues là, Katia et moi, en proie à un fou rire, ivres, oubliant de fermer la porte, du papier toilette à nos pieds, trébuchant sur la barre de seuil, une première fois en entrant et une seconde au moment de ressortir. Je pensais à toutes les fois où chacune avait tenu les cheveux de l'autre pendant qu'elle vomissait. Toutes les fois où nous avions essayé de récupérer notre maquillage qui coulait et essuyé nos vêtements tachés.

Un court instant, c'était comme si Katia était apparue derrière moi et que je croisais son regard désolé dans le miroir. *Comment as-tu pu me laisser dans ce trou ?*

— Bordel de grosse merde de pute ! a dit une voix derrière une porte. Je sais qu'il faut pas dire du mal de l'autre parent, mais comment faire quand ce n'est rien qu'un salopard de porc égoïste ?

— Un psychopathe, a fait une autre voix, plus aiguë. C'est ce qu'il est, ni plus ni moins.

Ce n'était pas possible, a protesté la première. Quand il fumait dans la maison en se foutant pas mal des bronches sensibles de leur fils, ce n'était pas possible. Dans ce cas, il fallait qu'il se contente d'être un psychopathe une semaine sur deux, parce que le petit ne pouvait pas vivre avec un type pareil, tout le monde était capable de voir ça. Tout le monde sauf les bobonnes débiles des services sociaux, évidemment.

— On va trouver une solution, a dit la copine (la mère malheureuse venait de fondre en larmes). On s'en occupera demain. Là, tout de suite, on va boire un coup et oublier tout ça un petit moment.

Puis elles ont changé de sujet et se sont mises à rire de quelque chose ; l'instant d'après, j'ai vu deux très jeunes femmes sortir en titubant de la même cabine. Ni l'une ni l'autre ne paraissaient en âge d'avoir des enfants.

— Qui es-tu ? m'a demandé la première, qui portait un top moulant hyper décolleté et un collier dont le pendentif en forme de symbole féminin oscillait entre ses seins.

— Laisse tomber, Rebecka. Tu ne peux pas t'adresser aux gens comme ça.

— Mais je la reconnais pas, a dit la dénommée Rebecka en parlant de moi à la troisième personne comme si je n'étais pas là.

— Hé, tu n'es pas dans ton salon, ici.

— Je suis là pour rendre visite à une copine, ai-je dit. Mais je n'arrive pas à la joindre.

— Quelle copine ?

— Katia.

— Rainen ?

— Oui. Tu la connais ?

— Ma grand-mère la connaît. Camilla Niklasson. Tu vois peut-être qui c'est ? La meilleure copine de Sofia Lo.

J'ai acquiescé en silence. Camilla était la fille qui avait été enlevée de la photo avant que le portrait de Sofia ne soit diffusé dans les médias. Incroyable de penser que Camilla était grand-mère à présent ; qu'elle n'était pas restée comme Sofia, éternellement coincée au même âge.

— Elles bossent ensemble, a ajouté Rebecka. Katia et ma grand-mère.

— Dans quoi ?

J'ai réalisé au même moment que je ne savais pas quel travail faisait Katia. Je ne savais même pas qu'elle avait un emploi.

— Ménage. T'inquiète pas, a-t-elle ajouté. Elle va sûrement revenir.

J'ai dit que je l'espérais mais que j'avais peur qu'elle n'aille pas bien.

— Non, sans doute. En tout cas, ça n'allait pas fort la dernière fois que je l'ai vue.

— C'était quand ? Et où ?

— Chez Ica, jeudi.

— Hier ?

— Non, le jeudi d'avant. Elle était pieds nus et elle racontait des trucs bizarres. Je crois qu'elle était bien shootée.

J'ai visualisé Katia dans les rayons de la supérette, cheveux en bataille, yeux écarquillés.

— Tu te souviens de ce qu'elle a dit ?

— Plein de trucs. C'était le feu éternel, crime et châtiment, enfin, le topo habituel des dingues.

— Elle a mentionné des noms ?

— Euh, je ne crois pas. À part Dieu et le diable.

Je lui ai demandé les coordonnées de sa grand-mère. Peut-être Camilla saurait-elle où était passée Katia.

— Jack l'a déjà interrogée, a dit Rebecka.

Mais elle a quand même pris son téléphone et m'a donné le numéro.

Au lieu de retourner au bar, j'ai traversé l'entrée et je suis sortie.

Des cigarettes brasillaient dans le noir sur le parking du pub. Je suis allée voir Karsten, qui se tenait un peu à l'écart, et je lui ai demandé une clope.

Elles étaient très fortes, m'a-t-il expliqué en me tendant le paquet, mais je devais pouvoir supporter, à son avis. Le paquet portait des inscriptions en langue étrangère.

J'ai accepté la cigarette, et Karsten me l'a allumée.

— Du calme, a-t-il dit comme la première bouffée me faisait tousser. Tu es toute pâlotte. Tout va bien ?

J'ai hoché la tête en pensant que c'était beau, quand même, qu'un homme tout occupé à se tuer à l'alcool soit capable de porter un regard aussi lucide sur son prochain.

— Je m'inquiète pour Katia. Personne ne semble avoir eu de ses nouvelles depuis plusieurs jours.

— Tu n'es pas la seule. On est nombreux à se faire du mouron. Holger a de la chance d'être mort. Il aurait été dévasté.

J'en doutais un peu. Holger était déjà dans un triste état à l'époque où j'avais quitté Silverbro. Dix ans plus tard, aurait-il été assez en forme pour être dévasté ?

— Tu vois beaucoup Katia ? ai-je demandé à Karsten.

Il a répondu que oui. Ils ne se fréquentaient pas en tête à tête, mais ils se croisaient parfois, et elle lui achetait régulièrement des cigarettes et de l'alcool. Mais là, bien sûr, ça faisait un moment qu'il ne l'avait pas vue.

— Sais-tu s'il s'est passé quelque chose de particulier ces derniers temps ?

Karsten a jeté son mégot et a allumé une nouvelle cigarette.

— Comme quoi ?

— J'ai entendu dire qu'elle allait mieux…

— Ce n'est pas comme si elle me faisait ce genre de confidences. Mais c'est vrai qu'elle allait mieux. Avant d'aller à nouveau moins bien. C'est comme ça, en général.

— Je veux savoir ce qui s'est passé. Qu'est-ce qui l'a poussée à recommencer à consommer alors qu'elle était clean ? C'est bizarre, non ?

Karsten ne voyait pas du tout ce que ça avait de bizarre. La plupart des gens qui se droguaient avaient des périodes d'accalmie avant de recommencer de plus belle. Pourquoi faisais-je cette tête ? C'était comme ça, la vie.

— En tout cas, maintenant, personne ne sait où elle est.

— Elle a dû rester coincée dans une fête quelconque. Ça nous arrive à tous.

J'ai dit que j'avais un mauvais pressentiment.

— Évidemment, a dit Karsten sans comprendre ce que je voulais dire. Tiens, a-t-il ajouté en voyant mon mégot. Prends-en une autre, pour plus tard.

Il me tendait son paquet à moitié vide. J'ai protesté, il a insisté. Il avait plein de cartouches chez lui.

— Où étais-tu passée ? a demandé Jack quand je suis revenue au bar.

Je lui ai résumé ma conversation avec la petite-fille de Camilla et la cigarette avec Karsten. C'était terriblement frustrant de n'avoir aucune idée d'où était Katia. Elle reviendra, a dit Jack, mais je lisais le doute dans son regard. Cela faisait maintenant plus de soixante-douze heures que personne ne l'avait vue.

Le silence s'est prolongé. En parcourant la salle des yeux, j'ai vu les femmes des toilettes attablées avec deux hommes jeunes, trinquant et riant fort. Ç'aurait pu être nous à l'époque : Jack, moi, Danny et Katia.

— Pourquoi n'as-tu rien dit ? a demandé Jack au bout d'un moment. Sur le fait que tu attendais un enfant, a-t-il explicité comme je ne répondais pas.

Je ne savais pas quoi dire, alors j'ai regardé l'alignement rutilant des bouteilles derrière le comptoir. Soudain, j'ai aperçu mon reflet dans le miroir. Mon visage m'a semblé étranger.

— Pourquoi n'as-tu plus donné de nouvelles ? Pourquoi as-tu rompu avec nous ?

— Je ne sais pas.

— Je crois que si.

— Que veux-tu dire ?

— Quand on coupe le contact avec ses amis et qu'on disparaît de l'endroit où on a vécu toute sa vie, en général, il y a une raison.

— J'ai choisi de me tirer. Beaucoup de gens auraient fait pareil à ma place.

— Alors ça n'avait rien à voir avec Atle ?

— Non, ai-je menti.

J'ai regardé Jack lever son verre et le vider cul sec. Que savait-il ? Katia lui avait-elle confié quelque chose ? Je n'osais pas lui poser la question.

— Je pense encore à lui, des fois, a dit Jack. Atle Berggren citant Strindberg : « Les humains sont bien à plaindre. »

À trop jouer avec le feu

Atle nous avait donné des textes de Nietzsche, de Sartre et de Kierkegaard, et à présent il voulait que nous écrivions une dissertation sur le libre arbitre. Jusqu'à quel point étions-nous libres de nos choix ? Qu'en pensions-nous ?

— Je n'ai rien à dire là-dessus, a déclaré Katia. Je ne crois en rien.

Atle s'est assis sur son bureau, a retiré ses lunettes et a dit que c'était OK. C'était parfaitement OK de ne croire en rien, mais, dans ce cas, il fallait écrire pourquoi. Pour sa part, il n'était pas très sûr de la réponse, lui non plus. Qu'en était-il de la liberté de choisir ? Pouvait-on être tenu pour responsable du fait qu'on fût chômeur ou toxicomane, par exemple ?

— Bien sûr que oui, ont répondu les filles du premier rang.

— Comme si on *choisissait* d'être alcoolo, a rigolé Katia.

La discussion a dérivé vers le thème de la responsabilité. Les personnes qui échouaient d'une façon ou d'une autre devaient-elles s'en prendre à elles-mêmes ? Ou leur échec tenait-il au milieu dans lequel elles avaient été élevées et aussi, le cas échéant, à leur bagage génétique ?

Tout de même, on avait toujours le choix, a insisté l'une des idiotes du premier rang. Par exemple, si on avait été maltraité enfant, on était bien placé pour savoir à quel point c'était horrible, et alors on pouvait choisir le droit chemin au lieu de rejeter ses propres erreurs sur les autres.

Mais si on avait subi des circonstances défavorables, si on avait eu une enfance atroce, on n'avait peut-être pas les moyens de choisir le « droit chemin », à supposer qu'il existât…

Et voilà, nous étions de retour à la case « départ » et à la question du libre arbitre.

Le libre arbitre avait-il la moindre existence ?

Et si oui : à qui ou à quoi fallait-il imputer ses échecs ? Qui en portait la faute ?

Atle a dit qu'il pensait que cette histoire de responsabilité était une chose diffuse, qu'il était difficile de dire où elle commençait et où elle s'arrêtait. Il était abusif et simplificateur de l'attribuer à des personnes ou à des événements isolés, car la réalité était bien plus complexe que cela.

Mais la justice divine, alors ? Eh bien, ça, il y en avait qui y croyaient, et d'autres pas, a répondu Atle.

Nous avions deux séances pour élaborer notre propre vision de tout ça. J'ai écrit que je ne croyais pas au destin mais au hasard, et à un libre arbitre très limité. C'était un texte assez sombre, qui n'avait rien de remarquable. Mais Atle n'était pas du même avis. Il a demandé s'il pourrait le lire devant la classe.

Et au début de la séance suivante, les voilà : mes mots sur ses lèvres. Avec les pauses et la voix grave d'Atle, ils paraissaient beaucoup plus intelligents qu'ils ne l'avaient semblé dans ma tête. Et puis le commentaire écrit quand il m'avait rendu mon devoir :

Vega, tu démontres que tu es en possession d'une langue intéressante et originale. Même dans le cadre d'un devoir non préparé, tu es capable de rassembler tes idées, de les ordonner et de les coucher sur le papier avec finesse et profondeur. J'aime beaucoup la citation de Strindberg sur laquelle tu conclus : "Les humains sont bien à plaindre."

Atle

Le pub était bondé, et les gens continuaient d'arriver. Certains semblaient venir tout droit de la scierie, car ils étaient encore en tenue de travail et, une légère odeur de bois flottait dans l'air. Mais toujours pas de Katia.

Jack m'a interrogée sur Londres. Est-ce que je m'y plaisais ?

— C'est une belle ville, ai-je dit.

Il a voulu voir une photo de Valter. Je lui en ai montré quelques-unes sur mon téléphone.

— Il te ressemble.

— Il ressemble aussi pas mal à son père. Il a ses couleurs.

— Je ne me souviens pas de la tête de son père. Je ne vois que toi. Il fait de la guitare ? a-t-il ajouté comme je lui montrais une image de Valter en train de jouer.

— Oui.

— Et il se débrouille bien ?

— Oui. Par chance, il ne tient pas de moi.

Ce n'était pas étonnant que les gens se perdent dans l'alcool, ai-je pensé en finissant ma bière, vu la manière dont celui-ci atténuait le volume des pensées encombrantes et émoussait les bords de tout ce qui faisait mal.

— Tu n'étais pas si mauvaise, a dit Jack.

— Quoi ?

— Tu n'étais pas si mauvaise à la guitare. Et tu avais l'oreille musicale. La technique, on peut toujours l'apprendre. L'oreille, c'est plus compliqué.

J'ai dit que je n'avais ni l'une ni l'autre, mais Jack n'était pas d'accord. Aucune personne ayant lu mes textes n'aurait pu affirmer que je n'avais pas d'oreille. Il m'a demandé si j'écrivais toujours et, quand j'ai répondu par l'affirmative, il m'a rappelé que j'avais déclaré que je n'écrirais plus jamais.

— Je faisais seulement une pause.

— Bien, a déclaré Jack. Tu avais dit aussi que tu ne te sentais pas vivre quand tu n'écrivais pas, alors c'est bien… Que tu vives, je veux dire.

Il a souri.

Mon raisonnement d'ado dramatique m'a fait rire. Mais c'était quand même vrai, car quand je n'écrivais pas, le monde devenait encore plus douloureux et difficile à comprendre.

— Excuse-moi, a dit Jack avant de héler un homme qui a paru vouloir déguerpir, avant de changer d'avis et de s'approcher de nous. Il portait une chemise blanche au col gris de crasse et, quand il a souri, j'ai vu qu'il lui manquait une dent de devant.

— J'ai essayé de te joindre, Petter. Ton téléphone est éteint.

— Je l'ai perdu dans les toilettes, a expliqué le dénommé Petter.

Il s'est tourné vers moi. Je lui ai tendu la main et me suis présentée.

— Vega est une amie d'enfance, a dit Jack comme si Petter lui avait posé la question.

— Super, a dit Petter. Et moi, je suis un copain assez récent de Katia.

— Tu sais qu'elle a disparu ? a demandé Jack.

Petter a répondu que non. Parce qu'il n'avait plus son téléphone. Logique.

Il a attiré l'attention de Glad et lui a demandé une bière. J'ai vu ses mains trembler quand il a sorti sa carte de crédit. Carte refusée.

Glad, qui pourtant acceptait toujours de faire crédit, n'a pas voulu le servir.

Je me suis empressée de payer avec ma propre carte, et Petter m'a remerciée en disant qu'il me rembourserait.

— Danny et moi sommes allés chez toi pour savoir si elle y était, mais il n'y avait personne.

— Je devais être sorti.

— As-tu une idée de l'endroit où elle peut être ? ai-je demandé.

Petter a haussé les épaules en disant qu'elle était sûrement chez quelqu'un.

— On a vérifié chez toutes les personnes possibles.

Jack a commencé à citer les noms des personnes en question, puis il a demandé à Petter s'il avait oublié quelqu'un, à son avis. Non, a répondu Petter, et, d'ailleurs, il n'avait pas la mémoire des noms.

— Quand as-tu été en contact avec elle pour la dernière fois ? l'ai-je interrogé.

— Je ne sais pas. Quand on ne travaille pas, on n'a pas vraiment la notion des jours. Et puis elle était clean, alors... Elle parlait de toi parfois, a-t-il ajouté en me regardant.

Cela m'a surprise, car cet homme ne semblait pas franchement capable d'avoir une conversation suivie, encore moins de s'en souvenir. J'ai senti mon pouls s'accélérer.

— Et que disait-elle ?

— Que vous aviez l'habitude de chanter ensemble.

— C'était Katia qui chantait.

— Alors j'ai mal compris.

— Si tu apprends quoi que ce soit au sujet de Katia ou si elle vient chez toi, je veux en être informé tout de suite, a dit Jack en posant la main sur l'épaule de Petter. Appelle-moi.

Petter a répondu qu'il le ferait, bien sûr. Puis il m'a encore remerciée pour la bière et il a disparu.

— Comment va-t-il pouvoir t'appeler s'il n'a plus de téléphone ?

— Aucun problème. Il y a toujours un tas d'alcoolos qui traînent chez lui, et sûrement un dans le tas qui a un téléphone.

— Il était drogué, non ?

— Certainement. C'est un copain de fête de Katia, alors…

— Il n'avait pas l'air très inquiet.

— Il était complètement *stoned*.

Jack a regardé sa montre en disant qu'il devait rentrer. Mais, d'abord, il devait passer chez Katia récupérer quelques vêtements pour Stella. Katia serait peut-être revenue.

— Tu crois qu'elle reviendrait comme ça, sans prévenir ?

— Ça dépend de comment elle va. J'espère juste la trouver en train de dormir tout habillée sur le canapé. C'est déjà arrivé.

Je lui ai demandé si je pouvais l'accompagner. Peut-être verrions-nous si l'enquête était chez elle. Jack a dit qu'il ne le pensait pas. En tout cas, il ne l'avait pas vue en fouillant l'appartement pour évaluer ce que Katia avait emporté avec elle. Quand j'ai demandé si je pouvais venir quand même, il a dit que ce n'était pas une vision agréable, qu'elle m'attristerait, mais j'ai insisté. J'étais déjà triste, un appartement en désordre ne ferait aucune différence.

À trop jouer avec le feu

— « Je me souviens de ce matin-là. Le canapé d'angle restait vide, et il était impossible de comprendre comment la journée pourrait avoir une fin. »

Atle lisait à voix haute, le livre ouvert devant lui, sur l'estrade. Il commençait toujours le cours ainsi, en nous lisant un passage tiré d'un roman. J'écoutais, les yeux fermés.

— « Et je me souviens de la manière dont les histoires et les chansons ont quitté la ferme, enveloppées dans un long cercueil, et ne sont jamais revenues. Quelque chose manquait désormais à la vie. C'était comme si la porte de tout un monde, beau et enchanté, où nous circulions autrefois librement, s'était refermée. Et maintenant, plus personne ne savait comment ouvrir cette porte. »

Il avait fini, mais je ne pouvais pas rouvrir les yeux, car je craignais de fondre en larmes. Je m'attendais à ce qu'il me demande ce que je fabriquais ou qu'il me pose une question, m'obligeant à le regarder, mais Atle Berggren avait une chose qui faisait défaut aux autres profs : l'intuition. J'ai gardé les yeux fermés pendant qu'il nous parlait de l'œuvre de Selma Lagerlöf et obtenait des réponses monosyllabiques de mes camarades, qui n'avaient manifestement pas été touchés comme moi par ce texte.

À la fin du cours, il m'a demandé de rester un moment.

— Je voulais savoir comment tu allais, a-t-il dit, une fois que nous avons été seuls.

J'ai répondu que ça allait. C'était juste que l'extrait qu'il avait lu m'avait fait penser à ma mère.

J'étais la première surprise d'avoir mentionné Cecilia. Je ne le faisais jamais, d'habitude.

— Je ne vais pas faire semblant de ne pas être au courant, a dit Atle. Silverbro est… Il suffit d'aller faire ses courses pour apprendre presque tout ce qui s'y passe, alors… Ce que j'essaie de dire, c'est que j'ai appris pour ta mère et que je suis… sincèrement désolé pour toi.

— Merci, ai-je dit.

— Elle était artiste, n'est-ce pas ?

— Oui, mais elle n'en vivait pas. Elle n'était pas connue.

— On n'est pas obligé d'être connu pour être artiste.

— Peut-être. Mais elle aurait mérité de l'être. Je ne dis pas ça seulement parce que je suis sa fille. Elle savait vraiment peindre.

— Je te crois. Et tu sembles avoir reçu la créativité en héritage.

— Je ne sais pas tenir un pinceau.

Atle a dit qu'il pensait plutôt à mon imagination et à ma façon d'écrire.

— Ça aussi, ça me vient de ma mère.

J'ai commencé à lui parler des histoires qu'elle me racontait, des aventures nocturnes dans lesquelles elle m'entraînait, de tous ses petits exposés sur les animaux, la nature, les choses grandes ou petites. C'était ça : la porte du monde enchanté s'était refermée. Voilà l'effet que m'avait fait la mort de ma mère. Et je ne savais pas si elle se rouvrirait un jour.

Atle a dit qu'il comprenait, mais qu'il pensait que cette possibilité n'appartenait qu'à moi. Car une flamme brûlait en moi. Il l'avait constaté dès le premier jour. Et, une fois allumée, cette flamme brûlait pour l'éternité. Sa lumière pouvait faiblir et vaciller à certains moments, mais elle n'en était pas moins toujours présente.

— Ce n'est pas l'impression que j'ai. Quand maman est morte, c'est… Je me suis éteinte, voilà.

Atle a dit qu'il connaissait ce sentiment. La seule chose qu'il pouvait en dire était que…

— Je ne crois pas que ça passe, l'ai-je coupé.

— Ce n'est pas ce que j'allais dire. Je ne crois pas non plus que ça passe. Mais je sais que c'est possible de vivre avec. C'est ce que je fais.

Puis il a dit que c'était le chagrin qui l'avait conduit à Silverbro, que le bruit et l'isolement étaient devenus trop durs pour lui à Stockholm. Il voulait pouvoir s'entendre penser, car sans cela, il ne pouvait pas écrire.

— Alors tu écris, toi aussi ?

Atle a hoché la tête. C'était pour cela qu'il avait cherché un endroit calme et qu'il avait trouvé Silverbro.

— Et le chagrin ? ai-je demandé.

— Le chagrin est une longue vallée. Où chaque détour révèle un nouveau paysage.

En entrant dans le hall de l'immeuble de Katia, nous avons croisé un garçon d'une dizaine d'années.

— Salut, Robin, a dit Jack. Où vas-tu ?

— Je sors.

Je l'ai suivi du regard tandis qu'il disparaissait dans l'obscurité du dehors et j'ai demandé à Jack si c'était une bonne idée de laisser un garçon de cet âge sortir seul à cette heure.

— On est à Silverbro, Vega. Pas à Londres.

— Des choses terribles sont arrivées à Silverbro, ai-je dit.

Des choses terribles étaient arrivées à Silverbro, et c'est devenu tout à fait apparent quand Jack a ouvert la porte de l'appartement de Katia et que l'odeur de tabac froid, de saleté et de renfermé m'a frappée au visage.

— Pas la peine d'enlever tes chaussures, a dit Jack alors que je n'avais pourtant fait aucun geste en ce sens.

Traversant le vestibule tout en longueur, nous sommes entrés dans une cuisine jaunie par la nicotine et encombrée de vaisselle sale. La table en bois était recouverte d'un motif de cercles entrelacés laissés par des mugs et des verres, et sur le bord de la fenêtre s'entassaient des piles de courrier. À travers la misère, on devinait malgré tout des fragments d'une autre existence. Sur le réfrigérateur, des dessins d'enfant représentant des fleurs, des arbres, des fillettes voisinaient avec un faire-part paru dans le journal et annonçant la naissance de Stella, ainsi qu'une photo en noir et blanc de la mère et de la fille. Stella avait-elle vécu au milieu de ce désordre ? S'était-elle réveillée le matin en étant accueillie par l'odeur de cigarette et de gueule de bois ? S'était-elle endormie le soir au son des disputes et du raffut ? Katia elle-même avait grandi précisément de cette façon. Elle avait sûrement voulu créer autre chose pour sa fille. Il était tellement dommage qu'elle n'y soit pas parvenue.

J'ai demandé à voir la chambre de Katia. Jack m'a désigné une porte. En l'ouvrant, j'ai perçu une mauvaise odeur indéfinissable. Le matelas posé sur le lit avait des taches marron. Qu'est-ce que c'était ? Du sang ? Du chocolat ? Des excréments ? Il n'y avait pas de draps.

Que s'est-il passé ? demandais-je intérieurement à Katia.

Tu arrives trop tard, répondait Katia. *Tu aurais dû venir plus tôt.*

Jack est apparu sur le seuil de la chambre.

— Je l'aiderai à tout ranger une fois qu'on l'aura retrouvée, a-t-il dit, comme si le désordre était sa faute.

J'ai ouvert la penderie pour voir si Katia avait remonté son enquête sur le mur de la même manière que dans sa chambre d'enfant, mais derrière les vêtements ternes et chiffonnés, les chaussures et le reste, il n'y avait qu'un mur nu. J'ai ouvert le tiroir de la table de chevet : des mouchoirs en papier, des emballages de bonbons et des blisters de médicaments. Imovane, Stilnox, Diazépam.

— Pourquoi est-ce si important, cette histoire d'enquête ? a demandé Jack.

— Parce qu'elle l'a enlevée du mur à Stentorp et peut-être rapportée ici. Imagine qu'elle ait trouvé quelque chose en lien avec la disparition de Sofia.

— La disparition de Sofia remonte à près de quarante ans. Tu crois vraiment qu'elle a pu découvrir quelque chose récemment ?

— Je ne sais pas.

— Elle reviendra.

Jack a fait un pas vers moi. Sans réfléchir, je l'ai laissé me serrer dans ses bras. Nous sommes restés un long moment ainsi, comme si le temps s'était arrêté. Puis il m'a lâchée en disant qu'il devait préparer les vêtements de Stella.

Sa chambre était de l'autre côté du séjour. Papier peint blanc à petites fleurs roses, un lit, un bureau, une armoire et deux petites chaises roses assorties à une table. Au mur, des tableaux représentant des animaux, des chiens, des chats et des chevaux.

Je me suis approchée de l'étagère fixée au-dessus du bureau et j'ai lu les titres au dos des livres. Parmi les histoires de chevaux et de fantômes, j'ai reconnu certains titres que j'avais lus, moi-même, étant enfant, comme *Agnes Cecilia* et l'intégrale de *La Saga du peuple de glace*.

— Ce sont les anciens livres de Sofia, a dit Jack en me voyant en sortir un. Kristina les a donnés à Stella. Elle est encore un peu petite, mais je crois qu'elle a déjà commencé à les lire.

Au milieu de la pièce, un escabeau. Jack m'a montré le plafond constellé d'étoiles lumineuses qu'il avait promis d'enlever pour les recoller chez lui, dans la chambre de Stella. Elle voulait avoir ses étoiles auprès d'elle.

J'ai regardé ce ciel miniature, en pensant à toutes les fois où maman m'avait parlé des constellations et des distances inimaginables qui les séparaient. « Certaines sont éteintes, mais elles sont si loin de nous qu'on a l'impression qu'elles brillent encore. »

J'avais répété tout cela à Katia, et il semblait bien qu'elle l'avait transmis à sa fille.

— Stella m'aidera à les remettre dans le bon ordre. C'est une petite experte des étoiles, comme toi.

— L'experte, c'était Cecilia.

Jack a dit qu'il s'en souvenait. Cecilia lui avait parlé des étoiles, à lui aussi.

— Tu es le seul de mes amis qui l'ait connue, ai-je dit.

Puis j'ai pensé qu'il ne se considérait sans doute plus comme mon ami. Les amis ne se barraient pas à l'étranger sans donner de nouvelles.

— Cecilia était spéciale. Elle ne ressemblait à personne.

Il a ouvert l'armoire de Stella et a commencé à retirer des vêtements des cintres et à les plier avec une précision surprenante. J'ai dit que j'allais dans la cuisine. Jack m'a suivie. Pendant que je soulevais le tas de courrier, il a ouvert placards et tiroirs.

Pour finir, j'ai regardé sous l'évier. Quand j'ai ouvert la poubelle, la puanteur m'a donné un haut-le-cœur.

— Tu es sûre de ce que tu fais ?

Retenant mon souffle, j'ai soulevé un pack de lait. Dessous, des macaronis collés, et encore dessous, des papiers pliés et scotchés ensemble. J'ai pris la liasse, je l'ai essuyée avec des serviettes en papier qui traînaient sur le plan de travail et je l'ai dépliée sur la table de la cuisine.

Certaines parties avaient été détruites par l'humidité, mais l'essentiel était lisible. Même les photos y étaient et, malgré les pliures et les taches, on reconnaissait les personnes. Mon regard allait de l'une à l'autre. L'écriture irrégulière de Katia. Les coupures de presse. Sofia dans sa robe rouge.

— Que cherchons-nous ? a demandé Jack.

— Quelque chose de neuf.

— Comment savoir ce qui l'est ?

— Si je le vois, je le saurai.

J'aurais aimé qu'il ne reste pas planté là, pouvoir regarder tranquillement ce qui avait été autrefois le grand œuvre de Katia. Je m'apprêtais à replier le tout pour l'emporter avec moi, quand j'ai découvert une ligne griffonnée en bas d'une page, à droite, que j'étais certaine de n'avoir jamais vue auparavant.

« Tous des menteurs. »

À trop jouer avec le feu

Je lisais, allongée sur mon lit. Katia marchait de long en large dans la chambre en tripotant son téléphone et en jetant de temps en temps un coup d'œil par la fenêtre. Certains jours, nous vivions ainsi côte à côte, comme si nous étions seules, et pourtant ensemble.

— Qu'est-ce que je m'emmerde… J'aimerais tellement pouvoir rester couchée, à lire, comme toi.

Elle s'est arrêtée devant l'étagère et en a sorti un livre : *Les Vagues* de Virginia Woolf. Elle a lu le texte de quatrième en plissant le front.

— Ça parle de quoi ?

— D'un groupe d'amis. De leur jeunesse à leur vieillesse, en une seule journée.

— Comment c'est possible ?

— Je ne sais pas. Ce n'est pas complètement logique. Plutôt comme un rêve conscient. Je ne suis même pas certaine qu'il y ait plusieurs personnages. Ce sont peut-être des voix différentes chez une seule personne.

— C'est barré, quoi… Tu trouves qu'il est bien ? Je devrais essayer de le lire ?

— Oui, mais ce n'est peut-être pas très facile d'entrer dedans. Prends-en un autre.

J'ai posé mon livre et j'ai sorti du rayonnage *La Cloche de verre* de Sylvia Plath. Katia a demandé s'il était drôle. J'ai dit oui. Quand je lui ai raconté l'intrigue, une jeune femme qui veut écrire mais qui tombe dans la dépression et tente de se suicider, elle a rigolé en disant que ça paraissait effectivement super fendard.

Elle s'est allongée à côté de moi et a lu les premières pages. Puis :

— Est-ce que ça parle d'elle ?

— Pas explicitement, mais ça ressemble beaucoup à sa propre vie. Elle aussi, elle rêvait d'écrire.

— Et elle était déprimée ?

— Très.

— Elle est encore en vie ?

— Non. Elle s'est suicidée juste après la sortie du livre.

Katia s'est tournée vers moi.

Ce n'était pas bizarre, ça, alors que son rêve se réalisait ? Pourquoi avait-elle fait ça ?

Je lui ai décrit le contexte, l'homme qui l'avait quittée pour une autre femme, sa solitude avec les enfants, le froid dans l'appartement de Londres. Un soir, elle en avait eu assez et elle avait introduit sa tête dans le four à gaz.

— Tu plaisantes ?

— Non.

Katia a repris le livre comme s'il avait soudain acquis plus de valeur. Nous sommes restées ainsi un long moment, allongées côte à côte, absorbées dans nos mondes fictifs respectifs.

— Comment tu as eu l'idée de lire autant ? a demandé Katia, subitement.

J'ai dit que j'avais toujours adoré les histoires et que maman m'avait donné de bons conseils de lecture.

— Elle te manque, ta mère ?

— Oui, ai-je répondu en fermant les yeux. Elle me manque vraiment beaucoup.

— Tu pourrais pas me raconter un truc sur elle ?

Je lui ai demandé ce qu'elle voulait entendre. Katia savait déjà tout ce que tout le monde disait toujours, que Cecilia était spéciale, une âme d'artiste pas comme les autres, qu'elle était tombée malade et qu'elle s'était suicidée. Mais, pour moi, elle était tellement plus que cela. Elle était Cecilia, la conteuse, la protectrice, toujours prête à tendre la main quand quelqu'un avait besoin d'aide. Elle était Cecilia au grand rire, qui avait la faculté de voir ce qui était invisible pour les autres. Et puis il y avait l'autre version – la version pas fiable, incompréhensible, fuyante, maigre, anguleuse, ce côté contre lequel on ne pouvait pas s'appuyer sans se blesser.

— Ma mère était très malade, ai-je dit. Elle était… déprimée.

— Pourquoi ?

— Je crois… Parce qu'elle n'a jamais eu la possibilité de devenir celle qu'elle était vraiment.

— Bah, comme tout le monde. C'est pas pour autant qu'on va… Enfin, tu vois ce que je veux dire.

J'ai fermé les yeux plus fort. Je revoyais l'atelier, maman au bout de la corde, le désespoir de papa, ses tentatives pour la ranimer.

— Vega ? Ça va ?

— Oui.

— Tu respires bizarrement.

— Je suis fatiguée, c'est tout.

Katia s'est levée du lit et a ramassé des lunettes noires qui traînaient sur le bureau.

— Je n'ai peut-être pas le cerveau le plus aiguisé, a-t-elle dit en se tournant vers moi. Mais la flamme ! Ma flamme est la plus grande de Suède.

J'ai éclaté de rire.

— Aujourd'hui, mes amis, nous allons explorer un autre sujet passionnant, a-t-elle ajouté avant de mordiller la branche de ses lunettes d'un air songeur. Je n'ai peut-être pas le plus beau corps. Mais la queue ! Ma queue est la plus grosse de Suède.

Il était près de minuit quand nous avons quitté l'appartement de Katia. J'avais roulé le collage de l'enquête et je l'avais emporté avec moi. Jack trouvait que j'accordais trop d'importance à cette phrase sur les menteurs. Katia avait pu l'écrire n'importe quand, au cours de toutes les années écoulées, depuis que je l'avais vue pour la dernière fois. Elle ne voulait pas forcément dire quelque chose.

— Peut-être. Pourtant, j'ai l'impression que si.

Mon intention était de passer les documents au peigne fin quand je serais dans ma chambre.

Jack m'a raccompagnée jusqu'au pub, où il avait laissé son vélo. Je l'ai vu s'éloigner en évitant les nids-de-poule. Puis je me suis assise sur les marches, j'ai allumé une cigarette et j'ai essayé de digérer mes impressions de l'appartement de Katia. « Tous des menteurs. » Cela avait-il un sens précis ? Ou l'avait-elle écrit à un moment où elle était défoncée ? Peut-être s'adressait-elle à ceux qui l'avaient trahie. Mais ses paroles lors de notre dernier échange tournaient en boucle dans ma tête.

« Rien n'est comme je le croyais. Tout est revenu. Je ne peux plus le garder pour moi. »

J'ai écrasé mon mégot. Au même instant, j'ai entendu un bruit. Un gémissement sourd. En bas, dans le jardin. Je me suis levée.

— Ohé ! Il y a quelqu'un ?

— Oui ! Ici !

La voix m'était familière.

— Karsten ?

— Présent. Est-ce qu'on pourrait avoir un petit coup de main avant de mourir ? Ce ne serait pas de refus, merci.

J'ai traversé l'herbe humide jusqu'aux buissons qui doublaient la clôture en éclairant devant moi avec la lampe du téléphone. Il était étendu de tout son long au milieu des broussailles.

— Karsten ! Comment tu t'es retrouvé là ?

— Sais pas, mais je veux me tirer d'ici.

— Tu crois que tu peux te lever ?

— Si je pouvais, je l'aurais déjà fait.

Gémissant plus fort, Karsten a empoigné la main que je lui tendais et a réussi à se retourner, puis à se mettre à quatre pattes et à ramper lentement vers moi.

— Ça va aller ? ai-je demandé, une fois qu'il a été debout.

— Très bien. Tout s'est mis à tourner un peu, c'est tout. Je ne savais plus où était le haut et où était le bas.

— Tu habites toujours en ville ?

Il a hoché la tête tout en oscillant sur place.

— Je te raccompagne.

— Merci. Toi, tu es une âme gentille, Vega.

Karsten habitait au-dessus du magasin de vélos. Ce n'était qu'à deux cents mètres, et il s'est mis en marche dans la bonne direction, à petits pas saccadés. De temps en temps, il devait s'arrêter pour tousser et cracher un coup.

En arrivant en bas de chez lui, je me suis dit que, quitte à être venue jusque-là, autant l'aider à monter avant de retourner au pub. Il n'arrivait pas à trouver la serrure avec sa clé, alors, après quatre tentatives, je l'ai fait pour lui. Son appartement était presque en aussi mauvais état que celui de Katia. Ça sentait le pipi de chat et la cigarette. Je l'ai aidé à franchir le seuil. Comment pouvait-on vivre ainsi ? Il m'a demandé de le conduire jusqu'à sa chambre. Il n'y avait pas de lit, seulement un matelas. Karsten a posé son portefeuille et ses clés sur le sol, puis il a gentiment fait déguerpir les quatre chats qui s'étaient installés sur l'oreiller et m'a dit qu'il pouvait se débrouiller seul, à présent, et que je devais y aller. Mais si je pouvais avoir la bonté de vérifier qu'il était encore en vie le lendemain dans la matinée, pas trop tôt, ce n'était pas de refus. Ce serait embêtant pour les voisins s'il devait rester là, à puer, et qu'on soit obligé de désinfecter tout l'appartement après. J'ai promis de l'appeler et je lui ai dit au revoir.

— Ne demande pas pour qui sonne le glas. Il sonne pour toi.

Je me suis retournée et je l'ai regardé.

— Ta mère disait toujours ça.

— Je sais.

— Cecilia. C'est tellement dommage. Je pensais que, après t'avoir eue, elle ne se mettrait pas en tête d'essayer de nouveau. Mais quand ça va vraiment mal, c'est bizarre, hein ? Peu importe ce qu'on a de bien, on dirait que ça ne change rien à l'affaire.

— De quoi parles-tu ? Essayer de nouveau quoi ?

— Pardon. Je croyais que tu étais au courant.

Karsten s'est remis à tousser et s'est tourné sur le côté.

— La première fois. Dans la maison abandonnée. Je croyais que tout le monde était au courant, a-t-il dit en reprenant son souffle.

— Mais quoi, à la fin ? l'ai-je coupé alors qu'il se lançait dans un monologue sur ce dont on avait le droit de parler ou pas.

— Elle a sauté dans le puits. Il y avait une fête et, soudain, elle a disparu. Tout le monde l'a cherchée partout, et puis quelqu'un a entendu un bruit bizarre, et elle était là. Dans l'eau. À moitié comateuse.

— C'était quand ?

Karsten ne s'en souvenait pas. Avant ma naissance, en tout cas. Puis il s'est mis à parler de tout ce qu'ils avaient dû faire pour la sortir de là, et sa voix est devenue un bruit de fond pour mes propres souvenirs.

Elle ne supportait pas de vivre dans un monde où elle n'avait pas le droit de devenir celle qu'elle était.

À trop jouer avec le feu

Karsten et Sverker, les copains de Holger, étaient assis sur le banc devant la supérette Ica.

— Où est grand-père ? a demandé Katia.

— Il est parti chercher de quoi chiquer. Il revient.

— Vous auriez quelque chose à boire ?

— Les petites filles ne boivent pas, a dit Karsten en souriant.

— On n'est pas des petites filles, Karsten, tu le sais très bien.

Katia a penché la tête d'un air enjôleur.

— Juste un petit quart ? Et on paiera après.

— Nous manipuler, ça, vous savez le faire. Vous êtes même super douées.

Avec un soupir exagéré, il a fait semblant de fouiller dans son sac en plastique avant de nous tendre un quart de litre. Gnôle maison, a-t-il dit, et sacrément forte, en plus. Alors du calme. Qu'on ne vienne pas s'en prendre à lui si on buvait trop vite et si on tombait malades, car il nous avait mises en garde.

— Tiens, le voilà, a dit Sverker en indiquant Holger, qui arrivait d'un pas chancelant, une doudoune ouverte sur sa chemise boutonnée façon ivrogne.

— Salut, grand-père, comment ça va ? lui a demandé Katia, une fois qu'il a été assis au milieu des autres sur le banc.

Son jean était raide de crasse, et ses cheveux pointaient dans tous les sens.

— Bah, je me suis endormi.

— Tu n'as pas trop chaud ?

— Chaud ? a fait Holger comme s'il ne comprenait pas la question.

— On est en été. C'est une soirée ensoleillée.

— Bah, si tu le dis.

Holger a tendu une main tremblante vers Karsten. Celui-ci lui a donné une bouteille, et Holger a bu avidement au goulot comme si c'était du jus de fruit et pas de l'alcool frelaté.

— Vous allez à la maison abandonnée ? a demandé Karsten.

Katia m'a fusillée du regard comme si c'était moi qui avais divulgué notre secret. Ce n'était pas le cas.

— C'est Samuel, a précisé Karsten en saisissant ce qui se passait. Il a dit que vous étiez tout le temps là-bas. Vous savez que c'est dangereux.

— Le toit peut s'écrouler, a ajouté Sverker sur un ton sentencieux. Ou alors on peut tomber dans le puits. Il est profond et l'eau est glaciale.

— Pourquoi on tomberait là-dedans ? a fait Katia. On n'est pas folles à ce point.

On n'allait pas à la maison abandonnée, a-t-elle annoncé pendant que nous nous éloignions avec notre bouteille. Elle voulait sortir en ville.

— Avec quel argent ?

— Pas besoin d'argent. Viens, on fait du stop.

Et quand j'ai demandé comment on allait réussir à se faire admettre quelque part, elle a dit que ça se passerait sûrement très bien.

On s'est mises sur le bord de la route, pouce levé. À peine quelques minutes plus tard, une vieille Volvo blanche s'est arrêtée, et un homme au regard fixe nous a proposé de monter. Oui, il traverserait la ville, il pouvait nous y déposer. Quelque chose me disait que nous ferions mieux de ne pas accepter, mais Katia avait déjà ouvert la portière arrière.

— Qu'est-ce que vous allez faire en ville ? a demandé l'homme en nous regardant dans le rétroviseur, d'où pendait un crucifix.

— Danser, a dit Katia.

— Vous êtes trop jeunes, il me semble.

J'ai dit que nous avions l'âge requis.

— Vous devriez être prudentes. Parfois, les filles seules, le soir, ça tourne mal... On ne les revoit plus.

— Mais nous, on reste toujours ensemble, a dit Katia en me prenant la main.

— Même. Il suffit qu'un dingue ait un couteau ou quoi. Vous aurez beau vous tenir la main, ça ne vous servira pas à grand-chose.

Mon cœur a commencé à cogner. Qui était ce type qui prenait plaisir à effrayer deux inconnues ?

J'ai ouvert la bouche pour dire quelque chose mais, au même moment, Katia a toussé et, se penchant soudain, a vomi sur le sol de la voiture. L'homme a poussé un juron, s'est arrêté sur le bord de la route en criant qu'elle aurait pu prévenir, merde ! *Ça y est, il va sortir une arme,* ai-je pensé en le voyant tendre la main vers la boîte à gants, mais, au lieu de ça, il s'est remis à jurer parce qu'il n'avait rien pour nettoyer.

— Pardon, ai-je dit, tout en aidant Katia à descendre. On ne l'a pas fait exprès.

L'homme n'a pas réagi. Il m'a juste demandé de fermer la portière avant de disparaître en faisant rugir le moteur.

Katia a vomi encore une fois dans le fossé. Je lui tenais les cheveux. Mes mains tremblaient. Puis nous nous sommes assises dans l'herbe, nous avons allumé chacune une cigarette et nous avons parlé de ce qui se serait passé si ce type avait été un dingue qui avait fait disparaître nos corps. Est-ce qu'il y aurait des battues dans la forêt pour nous retrouver ? Les journaux seraient-ils remplis de vues aériennes de Silverbro ? Nos photos seraient affichées dans le pub, à côté de celle de

Sofia, et nous deviendrions célèbres, a dit Katia sur un ton rêveur. On n'oublierait jamais nos noms.

Un long moment, nous sommes restées là, dans le fossé, émues par ce destin que nous avions manqué de peu. Nous aurions dû nous réjouir d'être en vie. Pourtant, nous avions l'impression d'avoir perdu quelque chose.

J'avais réglé l'alarme sur sept heures trente, mais je me suis réveillée un quart d'heure plus tôt, avec des palpitations d'angoisse. Mes pensées s'égaraient entre Katia et la conversation avec Karsten, cette vision de ma mère dans le puits. J'ai appelé mon père et j'ai attaqué sans préambule.

— Pourquoi ne m'as-tu jamais dit ce qu'il s'était passé dans la maison abandonnée ?

— Quoi ?

— Maman. Le puits. Le fait qu'elle avait déjà fait une tentative de suicide.

— Qui t'a dit ça ?

— Peu importe. C'est vrai ? ai-je demandé, alors même que je connaissais déjà la réponse.

— Oui.

— Pourquoi ne me l'as-tu jamais dit ?

— Je ne comprends pas ce que cela t'aurait apporté de le savoir, a dit papa. Quelle différence cela aurait faite pour toi ?

— Ce n'était pas à toi d'en décider.

— D'ailleurs, il n'est pas certain que ç'ait été une tentative de suicide. Cecilia, elle-même, disait qu'elle était tombée.

— Ce n'est pas franchement comme si c'était un trou dans la terre et qu'elle avait pu y glisser par inadvertance.

Papa le savait, mais quelle importance maintenant ? Ne devrais-je pas plutôt me concentrer sur Katia ?

J'ai dit que personne ne savait où elle était passée. Mais ce n'était sans doute pas vrai. Quelqu'un le savait. Ou quelques-uns. La sensation me rappelait celle que j'avais eue autrefois, quand Katia et moi parlions de Sofia. Quelque part sur terre, quelqu'un savait. Quelque part sur terre, il y avait aussi Sofia.

Après avoir raccroché, j'ai ressorti le tableau d'enquête de Katia. Quelque chose m'avait peut-être échappé la veille. Je l'ai étalé sur la moquette et j'ai observé la chronologie, les flèches de différentes couleurs pointant les différentes personnes que Sofia avait croisées ce soir-là. En suivant ses notes, j'avais l'impression que Katia était à côté de moi, en train de tout m'expliquer, comme la première fois où elle m'avait fait voir son enquête, les trois théories, les policiers idiots, les soupçons qui s'étaient tournés vers les hommes seuls, les marginaux du coin. Mon regard est tombé sur la photo du petit ami, le « gamin à problèmes » qui avait disparu par la suite. J'essayais de discerner des traces du mal sur son visage, mais tout ce que je voyais, c'était un jeune gars bronzé. Au bout d'un moment, je suis parvenue à la conclusion que le seul élément qui semblait avoir été ajouté depuis la dernière fois que j'avais regardé ce collage était bien le fragment sur les menteurs. En tout cas, rien d'autre ne m'a frappée. J'ai tout replié, puis j'ai pris mon téléphone pour appeler le numéro que m'avait donné Rebecka la veille au soir. Celui de Camilla Niklasson, la meilleure amie de Sofia Lo. Il était trop tôt pour téléphoner, alors j'ai envoyé un SMS pour me présenter, ajoutant que je souhaitais lui parler. La réponse est arrivée presque aussitôt.

Je fais le ménage à l'école, mais on peut se voir plus tard, si tu veux.

J'ai répondu immédiatement :

Est-ce que je peux passer à l'école ? Je peux être là dans vingt minutes.

OK. Je suis dans la section élémentaire. Je déverrouille la porte principale, tu n'auras qu'à entrer.

J'ai longé à pied la grande rue, déserte en ce samedi matin, et j'ai bifurqué sur le chemin montant vers l'école. Des canettes de bière gisaient dans le fossé ; un avis de recherche pour un chien perdu était scotché sur les lampadaires. Autrefois, le visage de Sofia avait été placardé ainsi sur tous les lampadaires et les panneaux d'affichage de Silverbro, comme dans les autres communes de la région. Est-ce que ça se faisait encore ? J'essayais d'imaginer Katia sur une telle affiche. Son sourire, ses cheveux qu'elle oubliait de brosser ; son regard, vif, curieux.

L'école n'avait pas changé. Le bâtiment devait pourtant bien avoir une soixantaine d'années. Les églantiers longeaient encore la façade, et l'abri à vélos n'avait pas été refait. En ouvrant la porte, j'ai senti l'odeur familière de livres, de pierre et de craie. Sur les portes des salles de classe, il y avait les mêmes papiers découpés en forme de pétale avec le nom des petits écrit en lettres enfantines et entouré de la couleur préférée de chacun. Autrefois, mon nom avait été affiché ainsi sur une porte. Ma maîtresse avait critiqué mon choix de couleur. Avais-je déjà vu une fleur aux pétales noirs ? Non, mais je n'avais jamais vu non plus une fleur dont les pétales avaient vingt couleurs différentes, alors quelle importance ?

J'ai grimpé l'escalier conduisant à la section élémentaire. Si peu de changement, ai-je constaté en passant devant la porte de la conseillère d'éducation. Combien d'heures avais-je passées dans ce bureau, une petite balle remplie de sable dans la main, gardant le silence face aux questions des adultes ? Plus ils redoublaient d'efforts, plus je me fermais. C'était comme si tout le monde voulait que je porte le deuil d'une certaine façon et pas d'une autre, et je ne supportais pas ça. Je n'avais même pas voulu aller à l'enterrement. Mais on m'y avait obligée, parce que grand-mère et papa pensaient que je le regretterais, sinon. J'avais résolu le problème en fermant les yeux pendant toute la cérémonie, et ils avaient dû me guider jusqu'à la salle paroissiale, où l'on était censés boire du café et manger des gâteaux. Une fois là-bas, je me suis enfermée dans les toilettes des handicapés et je suis restée assise par terre, à lire les citations de la Bible en broderie encadrées sur le mur. « Comme une mère console son enfant, ainsi je vous consolerai. Même dans la vallée la plus obscure, je ne crains aucun mal. »

J'avais beau les lire en boucle, je ne réussissais pas à m'isoler des rires et des voix qui me parvenaient de l'autre côté. Comment les gens pouvaient-ils parler et être joyeux alors que maman n'était plus là ? Cela me mettait en rage. Grand-mère m'avait dit plusieurs fois que j'avais le droit de pleurer, que je n'étais pas obligée de refouler mes larmes. Elle croyait que j'essayais d'être forte, mais la vérité était que je devais avoir un problème aux yeux, parce que je n'arrivais pas à pleurer. Impossible.

« C'est un tel traumatisme », ai-je entendu papa dire à grand-mère plus tard, quand elle a demandé pourquoi je semblais avoir effacé maman de ma mémoire. Grand-mère n'était pas d'accord. Ça ne pouvait pas être sain de ne jamais prononcer son nom et de faire comme si elle n'avait jamais existé.

Grand-mère se trompait. Maman n'était pas effacée. Elle était avec moi à chaque seconde du jour. Et la nuit aussi. La nuit, elle s'enfonçait dans le marais, dans sa chemise blanche, et elle gémissait parce qu'elle était coincée.

L'une des portes était ouverte. Je suis entrée. Une femme balayait le sol en me tournant le dos. Elle avait un casque sur les oreilles.

J'ai frappé trois fois sur une table pour attirer son attention, mais sa musique devait être forte, car elle ne m'a pas entendue. En se retournant, elle m'a aperçue et a poussé un cri.

— Pardon !

— Pas de problème.

Elle a enlevé son casque et s'est approchée pour me serrer la main.

— Camilla.

— Vega.

— Oui, je me souviens bien de toi, même si ça fait longtemps que je ne t'avais pas vue. J'ai entendu parler de toi, tu sais, a ajouté Camilla en posant son balai. Pas la peine de prendre cet air effrayé. Katia n'avait que du bien à dire à ton sujet. Je suppose que tu viens me demander où elle est, et je ne peux malheureusement pas te répondre. Moi aussi, j'ai essayé de la joindre. Tu fumes ?

— Parfois.

— J'ai un bon coin.

J'ai suivi Camilla dans le couloir qui menait à la partie collège.

— Katia et moi avions l'habitude de nous mettre à cette fenêtre-là, derrière le gros pilier, ai-je dit.

— Nous aussi. Sofia et moi. On se mettait là pour fumer en cachette.

Elle a ouvert la fenêtre d'un geste routinier. J'ai regardé dehors en pensant à la fois où nous étions perchées sur le bord et que Katia s'était penchée dangereusement en arrière.

Tu crois que je mourrais si je tombais maintenant ?
Oui, raide morte.
Ah. Mais quel vol plané génial juste avant.

— J'ai les miennes, ai-je dit quand Camilla m'a tendu son paquet.

— Ah ! Tu as croisé Karsten, on dirait, a constaté Camilla en voyant mon paquet. Elles sont atroces.

— Moi, j'aime bien.

Camilla s'est penchée au-dehors, a aspiré la fumée profondément et m'a demandé pourquoi Katia et moi n'avions pas eu de contact pendant tant d'années.

— Et Katia ? Elle disait quoi ? ai-je demandé, car je ne voulais pas en révéler plus que nécessaire.

— Juste qu'elle t'avait trahie.

— Ah bon ?

— Oui.

— Rien d'autre ?

— Non, sauf quand elle était ivre et qu'elle répétait en boucle combien tu lui manquais.

— Elle aussi, elle m'a manqué.

— C'est vrai qu'elle t'a trahie ?

— Je ne sais pas qui a trahi qui. On s'est éloignées. Et maintenant que j'allais la revoir pour la première fois depuis une éternité, elle n'est pas là.

— C'est sans doute parce qu'elle a retouché à la drogue.

— Oui, mais pourquoi ? Pourquoi a-t-elle recommencé ?

— Le plaisir, a dit Camilla, comme si c'était la chose la plus évidente au monde. Ou alors c'est que la vie devient trop compliquée. La plupart du temps, c'est un mélange des deux, j'imagine.

— La vie est devenue compliquée pour elle récemment ? Plus que d'habitude, je veux dire ?

— Je sais pas... Mais, à la fin, on peut en avoir assez. Et puis son père est malade. Il n'en a plus pour longtemps.

— Elle n'est pas très attachée à lui, pourtant.

Je revoyais Tony en train de brailler dans le jardin de la ferme et de taper sur les portes pendant que Kristina interdisait à ses enfants de sortir, disant que ce n'était pas leur père qui se déchaînait dehors mais un fou furieux.

Camilla a haussé les épaules.

— Non, je sais. Mais elle m'a dit qu'il l'avait suppliée d'aller le voir.

— Et alors ? Elle l'a fait ?

— Je ne sais pas.

— Ça ne te paraît pas inquiétant que personne n'ait de ses nouvelles depuis plusieurs jours, alors qu'apparemment, elle n'a rien emporté avec elle ?

— Katia ne prépare pas vraiment une petite valise quand elle est dans une période comme ça. Et c'est toujours aussi désagréable à chaque fois. Comme de revivre la disparition de Sofia.

Le temps était une chose étrange, a-t-elle ajouté. Parfois, elle avait l'impression que cela faisait une éternité, et l'instant d'après, elle y était de nouveau, comme si ça venait d'arriver. Est-ce que je comprenais ?

— Oui. Complètement.

Je lui ai demandé si Katia s'était confiée à elle. S'était-il passé quelque chose de spécial juste avant sa disparition ?

— Nous parlions de tout. Du moins, c'était ce qu'elle me disait. Qu'elle me confiait des choses qu'elle n'aurait révélées à personne d'autre.

— Quoi, par exemple ? ai-je fait en essayant de prendre un air intéressé et surtout pas effrayé.

— C'étaient des confidences. Je ne veux pas trahir sa confiance.

— Mais elle est peut-être en danger. S'il lui arrive quelque chose...

— Tu parles comme la police. Je croyais que tu étais écrivaine.

— Je ne suis ni l'un ni l'autre.

— Ah bon. Tu vas voir qu'elle réapparaîtra bientôt. Ça s'est toujours terminé comme ça.

Sans nous consulter, nous avons allumé une nouvelle cigarette.

— Elle t'a interrogée sur Sofia ?

— Oui, bien sûr. Elle me demandait comment c'était d'avoir Sofia pour amie, ce que nous faisions ensemble. Et puis quels souvenirs j'avais de la nuit de sa disparition, où j'étais moi-même, etc.

— Et tu étais où ?

— Chez moi. Je n'avais pas la force de faire la fête, car j'en avais vraiment marre de tout, à ce moment-là.

Elle a regardé sa montre et poussé un juron. Il lui restait la moitié de la partie collège à nettoyer avant dix heures.

On a jeté nos cigarettes par la fenêtre, et Camilla l'a refermée en vérifiant que les trois crochets étaient bien en place. Une fois, elle avait oublié de le faire, et l'alarme s'était déclenchée. Ça avait fait une histoire monstre, avec retrait de salaire pour elle, parce que la boîte de surveillance avait dû intervenir. Comment était-il possible que ça coûte aussi cher de prendre une voiture et de venir vérifier ? C'était pourtant archi-simple. Elle ne saisissait pas.

— Tu étais seule ?

— Quand ?

— La nuit où Sofia a disparu.

— Non, j'étais avec Nils.

— Le Stockholmois ?

— Oui.

— Je ne te suis pas. Je croyais que Nils n'avait pas d'alibi.

— J'ai menti à la police. J'ai dit que j'étais seule, parce que je n'avais aucune envie de fournir un alibi à quelqu'un qui se consolait avec moi mais qui, en réalité, n'en pinçait que pour Sofia.

J'ai dit que je comprenais, mais ce n'était pas vrai. Comment pouvait-on être en colère au point de laisser quelqu'un être soupçonné à tort d'avoir commis un crime grave ?

— J'avais quinze ans, a dit Camilla comme si j'avais formulé ma pensée à voix haute.

— Vous êtes restés chez toi toute la nuit ?

— Pourquoi cette question ?

Camilla me dévisageait. Je me suis demandé si elle saisissait où je voulais en venir. Deux jeunes, tous deux humiliés par Sofia, sortant dans la nuit et croisant son chemin...

— On est restés chez moi, a dit Camilla.

— Et pendant toutes les années où il a continué d'être soupçonné... Pourquoi n'as-tu rien dit ?

— Parce que ça n'avait rien donné, entre lui et moi. J'essayais de tout oublier. Sofia et Nils.

— Et Katia ? Est-elle au courant du fait que tu avais menti ?

— Maintenant, oui. C'était idiot de ma part de lui avouer. Mais j'étais ivre et je me suis dit que ça faisait tellement longtemps que ça n'avait plus aucune importance. Mais Katia est très sensible pour tout ce qui touche à Sofia. Elle s'est mise dans un état pas possible et elle est partie en claquant la porte. Ça, c'était la semaine dernière. Je ne l'ai pas revue depuis.

Je me rappelais ce qu'elle avait écrit sur son collage : « Tous des menteurs. » Pensait-elle à Camilla ? À quelqu'un d'autre ? Elle l'avait écrit au pluriel. Mais quelles conclusions pouvait-on tirer d'un simple griffonnage ?

— Katia a un sens de la justice exacerbé, ai-je dit. Et cette affaire l'a hantée toute sa vie. Alors ce n'est peut-être pas étonnant qu'elle se soit mise en colère. Elle croyait vraiment que le coupable était Nils.

— Je sais. C'était complètement con de ma part, mais que veux-tu que j'y fasse à présent ?

Je n'ai rien dit. Que pouvait-elle y faire, en effet ?

Il y avait tant de choses auxquelles on ne pouvait rien dans cette triste histoire.

À trop jouer avec le feu

— Aujourd'hui, je propose que nous descendions aux enfers, a dit Atle.

— J'y suis déjà, a marmonné Katia.

— Katia, tu as dit quelque chose ?

— Non.

Elle a posé la tête sur ses bras croisés. C'était ainsi qu'elle passait la plupart des cours, ces derniers temps, à moitié endormie.

Atle a brandi *La Divine Comédie*. Quelqu'un avait-il entendu parler de ce livre ? Personne n'a répondu, pas même moi, alors que je le connaissais pourtant. Maman m'en avait parlé, et j'avais essayé plusieurs fois de le lire. Mais la solennité de l'écriture me décourageait.

Toutefois, quand Atle a commencé à nous décrire avec passion le voyage de Dante en tant que seul être vivant parmi les morts sous la conduite de Virgile, j'ai senti qu'il fallait que je réessaie.

— « Au milieu du chemin de notre vie, je me retrouvai dans une forêt obscure, car la voie droite était perdue. » Neuf cercles, a ajouté Atle en levant les yeux. Il existe neuf cercles dans l'enfer de Dante. Plus on descend, plus cela veut dire qu'on s'est rendu coupable de choses terribles, car à chaque nouveau cercle, le châtiment devient plus atroce.

Il nous a parlé du Vestibule de l'Enfer. C'était là qu'échouaient les indécis, ceux qui avaient vécu au gré des circonstances sans jamais prendre position. Leur châtiment était qu'ils n'avaient pas le droit de mourir. Il nous a lu la description de ces pauvres gens qui erraient, nus, attaqués par les guêpes et les taons, dévorés par les larves et les vers.

— Le premier cercle de l'enfer, a poursuivi Atle, est réservé à ceux qui n'avaient pas la juste foi de leur vivant. Ceux-là sont condamnés à une vie éternelle sur terre.

— Ah bon ? C'est pire que se faire dévorer par les larves et les vers ? ai-je demandé sans lever la main.

— Oui. En tout cas, selon Dante.

Nous avons continué notre descente vers les ténèbres. Ceux qui avaient péché par le sexe tournoyaient sans fin dans la tempête éternelle du deuxième cercle. Dante y rencontrait Paolo et Francesca. Est-ce que nous les connaissions ?

Atle a contemplé nos visages inexpressifs, et j'ai pensé que ce devait être désespérant de faire cours tous les jours à une classe de débiles. Il nous a parlé de Paolo et de Francesca, qui étaient tombés amoureux l'un de l'autre alors que Francesca était mariée au frère de Paolo.

Quand quelqu'un a fait remarquer que c'était peut-être un peu sévère d'être condamné à tournoyer dans la tempête éternelle pour une petite infidélité, Atle a répliqué qu'il ne fallait pas oublier que tout ça se passait au Moyen Âge.

— Et ensuite ? a dit Katia, qui s'était réveillée en entendant parler du couple d'amoureux.

Ensuite, il y avait les gloutons, coincés dans la boue, attaqués par un chien démoniaque à trois gueules. J'ai fermé les yeux en m'imaginant m'enfoncer dans le marais au milieu des chiens déchaînés de Samuel. Atle a continué à nous entraîner à la rencontre des gaspilleurs et des avares dans leur éternelle ronde querelleuse, par-delà les eaux boueuses où croupissaient les colériques et les tombes brûlantes remplies d'hérétiques.

— Dans le septième cercle, nous trouvons les auteurs de violence, a dit Atle. Ceux qui ont fait usage de la violence contre autrui, contre eux-mêmes ou contre l'art, la nature ou Dieu. Ils sont punis de différentes façons.

— Et les suicidés ? ai-je demandé puisqu'il n'en avait pas parlé.

Atle a dit qu'ils se figeaient et devenaient peu à peu des arbres dans une forêt touffue.

Maintenant, c'était maman que je voyais, fondue dans l'écorce d'un des grands chênes qui menaient au Moulin. Je voyais ses longs cheveux entremêlés aux feuilles de l'arbre, avec çà et là des taches de peinture, et ses bras étaient des branches qui s'étiraient dans ma direction.

« N'oublie pas de quitter la route, me criait-elle. Ne te contente pas de suivre les autres sans réfléchir par toi-même à l'endroit où tu veux aller. »

— Vega ?

J'ai sursauté. Atle était à côté de moi. M'avait-il interrogée ?

— Pardon. Je n'ai pas entendu la question.

— Quel est le pire des péchés, d'après toi ? Qui devrait occuper le neuvième cercle de l'enfer, si la décision t'appartenait ?

— Je ne sais pas.

— Peut-être ceux qui condamnent les autres à aller en enfer ? a proposé Katia.

Atle a ri.

— C'est bien, Rainen.

Entre-temps, j'avais retrouvé mes esprits.

— En fait, ça me paraît difficile de cataloguer les péchés comme ça. Ça dépend tellement du contexte, on peut commettre des erreurs, et il peut s'être passé des choses… Je ne vois pas comment on peut juger une action en elle-même sans tenir compte de tout ça.

Les yeux d'Atle pétillaient.

— Je suis d'accord avec toi, Vega. Je suis absolument du même avis.

Il a continué à interroger la classe. La plupart ont fini par s'accorder sur le fait que le dernier cercle de l'enfer devrait être réservé aux assassins et aux violeurs. Mais Dante avait manifestement une autre vision des choses, nous a expliqué

Atle, car, selon lui, les pires pécheurs étaient ceux qui avaient trahi leurs amis, leur patrie ou leurs maîtres. Là, au milieu d'un lac gelé de part en part, ils étaient dévorés vivants par Satan lui-même. Et on leur avait ôté jusqu'à la faculté de pleurer sur leur misère.

Ce n'était pas si terrible, de ne pas pouvoir pleurer, a dit Katia. Atle a répliqué que les larmes étaient déjà considérées, à cette époque, comme un baume contre l'angoisse et la douleur. Est-ce que nous comprenions ?

J'ai hoché la tête, je comprenais.

Ensuite, nous avons dû écrire. Nous devions créer notre propre enfer, avec ses gradations, ou alors nous pouvions examiner de plus près la répartition des péchés selon Dante et écrire ce que nous en pensions.

J'ai choisi le septième cercle et le cas de ceux qui avaient retourné la violence contre eux-mêmes. Était-il juste de laisser les suicidés se fondre peu à peu en arbre ?

Laissez-moi vous parler d'une femme que j'ai connue autrefois, ai-je écrit. *Laissez-moi vous parler de ma mère.*

Ensuite, toute l'histoire : maman dans l'atelier, papa avec le couteau en train de trancher la corde, les larmes de grand-mère, l'attente interminable de l'ambulance. Les pensées muettes, le silence, puis la rage, comment je m'étais enfuie dans la forêt en frappant de mes poings les troncs et les rochers. Comment j'étais allée dans le garage, le coin atelier bricolage de papa, détruire ma lyre d'argent avec un marteau et une pince, et puis papa était entré, et je m'étais cachée derrière un tas de pneus, et je l'avais entendu pleurer pour la première fois de ma vie, son grand corps secoué de larmes, plié en deux contre l'établi. J'ai décrit le moment où je m'étais assise sur les marches du perron et où j'avais déchiré ma bible, page à page, tous les mots sur les voies impénétrables du Seigneur et ses promesses de vie éternelle et de paradis, tout s'était envolé comme des feuilles mortes dans le vent.

— Je voudrais te parler, Vega, a dit Atle à la fin du cours.

Il a attendu que les autres soient sortis avant de ramasser un papier sur son estrade et de me le donner.

« Concours de nouvelles réservé aux jeunes sur le thème des péchés capitaux. »

Le premier prix était un chèque de mille couronnes. Sous le paragraphe d'information, cette exhortation tracée à la main : « Participe ! »

— Je pense que tu devrais envoyer quelque chose.

— Je ne sais pas.

— Qu'est-ce que tu ne sais pas ?

— Si j'ai quelque chose de suffisamment intéressant à raconter.

— N'importe quelle histoire peut être intéressante ou inintéressante, a dit Atle. Tout dépend de qui la raconte.

J'ai suivi son conseil. Chaque jour, en rentrant de l'école, je montais au grenier et j'écrivais. Au début, c'était difficile. Je raturais, je recommençais, je raturais. Puis j'ai pensé à un truc qu'avait dit Atle sur le courage : « On ne doit pas reculer devant ce qui fait mal. Il faut aller vers l'obscurité. C'est ce que font les meilleurs écrivains. » Après, j'ai commencé à écrire sur une fille aux pieds nus qui s'était perdue dans la nuit. J'ai écrit qu'elle avait quitté le sentier, qu'elle s'était enfoncée tout droit dans la forêt et qu'il l'attendait là. Le loup.

Camilla était pressée de finir le ménage du lycée. Quand je lui ai proposé de l'aider, elle m'a lancé un regard sceptique. Puis elle a dit OK. Elle a fermé à clé la porte de la section collège, en priant les puissances supérieures pour que personne ne remarque qu'elle avait négligé les coins. Ce qui était bien avec le ménage, a-t-elle dit tandis que nous traversions la cour en direction du bâtiment principal, c'était qu'en s'y prenant correctement, on pouvait tricher pas mal. Ça, et le fait qu'on était toujours tranquille, car même s'il y avait du monde autour, on était invisible. C'était assez drôle, non ? Les gens avaient l'air de considérer le boulot d'agent de surface comme un exemple terrifiant de ce qui pouvait t'arriver si tu ne travaillais pas à l'école. Après SDF, c'était le pire. Or, de tous les boulots pourris et mal payés qu'elle avait enchaînés dans sa vie, c'était encore celui qu'elle préférait. Elle s'occupait aussi du ménage à la scierie, et c'était infiniment plus facile que le travail à la chaîne.

Je me souvenais du temps que j'avais passé là-bas – cette sensation d'être surveillée en permanence, de n'avoir aucun endroit où se cacher, pas le moindre recoin où il aurait été possible de réfléchir. Faire le ménage toute seule, ça paraissait un rêve, en comparaison.

Le placard à balais se trouvait au bout du couloir. Nous sommes passées devant la salle commune et la cafétéria, où nous avions l'habitude de voler des sandwichs et des boules chocolat-coco. Atle venait parfois y traîner pendant les pauses, au lieu d'aller dans la salle des profs. Katia disait que c'était parce qu'il devait être pédophile.

Je répondais qu'il s'amusait sans doute mieux avec nous qu'avec ses vieux croûtons de collègues.

Katia me trouvait naïve ; c'était clair qu'Atle courait après les jeunes nanas. Et alors ? Pas de quoi s'énerver. Les hommes étaient des prédateurs, Atle ne faisait pas exception, je ne devais pas me laisser embobiner en croyant autre chose. Il lisait des livres, c'était peut-être un intello et tout ça, mais en réalité, ce qu'il voulait, c'était de la chair fraîche, point barre, comme les autres.

— Tu reconnais les lieux ? a demandé Camilla.

— Les casiers sont neufs, ai-je dit en indiquant le mur où une double rangée de petits casiers gris avait remplacé les grandes armoires multicolores. Pour le reste, non, ça n'a pas vraiment changé.

— C'est le bâtiment que j'aime le moins, a dit Camilla. Peut-être parce que j'allais tellement mal la plupart du temps quand j'étais élève ici.

— Pareil pour moi.

— Ah oui ? Toi aussi, tu es tombée enceinte au lycée ?

— Juste après.

— Bon timing ! Moi, j'ai été obligée d'arrêter à la naissance du premier, et après, je n'ai plus jamais eu la force d'y retourner. J'avais l'impression que c'était cuit, de toute façon.

— Ce sentiment-là, je le comprends très bien.

Il y avait malgré tout une différence, selon Camilla. Moi, j'avais rencontré un homme comme il faut. Le sien était un dingue, qui parvenait à peine à s'occuper de lui. Elle ne comprenait pas ce qui lui était passé par la tête à l'époque. Comment raisonnait-elle, au juste ?

— Tu étais jeune. On n'a pas les idées claires quand on est jeune.

— Vrai, a dit Camilla. Et puis il est arrivé la même chose à ma fille. Et puis à sa fille à elle. Elles ont eu leur premier gosse au même âge que moi. Alors que je les avais pourtant mises en garde. Tu crois que ça se transmet ? Ce... Ce côté destructeur ?

— Je ne sais pas.

— C'est comme si je nous voyais, toutes en enfilade. Et pareil pour les générations suivantes, à se saboter elles-mêmes, l'une après l'autre.

— On ferait peut-être mieux d'espérer que ce ne soit pas à ce point écrit d'avance...

Camilla a passé en revue le placard pour voir s'il fallait renflouer le stock de produits de nettoyage et de chiffons.

— Tu as faim, au fait ?

— J'ai mangé, il n'y a pas longtemps. Mais un petit truc, oui, je veux bien.

— En ce qui me concerne, c'est l'heure du petit déj, a-t-elle déclaré en agitant son gros trousseau de clés.

Elle est retournée à la cafétéria et en est revenue avec plusieurs sandwichs sous plastique et des briques de jus de fruit.

— Tu as le droit ?

— Je vois ça comme une prime en nature, a-t-elle dit en me donnant un sandwich et un jus de pomme.

Rapide coup d'œil à sa montre.

— On a intérêt à se grouiller.

Nous sommes entrées dans la première salle, et Camilla s'est mise à empiler les bancs sur les tables à un rythme impressionnant.

— Ah, les sales gosses ! a-t-elle dit en découvrant un chewing-gum collé sous un banc. Tiens, tu peux nettoyer le tableau, si tu veux.

Le tableau blanc était couvert de notations en rouge, noir et vert.

— Sais-tu si quelqu'un pourrait avoir des raisons d'en vouloir à Katia ? ai-je demandé en commençant à effacer les restes d'un cours sur les lentilles concaves et convexes.

— Elle traînait avec des alcoolos et des toxicos. Dans ce cas-là, les embrouilles arrivent vite. Tu peux me faire confiance. Je sais de quoi je parle.

— Mais est-ce qu'il s'est passé quelque chose récemment ? Qui l'aurait bouleversée ? Ou mise en colère ?

— On ne s'est pas reparlé depuis cette histoire d'alibi, alors je ne sais pas vraiment. La seule idée qui me vient, c'est qu'elle a pu aller rendre visite à Tony, tout compte fait. Un père moribond, c'est capable de remuer tout un tas de merde. Même un frappadingue bon à rien comme Tony.

— Tu le connais ?

— C'était le petit ami de Kristina, alors oui, je l'ai rencontré quelquefois, avant qu'ils ne quittent le coin. Mais je n'aimerais pas l'avoir pour ami, c'est tout ce que je peux te dire.

— Où est-il ? À l'hôpital ?

Camilla a fait non de la tête. Il était avec les autres vieux, à Ro. La maison de repos à côté du centre de santé, a-t-elle précisé, comme si j'avais pu oublier la topographie du bourg. Tony Rainer était là-bas, et sa seule activité était d'attendre la mort.

À trop jouer avec le feu

Atle Berggren était au pub et buvait un whisky au bar. Katia voulait aller l'aborder, mais ça m'ennuyait de le déranger pendant son temps libre.

— Arrête tes conneries, il adore discuter avec toi. Allez, viens !

Elle s'est plantée devant lui.

— Atle ? Qu'est-ce que tu fais là ?

— Je pensais écouter les musiciens, a dit Atle en montrant la scène. Et vous ? La limite d'âge est fixée à dix-huit ans dans ce genre d'endroit, il me semble.

— Je suis venue avec ma responsable légale, a dit Katia en indiquant une table près de la fenêtre où Kristina riait et gesticulait en compagnie de quelques hommes.

— Vega aimerait bien danser avec toi après, a-t-elle ajouté en inclinant la tête sur le côté.

— Mais enfin, pas du tout !

J'avais envie de la gifler. Pourquoi me tournait-elle ainsi en ridicule ? Je ne voulais pas être une fille ivre et idiote. Je voulais être une adulte qui réfléchissait, et voilà que Katia était en train de tout gâcher.

— Je ne danse pas, malheureusement, a dit Atle. D'ailleurs, ce ne serait peut-être pas du meilleur effet.

— Vega danse super bien. Elle peut te montrer.

Atle a souri en disant que ce n'était pas une bonne idée.

— Il faut qu'on aille aux toilettes, ai-je dit en empoignant Katia par le bras et en l'entraînant à l'autre bout du local.

Qu'est-ce qu'elle foutait, merde ?

Katia était morte de rire. Elle ne s'est calmée que quand j'ai réussi à la faire asseoir sur une cuvette.

— Pourquoi tu t'énerves, Vega ? Qu'y a-t-il entre toi et Atle ?

— Rien, sinon que tu es en train de me faire passer pour une débile totale.

— Je me disais que tu voulais peut-être danser avec lui.

Katia a défait les boutons de son jean. Elle a baissé son pantalon et sa culotte, s'est relevée pour soulever l'abattant mais a attrapé la lunette par la même occasion, et j'ai dû l'empêcher *in extremis* de s'asseoir sur la faïence sale.

— Je ne veux pas danser avec lui, ai-je dit. Et si je veux danser avec quelqu'un, c'est moi qui décide et qui demande.

— Je voulais juste t'aider. Bah quoi ? Tout le monde voit bien que tu le kiffes. C'est quand même dingue qu'il n'y ait jamais de papier toilette dans cet endroit !

Elle s'est mise à frapper sur les cloisons latérales.

— Allô, quelqu'un peut me passer un peu de papier ?

— Je ne le kiffe pas, ai-je dit en me penchant pour récupérer le rouleau tout boursouflé d'humidité que la voisine venait de faire passer sous la cloison.

— Alors pourquoi tu restes à parler avec lui à la fin des cours ?

— Depuis quand c'est interdit ?

— Vous discutez de quoi ?

— De livres.

— Ah ouais ?

— Ouais. On parle de livres, d'écriture et…

— De livres et d'écriture, a répété Katia en écho, en prenant une voix ridicule et en roulant les yeux. J'ai toujours pensé que tu étais une super bonne menteuse, a-t-elle ajouté en remontant son pantalon. Mais, ces derniers temps, tu n'y arrives plus trop. Peut-être parce que t'es amoureuse ?

Je me suis mise à rire, alors même que je ne trouvais pas ça drôle.

— C'est notre prof. Il est vieux. Pourquoi serais-je amoureuse de lui ?

— J'en sais rien, moi. Mais je vois ce que je vois. Allez, on s'en fout, on y retourne.

Entre-temps, deux inconnus bien habillés avaient fait leur apparition à une table du fond et balayaient la salle d'un regard vorace que j'avais tout juste appris à interpréter. Katia les a repérés en même temps que moi.

— Regarde, a-t-elle fait avec un signe de tête. De la bière gratuite.

Elle s'est glissée jusqu'à leur table, et moi, je me suis faufilée dans l'autre sens, jusqu'au comptoir. Atle était toujours là.

— Désolée pour tout à l'heure. Elle a un peu bu.

— Comme tout le monde, a souri Atle en vidant son verre et en faisant signe à Glad de lui en remettre un.

Glad en a profité pour poser un shot réglisse devant moi. Atle a haussé les sourcils.

— Il va finir par perdre sa licence s'il continue à servir de l'alcool aux mineurs.

— Il a toujours servi de l'alcool aux mineurs. C'est parce qu'il ne veut pas qu'on boive de la gnôle et qu'on termine ivres morts dans un fossé.

— Que c'est gentil de sa part ! Mais l'un n'exclut pas l'autre, si ?

— C'est vrai. Tu es venu seul ?

J'ai eu honte en réalisant que ça sonnait comme une invite.

Atle a hoché la tête.

— J'ai lu le livre dont tu nous as parlé, ai-je dit pour faire diversion.

— Lequel ?

— *Crime et Châtiment.*

— Et alors ?

— J'ai adoré.

— Je m'en doute.

— Le narrateur est tellement intéressant…

J'ai eu honte à nouveau. Me tenir là, devant lui, à jouer la fille intelligente alors que j'étais ivre et bête. Y avait-il même un narrateur ? Ce livre n'était-il pas écrit à la troisième personne ? Je n'aurais jamais dû retourner au bar parler à Atle, mais trop tard.

— Et puis j'ai lu *Le soleil se lève aussi*, ai-je dit à voix basse.

— Tu dévores les livres à toute vitesse, dis-moi.

— C'est chouette de recevoir de bons conseils de lecture. À part ça, je lis surtout des bouquins de femmes suicidées.

— Hemingway s'est suicidé, lui aussi.

— Ah bon ? Comment ?

— Avec un fusil.

Alors je me suis lancée, en sentant mon visage s'empourprer à cause de ce que je m'apprêtais à dire.

— Peut-être peut-on considérer que les plus grandes œuvres émanent des âmes les plus sensibles ?

Atle a souri et m'a répondu que oui, sans doute. Puis il m'a demandé comment avançait l'écriture de ma nouvelle.

J'ai dit que j'avais l'impression que je n'arriverais jamais à la terminer, tant il y avait de choses à changer et à améliorer, que c'était sans fin. Et puis, à propos de fin, justement, j'avais ce problème, qui était de trouver une fin.

— *There is no real ending. It's just the place where you stop the story.*

Ce n'était pas de lui, a-t-il ajouté, devant mon air ébahi. C'était une citation d'un écrivain dont il avait oublié le nom.

— Ça paraît simple, ai-je dit, mais c'est difficile.

Il fallait que ce soit difficile d'écrire, a-t-il répliqué. Ça faisait partie de l'attrait de la chose.

Je me suis dirigée vers la table à laquelle Katia s'était entre-temps installée, en compagnie des deux étrangers.

— Je te présente Frans et Erik, a-t-elle dit en gloussant.

Étaient-ce leurs noms qui la faisaient rire ? a demandé le dénommé Erik.

Katia lui a assuré que non, c'était juste qu'elle avait toujours le fou rire quand elle était assoiffée.

— Et voici Vega, a-t-elle dit. Saviez-vous que Vega est l'étoile qui brille le plus intensément dans le ciel du Nord ?

— Non, il y en a une autre qui brille davantage, ai-je dit, car ce que maman avait l'habitude de raconter sur mon prénom n'était pas la vérité, il existait une autre étoile plus brillante.

— Quel âge avez-vous, au juste ? a enchaîné Erik sans prêter attention à ce que je venais de dire.

— Nous avons l'âge exact que vous voulez qu'on ait, a dit Katia en se remettant à glousser.

J'aurais aimé pouvoir être aussi détendue qu'elle avec ces deux types en costard. Mais leurs montres semblaient avoir coûté autant à elles seules que la maison dans laquelle je vivais, et ça me mettait mal à l'aise.

— Et vous ? a demandé Katia. Quel âge avez-vous ?

— Vingt-cinq.

Je leur en aurais donné au moins trente.

Au lieu de bières, ils ont commandé des cocktails multicolores dont nous n'avions jamais entendu parler.

Maggie non plus, d'ailleurs. Je l'ai vue lever les yeux au ciel en prenant la commande de Frans et en notant ses instructions à toute vitesse. Elle n'était pas sûre d'avoir tout ce qu'il fallait, a-t-elle dit, mais elle ferait avec les moyens du bord.

— Alors, racontez-nous, Frans et Erik, a dit Katia un peu plus tard, tout en remuant sa paille dans son cocktail. Que faites-vous ici ?

Elle avait du sucre sur la lèvre supérieure, et je me suis penchée vers elle pour l'essuyer.

— C'est à cause de lui, a dit Frans en désignant Erik. Il a hérité d'une bicoque familiale par ici, alors nous sommes venus voir ce qu'il était possible d'en faire. Et puis nous avons découvert ce pub, et nous avons vu qu'il y avait des chambres. Alors on s'est dit qu'on allait rester la nuit et voir ce que c'était un peu que cet endroit. Silverbro.

— Et alors ?

Frans a laissé son regard errer un moment sur la piste, où les gens titubaient comme sur un bateau pris dans la tempête. Puis il a dit que c'était un endroit vraiment très spécial.

Silverbro leur avait manifestement fait forte impression. Puis ils ont commencé à dresser la liste de tout ce qu'il n'y avait pas à Silverbro. Pas de magasins, pas de restaurants… Il n'y avait rien, en fait.

— Je suppose que vous êtes de Stockholm, tous les deux, a dit Katia.

— Affirmatif.

— C'est le paradis sur terre là-bas, non ?

Frans et Erik ont souri comme s'ils avaient eux-mêmes contribué à fonder la capitale. Ni l'un ni l'autre n'ont paru saisir l'ironie de Katia.

— Hé ! Regarde comment il te mate, m'a-t-elle chuchoté en indiquant le bar.

Atle était toujours au même endroit.

— Qui est-ce ? a demandé Erik.

— Son petit ami, a dit Katia en me désignant.

— Alors comme ça, tu aimes les vieux ?

— Non. Et je n'ai pas de petit ami, ai-je dit en lançant un regard noir à Katia. C'est notre prof.

— Mais il est fou d'elle. Elle est sa chouchoute et…

— Arrête, Katia, merde !

Pour montrer à quel point elle se trompait, j'ai consciencieusement évité de jeter le moindre regard vers le bar. Pourtant, je sentais en permanence la présence d'Atle et je ne pouvais m'empêcher de me demander si quelqu'un d'autre s'était approché de lui entre-temps, et, dans ce cas, qui et de quoi ils parlaient. En revenant des toilettes, à un moment donné, j'ai été soulagée de le voir enfiler sa veste et quitter le pub.

Lorsque Glad a allumé les plafonniers en annonçant que c'était l'heure de la fermeture, Frans a proposé de poursuivre la fête dans sa chambre ou dans celle d'Erik. Frans avait un minibar.

Katia n'avait certainement pas besoin de boire davantage, ai-je pensé en la suivant dans les escaliers. Elle tanguait de façon inquiétante, et j'aurais dû l'emmener se coucher. Mais je savais qu'elle ferait une scène. Tant qu'il y avait de l'alcool ici, elle n'irait nulle part ailleurs.

Frans a ouvert la porte de sa chambre.

— La suite nuptiale, a-t-il déclaré en riant.

Je me suis demandé ce qu'il y avait de drôle, puis j'ai compris qu'il la trouvait minable et que c'était cela qui l'amusait.

— Que voulez-vous boire ? Il y a du gin, du whisky et... de l'Explorer, a-t-il complété en lisant l'étiquette.

J'ai dit que je buvais tout sauf de l'Explorer, c'était mon seul principe concernant l'alcool. Erik a tendu à Katia une mignonnette de gin, et Frans m'a donné une bière. Son regard s'est posé sur mes avant-bras.

— Wouah ! Tu fais partie de ces pauvres filles qui se tailladent les bras ?

— Nous sommes malheureuses, a dit Katia en montrant les siens, qui ressemblaient aux miens. Mais non, c'est pas notre truc !

— Alors d'où viennent ces cicatrices ?

Quand on leur a parlé du travail à la scierie, ils ne nous ont pas crues. Était-il possible que des conditions de travail pareilles existent encore dans la Suède d'aujourd'hui ?

— Faut croire que oui, a dit Katia en haussant les épaules. D'ailleurs, il y a des vêtements de protection si on en veut, mais il fait chaud comme en enfer là-dedans, alors on préfère encore les échardes.

Frans et Erik sont tombés d'accord sur le fait qu'ils ne pourraient jamais travailler à l'usine. Puis Erik a pris son téléphone. Une musique que je ne connaissais pas a résonné dans la chambre, et ils se sont mis à chanter à l'unisson.

Katia gloussait hystériquement.

— Qu'est-ce qui te fait rire ?

— Rien, a dit Katia en serrant les lèvres.

Frans et Erik se sont remis à brailler.

— Tu entends ? m'a chuchoté Katia à l'oreille. C'est trop drôle, les gens qui chantent faux. Et le tempo, quoi ! Ils sont demeurés, ou quoi ?

— Répète ça, a dit Erik.

Son regard s'était assombri.

— Ne faites pas attention à elle, ai-je dit. C'est un génie de la musique et, en plus, elle est un peu dérangée.

— Je ne suis pas plus dérangée qu'une autre, a dit Katia. Et c'est pas ma faute si c'est marrant, a-t-elle ajouté en se tournant vers Frans, qui paraissait moins indigné que son ami.

— Chante-nous un truc alors, a dit Erik. Si tu es un tel « génie de la musique ».

— Je ne chante jamais sur commande.

Puis :

— Qu'est-ce que tu me donnes si je le fais ?

— Qu'est-ce que tu veux ?

— De l'alcool.

— Ça, tu peux en avoir de toute façon. Tu en as déjà eu toute la soirée.

Il lui a tendu une mini-bouteille de Bacardi. Katia l'a ouverte, a bu et s'est mise à chanter.

Somewhere over the rainbow
Way up high
There's a land that I heard of
Once in a lullaby

Erik et Frans ont échangé un regard. Même eux, visiblement, n'étaient pas insensibles à la voix de Katia.

If happy little bluebirds fly
Beyond the rainbow
Why, oh, why can't I ?

— Tu sais chanter, dis donc !

Erik paraissait surpris qu'une fille de la campagne à la tignasse broussailleuse soit capable de quoi que ce soit.

— Tu devrais peut-être miser sur ta voix... Parler à quelqu'un dans une maison de disques, ou un truc comme ça.

Il lui a tendu une autre mignonnette.

— Malheureusement, il n'y a pas beaucoup de directeurs de maison de disques par ici, a dit Katia.

— Va passer un week-end à Stockholm, alors. Apporte une démo, frappe aux portes. Qu'est-ce qu'il y a ? Qu'est-ce qui t'en empêche ?

— L'argent, a articulé Katia en silence en se tournant vers moi.

Puis elle s'est retournée vers Erik et a répondu en souriant que c'était une bonne idée. Elle allait louer un studio d'enregistrement, faire une démo et passer quelques nuits à l'hôtel dans la capitale. Comment n'y avait-elle pas pensé jusqu'à présent ? Elle le remerciait vivement de son conseil.

— De rien, a dit Erik en levant sa bouteille.

Intérieurement, j'ai pensé que ce type avait vraiment un gros problème de justesse et de tempo, de façon générale. J'ai pensé à ce que gagnait Katia à la scierie. Elle avait tout dépensé pour payer une espèce de détective privé qui n'avait rien trouvé de neuf sur Sofia – tant de labeur acharné pour rien.

Katia en avait assez de cette *after* et a annoncé à la cantonade qu'on se tirait.

Frans m'a demandé si je voulais rester. J'ai dit que je ne pouvais pas laisser Katia rentrer seule.

— Qu'est-ce qui peut lui arriver dans un bled comme celui-ci ?

— Toutes sortes de choses.

— OK, a dit Frans en prenant son téléphone.

Quand je lui ai expliqué qu'il n'y avait pas de taxi à Silverbro, Erik a offert à Katia de dormir dans sa chambre.

— Volontiers, a dit Katia. C'est très gentil à toi, Erik. Tu as un minibar, toi aussi ?

J'ai pensé que ce n'était peut-être pas une bonne idée de rester dormir, séparément en plus, avec ces hommes d'un autre monde, mais Katia semblait avoir déjà pris sa décision. Elle est partie avec Erik en titubant, et je suis restée seule avec Frans. Quelques minutes plus tard, sans que je comprenne vraiment comment ça s'était passé, j'étais allongée à côté de Frans dans le lit de la suite nuptiale.

Après avoir pris congé de Camilla à l'école, je suis revenue à pied vers le centre-ville. Parmi les événements qui s'étaient déroulés au cours des derniers jours ayant précédé la disparition de Katia, tant de choses semblaient être liées à Sofia Lo : le tableau d'enquête arraché et emporté, la phrase sur les menteurs, la colère de Katia en découvrant le faux témoignage de Camilla. N'était-ce qu'une série de coïncidences ?

Cela ne me disait rien d'aller voir Tony dans cette résidence où il attendait la mort, mais si Katia y était allée, il pouvait peut-être m'apprendre quelque chose.

En grimpant vers le bâtiment situé en haut de la colline, je me suis rappelé ce que disait souvent grand-mère : si nous avions l'intention de l'envoyer à Ro, mieux valait lui tirer une balle dans la tête tout de suite, car elle n'imaginait rien de pire que d'être coincée là-haut à longueur de journée, à jouer au loto avec des macchabées.

Quand j'ai franchi le seuil de la maison de repos, l'odeur de désinfectant m'a renvoyée aux visites à maman, dans le service fermé de l'hôpital psychiatrique, aux voix murmurantes des infirmières, aux activités idiotes qu'on lui proposait. Cecilia avait-elle envie de faire une promenade ? Ou peut-être voulait-elle peindre un peu ?

En face : maman, son regard vide, son silence. Signifiant sans ambiguïté ce qui aurait dû, à ce stade, être clair pour tout le monde. Cecilia Silver ne désirait plus rien.

Je suis entrée dans le hall d'accueil au sol recouvert d'un linoléum mou. Un petit kiosque sur la droite vendait des journaux et des bonbons. Quelques personnes aux cheveux blancs étaient assises à une table, perdus dans le lointain.

— Ça va être comme ça alors, maintenant ? a demandé une voix.

Je me suis immobilisée. La question avait un caractère général, mais personne ne lui a répondu.

— Ça va être comme ça alors ? a répété un homme en écartant ses mains sèches.

Pas de réponse.

— Et on fait quoi, maintenant ?

L'homme cherchait en vain à croiser le regard de ses compagnons, mais ceux-ci ne réagissaient pas. Je commençais à croire que cet homme n'était visible et audible que par moi. Puis une infirmière est apparue et s'est approchée de lui.

— Torsten a peut-être envie de se reposer un peu ? a-t-elle crié dans son oreille.

Mais Torsten ne voulait pas se reposer. Torsten voulait savoir si c'était là tout ce qu'il y avait et ce qu'ils allaient faire maintenant.

L'infirmière a tiré quelque chose de la poche de sa blouse bleue.

— Tiens, lui a-t-elle dit en lui donnant un jeu de cartes. Tu peux faire une réussite.

Au même moment, elle m'a aperçue et m'a demandé si elle pouvait m'aider.

J'ai dit que je venais rendre visite à Tony Rainen. Si elle voulait bien m'indiquer sa chambre ?

Elle a voulu savoir qui j'étais. J'ai dit que j'étais une vieille amie.

— Tony dort. Il ne peut pas recevoir de visite pour l'instant.

— Je comprends. Serait-il possible de le réveiller ? Je viens de loin.

Non, ce n'était pas possible. J'ai demandé si Katia, la fille de Tony, était venue. L'infirmière a paru sur le point de répondre, puis, subitement, elle s'est ravisée en disant qu'elle ne savait pas si le règlement permettait ce genre de confidence.

— Katia a disparu, ai-je dit. Nous sommes inquiets.

— Oui, elle est venue ! a dit une voix. Salut, Vega.

Une infirmière plus âgée est apparue. J'ai mis quelques instants à la reconnaître. C'était notre infirmière scolaire, du temps où on allait à l'école élémentaire. Aussitôt, des souvenirs sont remontés : toises, pesées et exhortations à manger davantage. Et puis un nom : Marisol.

— Sandra, tu peux aller voir Karl de la quatre ? a-t-elle demandé à sa collègue.

La première infirmière a ouvert la bouche pour protester, puis s'est arrêtée et s'est éloignée dans le couloir. Ses sabots à semelles de caoutchouc faisaient un bruit de succion sur le lino.

— Katia est venue, a dit Marisol. Mardi, en début de soirée, avec son frère. L'aîné, a-t-elle ajouté sans me laisser le temps de poser la question.

Katia était donc venue après avoir parlé à la mère de Jack. Cela voulait dire que Tony et Samuel l'avaient vue après elle. Que s'était-il passé lors de cette visite ?

— Je suis rentrée à Silverbro exprès pour la voir, mais je n'arrive pas à la joindre, et personne ne sait où elle est. J'essaie de comprendre ce qui a pu la pousser à partir.

— Ils se sont disputés, a dit Marisol en adressant un signe de tête à un agent de ménage qui passait avec un chariot.

— Qui ? Samuel et Katia ?

— Ah oui, eux aussi. Katia paraissait en colère à la fois contre lui et contre Tony. Je n'ai pas pu faire autrement que de les entendre, vu que la porte était ouverte et que j'étais dans la chambre d'en face.

— Tu as entendu ce qu'ils disaient ?

— Pas tout. Mais, à un moment, Katia s'est mise à crier.

J'ai senti mon pouls s'accélérer.

— Que criait-elle ?

— Qu'elle ne leur pardonnerait jamais. À aucun d'entre eux. Qu'elle l'aurait bien tué, lui, Tony, mais qu'elle prenait plus de plaisir à le voir souffrir. C'était assez affreux à entendre. Là-dessus, elle est partie comme une tornade. Samuel lui a couru après.

— Tu en as reparlé avec Tony ?

— J'ai essayé, mais depuis la visite de Katia, tout ce qu'il veut, c'est qu'on augmente les antidouleurs, alors il n'a pas beaucoup de moments de lucidité. Nous sommes généreux avec la morphine en fin de vie.

— Il faudrait vraiment que je lui parle.

Marisol a regardé autour d'elle, avant de se rapprocher de moi et de murmurer à mon oreille :

— Je serai là demain. Je pourrai baisser un peu la dose.

— Merci.

— De rien. Je crois que Tony Rainen a besoin de soulager son cœur.

À trop jouer avec le feu

— Est-ce que quelqu'un parmi vous sait où est passée Katia ?

Atle paraissait soucieux. C'était la semaine après Pâques, et Katia n'était pas revenue à l'école à la fin des vacances.

— Elle est malade, a dit Danny.

Atle était différent des autres profs, y compris pour les absences, car il ne semblait pas tant inquiet pour les devoirs manqués que sincèrement concerné par nos difficultés éventuelles.

— Malade comment ? a-t-il demandé à la fin du cours, alors qu'il ne restait que moi dans la salle.

— Aucune idée.

— Tu crois qu'elle sera absente longtemps ?

— Je n'en sais rien.

— Dis-lui qu'elle manque par ici.

— D'accord.

Qu'avait-elle donc ? Depuis une semaine, Katia restait couchée dans son lit, à regarder le mur, et ne se levait même pas quand nous lui proposions de regarder un film. De temps à autre, elle attrapait une cigarette sur la table de chevet. Kristina avait beau lui dire qu'elle pouvait aller fumer dehors, ou, du moins, ouvrir la fenêtre, au lieu de mettre des cendres partout, Katia ne bougeait pas.

Nous lui rendions visite à tour de rôle, en essayant de lui remonter le moral, mais rien n'y faisait.

— Laissez-la, disait Kristina. Elle en aura bientôt marre.

Mais nous ne pouvions pas laisser Katia ainsi. Nous nous asseyions au bord de son lit, caressions ses cheveux emmêlés, allumions ses cigarettes et époussetions la cendre de ses draps.

— Qu'est-ce qui se passe, à la fin ? a demandé Jack à Danny, un jour.

Nous étions dans la cuisine de Stentorp, à essayer de comprendre ce qui lui arrivait.

— Je ne sais pas. Même à moi, elle refuse d'en parler.

Je suis montée dans la chambre de Katia. Elle avait baissé le store, si bien qu'aucune lumière n'entrait plus. Ça ne pouvait pas continuer.

— Qu'est-ce que tu fous ? a crié Katia quand j'ai remonté le store d'un coup. Je veux du noir !

— Tu ne peux pas rester comme ça.

— Bien sûr que si ! Qu'est-ce qu'on en a à foutre ? Qu'est-ce qu'on en a à foutre de tout ?

— Je ne sais pas, ai-je dit sincèrement, mais il y a des choses plus agréables à faire que passer ses journées couchée, à fumer dans le noir. Qu'est-ce qui t'arrive ? Pourquoi es-tu déprimée à ce point ?

Elle n'avait pas la force d'en parler. Pourquoi n'avait-on pas le droit de passer un moment dans son lit sans que cela fasse un scandale ?

Je lui ai rappelé que ça durait depuis longtemps et que nous étions inquiets.

Katia s'est tournée vers le mur en disant que ce n'était pas sa faute si elle était de nature anxieuse. Puis elle m'a demandé de baisser le store, parce qu'elle était fatiguée et qu'elle avait besoin de dormir.

J'ai dit qu'il était dix-sept heures, ce n'était pas une heure pour dormir.

— Ce n'est pas toi qui décides.

— Tu pourrais au moins t'asseoir un moment.

Silence. Alors je l'ai empoignée et j'ai tenté de la tirer hors du lit, provoquant un sifflement de rage.

— Arrête ! Tu peux pas juste laisser tomber, non ? C'est un droit humain, de laisser tomber. Même Atle l'a dit.

— Ah bon ?

— Oui.

Ça me surprenait beaucoup. Il me semblait que je m'en serais souvenue.

— Alors c'est aussi un droit humain, de convaincre quelqu'un de ne pas laisser tomber.

— Bien sûr, a dit Katia en tendant la main vers ses cigarettes. Dis-moi pourquoi je ne dois pas laisser tomber. Qu'est-ce que j'ai comme bonne raison de vivre ?

J'ai dit qu'elle nous avait, nous, Danny, Jack et moi, et que nous l'aimions. Comme cela paraissait ne lui faire aucun effet, j'ai parlé de son rêve.

— Les filles comme moi ne chanteront jamais sur de grandes scènes. C'est comme ça, c'est tout.

Quand j'ai commencé à lui parler de sa voix, elle m'a interrompue en disant que ça n'avait rien à voir et, comme je protestais, elle m'a de nouveau coupé la parole.

— Je suis allée en ville. Dans un studio. Glad avait un contact. Il a même payé, et tout, et puis… Ça n'a rien donné. Je n'ai pas réussi à sortir une seule note. Ma voix est restée coincée dans ma gorge. C'était horrible.

— Pourquoi ne nous as-tu rien dit avant d'y aller ?

— J'imagine que je voulais vous faire une surprise.

— La prochaine fois, j'irai avec toi. Il y aura d'autres occasions.

— Pas sûr. Je ne suis pas certaine de m'exposer de nouveau à un truc pareil. Je préfère laisser tomber. Là-bas, dans le studio, j'avais juste envie de disparaître.

— Si tu disparais, Katia, je ne sais pas si j'aurai, moi, la force de continuer.

J'ai senti que c'était vrai. Il me suffisait d'avoir déjà ma mère, sous terre, qui m'attirait comme un aimant. Je n'étais pas faite d'un bois incassable.

— Ton père serait désespéré, a dit Katia. Je ne veux pas avoir ça sur la conscience.

J'ai demandé s'il y avait autre chose, à part le studio d'enregistrement, car, même si c'était une déception, j'avais du mal à comprendre qu'elle veuille tout laisser tomber à cause de ça.

Katia a dit que c'était plus général. Elle en avait marre de tout.

Je n'aurais pas dû me contenter de cette réponse. J'aurais dû la questionner sans relâche et découvrir ce qui la rendait si triste. Mais je ne l'ai pas fait.

C'était comme si l'air lui-même donnait le vertige dans cet endroit, pensais-je en revenant à pied de la maison de repos et en respirant profondément. Pourquoi Katia avait-elle rendu visite à Tony ?

Au même moment, je me suis rappelé que j'avais promis d'aller voir Karsten.

À la lumière du jour, l'état pitoyable des parties communes m'a sauté aux yeux. La peinture du mur s'écaillait, et la rampe de l'escalier était noire de crasse. La sonnette était cassée, alors j'ai frappé. Aucune réaction.

— Karsten ! ai-je crié par la fente de la boîte aux lettres. Tu es là ?

Pas de réponse. On entendait une succession de chocs sourds à l'intérieur du logement. Je suis restée un long moment à frapper et à crier avant de songer que c'était peut-être ouvert. J'ai abaissé la poignée, et la porte a cédé.

Un chat roux est venu à ma rencontre, bientôt suivi par un autre, noir et blanc, qui n'avait qu'un œil. Le chat borgne est venu se frotter contre mes jambes, et je me suis penchée pour le caresser.

— Karsten ! Tu vas bien ?

Pourvu qu'il ne soit pas mort, ai-je pensé en me dirigeant vers sa chambre. Pitié, je ne veux pas voir ça.

Karsten était sur son matelas, sur le ventre. La chambre puait le corps pas lavé et la gueule de bois.

— Karsten ?

Il s'est retourné et s'est redressé subitement, me faisant sursauter.

— Oh mon Dieu, ma fille ! Comment es-tu entrée ?

— C'était ouvert. Je voulais juste vérifier que tout allait bien. Je t'ai aidé à rentrer hier soir.

— Ah oui, c'est ça.

Karsten a secoué la tête.

— Ça y est, je me souviens. Merci.

— Y a pas de quoi. Mais tu n'étais pas très en forme.

— Oui, ça peut arriver. Il faut que j'arrête l'alcool.

Il a tendu ses mains tremblantes vers une bouteille posée sur le sol.

— Mais pas aujourd'hui, a-t-il ajouté en soupirant.

— Tu as de quoi manger ?

— Manger ? a répété Karsten comme s'il s'agissait d'une notion inconnue. Je ne crois pas. J'irai chez Glad tout à l'heure, voir s'il a quelques petits restes à me filer.

J'ai dit que je revenais, puis j'ai couru à la supérette, j'ai pris un panier, l'ai rempli de fruits, de repas tout prêts, de briques de jus, de yaourts, de pain, de beurre et de jambon. Tout ce qu'il fallait pour quelqu'un qui n'avait pas la force de se faire à manger.

— T'étais vraiment pas obligée, a dit Karsten en me voyant revenir avec les sacs.

Il m'a suivie dans la cuisine et m'a aidée à ranger les courses. Le frigo était plein de vieux restes desséchés et de boîtes pour chats.

— Qu'est-ce que je te dois ?

— Rien.

— On voit de qui tu tiens. Cecilia était pareille. Elle me faisait mes courses, parfois.

— Vous étiez proches, maman et toi ?

— Bah, disons qu'on avait un lien spécial. Cecilia parlait avec moi comme si j'étais… Comme si j'étais quelqu'un.

— Tu es quelqu'un.

— Pour beaucoup, je ne suis qu'un ivrogne.

— Personne n'est simplement un ivrogne.

— Cecilia aussi me raccompagnait chez moi quand je m'en étais envoyé un peu trop d'affilée. Tu crois que je peux me faire une tartine ?

— C'est ton pain. Tu en fais ce que tu veux.

Karsten a aligné quatre tranches sur le plan de travail et a commencé à les tartiner d'une épaisse couche de beurre.

— Cecilia te raccompagnait, tu disais ?

— Oui, elle l'a fait quelquefois.

Karsten a empilé ses quatre tartines et s'est assis à la table.

— C'était une sacrée chance, je peux te le dire. Surtout la nuit de la disparition de Sofia. Sinon devine qui aurait été le premier soupçonné.

— Je ne savais pas que maman t'avait raccompagné cette nuit-là.

— Moi non plus. Heureusement qu'elle, elle s'en souvenait.

Karsten s'est servi un verre de jus de fruit et s'est rassis devant ses tartines.

— Cette nuit-là est un trou noir, a-t-il ajouté. Mon seul souvenir, c'est qu'à un moment, je me suis réveillé en train de pisser dans la cage d'escalier.

— Alors tu ne te rappelles pas que Cecilia t'a raccompagné ?

Karsten a secoué la tête.

— Un trou noir.

À trop jouer avec le feu

Katia était de retour à l'école, mais elle avait cessé de suivre les cours d'Atle.

Pourquoi ? Parce qu'elle n'avait pas envie, disait-elle. Rien à faire des questions idiotes qui n'avaient pas de réponse. Pas intéressée par les hypocrites pleins de merde.

En quoi Atle Berggren était-il un hypocrite plein de merde ?

Katia n'avait pas la force de s'expliquer. Elle était fatiguée.

Mais faire la fête, ça, elle y arrivait très bien.

Un soir, quelques semaines seulement avant le bac, nous étions toutes les deux installées dans le jardin derrière la maison abandonnée, sur les fauteuils fabriqués par Jack, à boire de l'alcool mélangé à du Fanta. Une libellule est passée devant nous.

— Tu sais qu'elle ne vit que vingt-quatre heures ? ai-je dit.

— On s'en douterait presque.

— Elle n'existe que pour s'accoupler. Elle ne peut même pas manger, sa bouche est mal formée, ou je ne sais quoi.

Katia a haussé les épaules.

— Alors il faut bien qu'elle ait au moins un truc sympa dans sa petite vie.

— Ça n'a pas beaucoup de sens, quand même.

— Quoi ?

— Vivre, s'accoupler, mourir, point.

— C'est ce qu'on fait, nous aussi, il me semble. Sauf que, chez nous, ça dure un peu plus longtemps. Peut-être cette libellule a-t-elle une meilleure vie que la nôtre.

— Comment ça ?

— Ça m'étonnerait qu'elle ait la notion du temps. Elle doit croire qu'elle est là pour toujours. Elle baise, elle meurt, pas de problème.

Katia s'est carrée dans son fauteuil au soleil. Puis elle m'a demandé de finir mon verre pour qu'elle puisse aller chercher du ravitaillement à la cuisine.

J'ai bu cul sec ce qui restait de liquide jaune et fort, et je le lui ai tendu. Elle est revenue quelques instants plus tard avec deux verres pleins.

— Ça y est, ça commence à tourner, a-t-elle dit. C'est tellement agréable quand tout devient flou.

J'étais d'accord.

Katia a posé son verre sur le sol et s'est allongée à côté, dans l'herbe haute, les mains sous la nuque. J'ai fait pareil.

Elle voulait me dire quelque chose. Il s'était passé un truc. Mais elle ne pouvait pas me regarder dans les yeux, sinon elle n'y arriverait pas. On a décidé de partager notre dernière cigarette, le regard tourné vers l'éternité. Puis elle a pris son élan.

— C'était il y a quelques semaines, avant que je n'arrête d'aller à ses cours. Atle était seul dans une salle, et il m'a fait signe d'entrer. Il n'y avait que lui et moi.

Elle a marqué une longue pause. J'ai fini par m'impatienter.

— Et alors ? Qu'est-ce qu'il voulait ?

— Ne me regarde pas, a-t-elle dit. Et passe-moi la clope, tu tires même pas dessus.

— Mais dis-moi ce qu'il voulait !

— Il a dit qu'il voulait parler, mais… En fait, il voulait autre chose. Il a dit que je pourrais peut-être passer chez lui, un de ces soirs, si j'en avais envie… Pour prendre un peu de bon temps.

— Quoi ?

— Pas la peine de m'agresser. Je te répète juste ses paroles.

— Il a dit ça dans la salle de classe ?

Non, il ne l'avait pas dit aussi directement.

— Je ne comprends pas.

— Il a dit que si j'avais besoin de parler, il était là. S'il y avait quelque chose que... Bon, je ne sais pas, moi.

— Ça, il me l'a déjà dit à moi aussi, ai-je répliqué, soulagée. C'est parce qu'il se soucie de nous.

— Alors j'y suis allée. Je suis allée chez lui un soir, quand j'étais bourrée. Lui aussi, il avait bu. D'abord, on a un peu parlé. Et après...

Katia a écrasé son mégot tandis que je me sentais devenir successivement brûlante et glacée.

— Il a commencé à m'embrasser. En vrai, je n'avais pas envie, mais je l'ai laissé faire. Et puis il m'a allongée sur le canapé et... Bon, il m'a baisée.

Je me suis redressée dans l'herbe.

— T'es sérieuse ?

— Et pourquoi je le serais pas ? Tu crois que ça me fait plaisir, peut-être ?

— Mais je ne comprends pas...

Et puis je me suis tue, car je ne comprenais vraiment pas. Je ne comprenais rien de rien.

En descendant l'escalier après avoir quitté Karsten, j'ai croisé Sverker, chargé de deux sacs en plastique dont le contenu tintait bruyamment.

— Vous l'avez trouvée ? Elle est revenue ?

— Non, ai-je dit. Pas encore.

— On ne peut que prier tous les dieux qu'elle rentre vite, mais à quoi ça sert ? Quand Sofia a disparu, on a prié aussi. Toute la putain d'église était pleine, et ça n'a servi à rien du tout.

Mon téléphone n'avait plus de batterie. Je suis retournée vers le pub en pensant que j'allais le recharger et en profiter pour appeler Jack et Danny afin de leur raconter ce que j'avais appris : Katia était allée voir Tony avec Samuel mardi soir.

Je les ai repérés dès l'entrée. Ils étaient au bar, devant un café. Jack m'a aperçue le premier.

— Vega ! On a essayé de te joindre.

— Je n'ai plus de batterie, ai-je dit en m'asseyant.

Je leur ai répété ce que m'avait dit Camilla à propos de Nils, le petit ami de Sofia, qu'en réalité il était chez elle la nuit de la disparition de Sofia et que Camilla avait donc menti à la police.

— Pourquoi ? a demandé Danny.

— Par jalousie. Et ce n'est pas tout : elle a tout révélé à Katia la semaine dernière.

— Katia a dû être hors d'elle.

— Oui. Camilla m'a dit qu'elles ne s'étaient pas reparlé depuis.

Ensuite, j'ai répété les propos de Camilla, disant que Katia semblait avoir rendu visite à Tony à la maison de repos.

— Elle n'aurait jamais fait une chose pareille, a dit Danny.

— Si, pourtant. J'en reviens, et une infirmière m'a confirmé que Katia et Samuel étaient venus ensemble mardi, en début de soirée, qu'ils s'étaient disputés et…

— Tu as discuté avec Tony ?

— Non. Il dormait à cause de la morphine. J'y retourne demain.

— Tu pourrais peut-être nous tenir au courant avant de partir toute seule à l'aventure, a dit Danny.

— Pardon. J'étais à côté, et j'y suis allée en pensant que ça pouvait éventuellement expliquer qu'elle ait recommencé à se sentir mal.

— Quand est-elle venue ?

— Mardi soir. Samuel et Tony sont donc les dernières personnes à l'avoir vue avant sa disparition.

Danny s'est levé en disant qu'il allait voir Samuel. Il allait le trouver tout de suite et lui demander des explications. Pourquoi n'avait-il rien dit de cette visite ?

— Je viens avec toi, a dit Jack.

— Et toi ? m'a demandé Danny.

J'ai répondu que je devais me reposer un peu, mais qu'ils pouvaient m'appeler quand ils auraient parlé à Samuel.

Tu dois aller vers l'obscurité, là où ça fait mal, ai-je pensé en montant dans ma chambre. Mais pas tout de suite.

J'ai mis mon téléphone à charger, et Frans m'a appelée au même moment.

— Comment ça se passe ? Tu as vu Katia ?

— Non, elle ne donne pas signe de vie. Ça commence à être difficile.

— Je comprends, a dit Frans sur un ton suggérant que ce n'était sans doute pas le cas.

Il a enchaîné en me demandant si j'avais réservé mon billet.

J'ai dit que non, je voulais d'abord retrouver Katia.

— Mais tu ne sais pas quand elle va revenir.

— Précisément. C'est pour ça que je ne peux pas réserver de billet.

— Pas besoin de me parler sur ce ton. Je veux juste savoir quand tu rentres.

J'avais envie de lui répondre que *j'étais* rentrée et que, l'endroit étranger pour moi, c'était Londres. Mais je me suis contentée de dire que je l'appellerais quand j'en saurais plus. Après avoir raccroché, je suis restée un long moment à penser à Frans et à ces quelques minutes sur un canapé vert qui lui avaient ravi sa liberté. Peut-être était-ce pour cela qu'il se sentait le droit de vivre comme si je n'existais pas. Au début, j'avais cru que ça ne m'atteignait pas, que mes chagrins étaient trop profonds et trop anciens pour que je me soucie en plus de ses trahisons. Mais je me trompais. Vivre dans ce type de relation… C'était comme si on m'évidait l'âme à la petite cuillère. J'avais tenu toutes les émotions à distance, mais à présent, avec le recul que me donnait le fait d'être revenue chez moi, je sentais que cette existence-là était terminée. Je ne pouvais plus vivre ainsi, c'était impossible.

À trop jouer avec le feu

Cette nuit-là, après que Katia m'a raconté l'agression d'Atle Berggren, je me suis réveillée avec une pression tellement intolérable sur la poitrine que j'ai dû m'asseoir pour réussir à respirer. Impossible de me rendormir. Je suis descendue dans le séjour, où papa gardait une bouteille de whisky pour les occasions spéciales. J'ai dévissé la capsule et j'ai bu.

Atle et Katia, Katia et Atle. Eux deux, ensemble. Impossible de me sortir les images de la tête. J'espérais que l'alcool amortirait un peu le choc, mais plus je buvais, plus j'étais triste.

Un peu plus tard, je n'étais plus triste mais enragée. Pourquoi Atle s'en était-il pris à Katia ? Qui était cet homme à propos duquel j'avais nourri de si hautes pensées ? Et puis la pensée défendue : pourquoi avait-il choisi Katia et pas moi ?

Impossible de rester à l'intérieur. Alors j'ai pris la bouteille et je suis sortie. Je pensais aller m'asseoir sur une pierre, quelque part, mais mes pas ont pris la direction de la maison d'Atle.

Il était minuit, mais il ne faisait pas sombre. Les grillons chantaient dans l'herbe, et mon cœur cognait comme s'il allait exploser dans ma poitrine, mais j'ai continué. Ce n'est que devant la grille du jardin que j'ai hésité. Puis je me suis approchée en catimini, à l'abri des arbres et des arbustes.

La fenêtre de la cuisine était éclairée. Enhardie par le whisky, j'ai avancé encore pour mieux voir. Atle était assis à la table et écrivait sur son ordinateur. Ses doigts se déplaçaient à toute vitesse sur les touches. De temps à autre, il s'interrompait, buvait une gorgée d'un verre posé à côté de lui et se prenait la tête entre les mains, avant de recommencer à écrire. Soudain, il s'est tourné vers la fenêtre et, l'espace d'un instant, c'était comme s'il me fixait droit dans les yeux. J'ai fait un bond de côté en espérant qu'il ne m'avait pas vue, puis j'ai fait demi-tour et j'ai détalé à toutes jambes vers la forêt. Derrière moi, la porte d'entrée s'est ouverte, et la voix d'Atle a résonné dans la nuit.

— Vega, reviens ! Vega, arrête-toi ! Parlons !

Mais j'ai continué.

Le lendemain, Katia m'a demandé de l'accompagner chez le proviseur. Bah quoi, c'était évident, il fallait qu'elle raconte son histoire pour que ça n'arrive pas à une autre.

Le proviseur nous a reçues dans son bureau à l'heure du déjeuner.

— Asseyez-vous, a-t-il dit en indiquant l'autre côté de son bureau. Il n'y avait qu'une chaise. C'était comme s'il nous prenait pour une seule personne.

Katia s'est assise et, pendant que je contemplais les anciennes photos de classe affichées au mur, elle s'est mise à décrire ce qui s'était passé entre Atle et elle – sa voix ne tremblait même pas.

Elle était allée chez lui. Il l'avait fait entrer, et ils avaient couché ensemble.

Je regardais par la fenêtre le ciel clair de mai en essayant de penser à tout sauf à Katia et à Atle.

Le proviseur s'est penché sur son bureau, disant que c'était une accusation très grave qu'elle portait là. Était-elle absolument certaine de ce qu'elle avançait ?

Katia a répondu que oui. Pourquoi mentirait-elle sur un sujet pareil ?

— Je n'ai pas affirmé que tu mentais. Je veux juste m'assurer que tes souvenirs sont exacts.

— Bien sûr que oui, ils sont exacts. Je n'ai aucun problème de mémoire, si c'est ce que tu crois.

— Dans ce cas, il faut que j'entende aussi ton professeur. Je dois prendre connaissance de sa version des faits.

— Peu importe ce qu'il racontera. C'est arrivé.

Katia s'est levée. Le proviseur a répété qu'il devait entendre Atle.

— Allez tous vous faire foutre ! a crié Katia, avant de quitter le bureau comme une tornade.

Je l'ai suivie. Elle a dévalé l'escalier, moi sur ses talons, et couru jusqu'aux arbres derrière l'école, l'endroit où nous avions l'habitude d'aller fumer. Elle a sorti ses cigarettes et en a allumé une. Ses mains tremblaient.

— Il ne m'a pas crue. Tu l'as senti aussi, non ? Qu'il ne me croyait pas ?

— Il voulait entendre la version d'Atle. Normal, non ? Il n'a jamais dit qu'il ne te croyait pas.

— Peut-être pas en paroles, mais c'était clair. Il croit que ça va se tasser, mais moi, je ne la fermerai pas. J'en parlerai à tout le monde.

— Il vaut peut-être mieux laisser le proviseur s'en occuper.

— Ça ne suffira pas. Je vais devoir m'en occuper moi-même.

Elle m'a regardée au fond des yeux.

— Et toi ? Tu me crois, toi, au moins ?

J'ai dit oui, mais, quelque part en moi, j'espérais qu'elle mentait. Cela me faisait trop mal de penser qu'Atle ait pu faire ça. Que l'être humain remarquable dont j'avais cru faire la connaissance n'avait peut-être jamais existé.

Jack m'a envoyé un message demandant s'ils pouvaient monter me voir, ils étaient de retour au pub.

J'ai rangé les vêtements que j'avais laissés traîner un peu partout et j'ai fait le lit. Une minute plus tard, ils frappaient à la porte.

— Alors ? Vous avez parlé à Samuel ? Qu'a-t-il dit ?

— Pas grand-chose.

Danny s'était installé sur le fauteuil sous la fenêtre et Jack sur la chaise du bureau. Moi, j'étais perchée sur le bord du lit.

— Il n'a pas pu nier les faits, vu qu'il a été vu à la maison de repos. Mais, d'après lui, c'est normal de rendre visite à son père mourant. Ç'aurait même été fou qu'il ne le fasse pas.

— Il a oublié comment était Tony, ou quoi ?

— On dirait qu'il n'a jamais vraiment compris.

— Mais qu'a-t-il dit au sujet de leur dispute ?

— Selon lui, c'était seulement Katia qui faisait des siennes, comme d'habitude. Quand on a essayé de lui mettre la pression, il a dit que c'étaient des bêtises et qu'il ne se souvenait même plus sur quoi portait l'embrouille. Mais je crois qu'il mentait.

— Moi aussi, a dit Jack.

Danny a regardé par la fenêtre en ajoutant qu'il avait bien envie d'aller réveiller Tony de sa torpeur morphinique pour lui demander ce qu'il avait fait à Katia.

— Comment ça, « fait » ? Il n'est même pas capable de sortir de son lit sans aide.

— Il y a forcément un truc. Il a fait, ou dit, quelque chose qui l'a mise hors d'elle.

Ça me paraissait cohérent, et j'ai commencé à récapituler la chaîne des événements récents autour de Katia : le mensonge de Camilla qui semblait l'avoir déstabilisée ; les habitants de Silverbro qui l'avaient vue se comporter bizarrement et tenir des discours confus, où il était question de péché et de châtiment ; le coup de fil qu'elle m'avait passé, au cours duquel elle m'avait donné l'impression d'être désespérée, aux abois ; la visite à Tony ; et puis… plus rien.

Comment un mensonge datant d'une éternité avait-il pu lui faire perdre les pédales à ce point ? Jack et Danny ne comprenaient pas.

J'avais envie de leur dire qu'ils ne savaient pas tout. Je voulais leur parler de cette nuit-là. Mais c'était impossible. Mon seul désir était que Katia revienne pour que je puisse la calmer et la convaincre de continuer à se taire, comme nous nous l'étions promis.

— Il faut qu'on parle à Tony demain, a dit Jack. D'ici là, on se voit au pub ce soir. En espérant qu'elle viendra. C'est la Dame de Pique qui joue, a-t-il ajouté à mon intention. Elle aime bien ce groupe.

— Sérieusement, tu y crois ? a demandé Danny.

Jack n'a pas répondu, mais on voyait bien que non. Il a ramassé son portable en disant qu'il allait chercher Stella chez ses parents. Elle allait manger chez lui, puis il la conduirait à son cours de danse.

Danny a dit qu'il avait des trucs à faire au village.

— Tu veux venir faire la connaissance de Stella ? m'a proposé Jack.

Les parents de Jack vivaient dans une maison ancienne, qui avait été rénovée et divisée en appartements. C'était à un kilomètre à peine du centre-ville.

Je ne sais pas pourquoi j'étais si nerveuse à l'idée de les revoir après tant d'années. Peut-être craignais-je de les avoir déçus – la fille qui avait quitté Silverbro pour une vie meilleure à Londres. Mais toute mon inquiétude s'est volatilisée quand nous avons franchi le seuil et qu'ils m'ont embrassée.

— Où est…

Jack n'a pas eu le temps de finir sa question, Stella se précipitait déjà vers nous. Ses cheveux étaient sombres et bouclés. En me voyant, elle s'est arrêtée net. Avant de nous expliquer qu'elle avait cru que c'était sa mère.

— Je m'appelle Vega. Ta maman était ma meilleure amie quand on était plus jeunes…

— Quand est-ce qu'elle revient ?

Stella regardait Jack.

— Je ne sais pas.

Il a échangé un rapide coup d'œil avec ses parents.

— Appelle-nous dès qu'il y a du nouveau, a dit sa mère, avant d'aller chercher un petit sac rose qu'elle a tendu à Stella. Tiens, tes affaires de danse et une gourde.

Elle l'a embrassée, et nous sommes partis.

— Combien de temps est-ce que je vais rester chez toi ? a demandé Stella dans la voiture.

— D'abord, on va manger un morceau et, ensuite, je te conduirai à la danse.

— Et après ? Je retourne chez grand-mère et grand-père ?

— Oui, encore pour cette nuit.

« Grand-mère et grand-père », avait-elle dit. Jack et sa famille considéraient vraiment Stella comme l'une des leurs.

— C'est parce que tu dois continuer à chercher maman ?

— Oui.

— Pourquoi elle ne dit pas où elle est ?

— Je ne sais pas. Il arrive que ta maman n'aille pas très bien. On en a parlé, tu t'en souviens ?

— Mais pourquoi est-ce qu'elle doit partir ? Et pourquoi elle ne dit pas où elle est ?

— Je ne sais pas, a répété Jack en m'adressant un regard malheureux dans le rétroviseur.

Une fois la voiture garée devant la maison, Stella a couru devant nous.

À l'intérieur, rien n'était plus pareil. Les pièces elles-mêmes avaient changé de place.

— Tu as une cuisinière à gaz, ai-je remarqué quand nous sommes entrés.

Jack a expliqué qu'il l'avait achetée parce qu'il la trouvait magnifique mais qu'il le regrettait un peu, car il avait toujours peur d'oublier de l'éteindre. C'était presque devenu un toc, de retourner vérifier plusieurs fois avant de se coucher, surtout quand Stella était là.

— Je suis complètement désorientée, ai-je dit pendant que Jack et Stella me faisaient visiter les vastes espaces communicants.

Partout, les planchers avaient été rabotés et poncés avec soin.

Au premier étage, en entrant dans ce qui avait été la chambre d'enfant de Jack, j'ai eu le souffle coupé par la transformation. Le lit avait été surélevé et formait une alcôve fermée par un joli tissu en dentelle qu'on pouvait tirer comme un rideau. Sur le bureau s'alignait tout ce que pouvait désirer une enfant de l'âge de Stella : pinceaux, crayons, boîtes de perles et même un petit chevalet de table. Au mur, une guitare rose et un petit violon.

Sur le bord de la fenêtre, j'ai reconnu les étoiles lumineuses qui n'avaient pas encore été collées à leur nouvel emplacement. Stella me les a montrées et m'a indiqué le nom de certaines d'entre elles.

— C'est ta maman qui t'a appris ça ?

Katia lui en avait fait découvrir quelques-unes, a-t-elle expliqué, mais elle avait aussi beaucoup cherché de son côté sur Internet.

— Ça te va bien, de t'appeler Stella.

— Toi aussi, tu as un nom d'étoile. Tu le sais ?

J'ai hoché la tête. Jack a dit qu'il allait descendre préparer à manger. Stella m'a demandé de rester avec elle. Elle voulait me montrer ses nouvelles crèmes. Dans un tiroir du bureau, elle a pris plusieurs boîtes rondes métallisées dont le couvercle représentait des fruits et des baies. J'ai tout senti, et Stella m'a demandé de choisir ma préférée.

— Je dirais la framboise.

Stella s'est illuminée : c'était sa préférée à elle aussi. Ensuite, elle a voulu m'en enduire les mains. Elle a pris beaucoup trop de crème rose et a commencé à m'en mettre partout.

Puis elle m'a regardée – son regard était si douloureusement identique à celui de Katia – et m'a demandé quand je pensais que sa mère allait revenir.

— Je ne peux pas te répondre. Je ne le sais pas.

— Elle revient toujours, a dit Stella. Mais moi, j'ai peur quand même.

— Je comprends.

— Tu crois qu'elle est en colère contre moi ?

— Ça, je peux te garantir que non. Elle t'aime très, très fort.

— Comment tu le sais ?

— Parce que c'est comme ça, les mamans.

— Mais alors pourquoi elle me rend triste, si elle m'aime tant que ça ? Et pourquoi elle s'enfuit alors qu'elle a promis qu'elle ne le ferait plus ?

— Parce que…

J'ai regardé autour de moi en essayant de trouver quelque chose à dire qui soit vrai et qui ne fasse pas trop mal.

— Parce que, parfois, elle ne va pas bien. Ce n'est pas ta faute.

— C'est la faute de qui alors ?

— Je ne sais pas.

Je pensais aux paroles d'Atle au sujet de la responsabilité : « Difficile de dire où elle commence et où elle s'arrête. »

— Pourquoi tu ne nous as jamais rendu visite ? Maman n'a presque pas d'amis.

— Elle en a bien quelques-uns, non ?

— Oui, mais ils ne sont pas très gentils.

Je lui ai demandé de me parler d'eux.

— Il y en a un qui s'appelle Petter. Il a des dents pourries.

J'ai pensé au type shooté que j'avais croisé au pub, le copain fêtard de Katia. J'ai demandé pourquoi il n'était pas gentil.

— Il est méchant avec Lilly. Il lui crie dessus et il la pousse avec son pied.

— Qui est Lilly ?

— Sa chienne. C'est une chienne-lion. Elle est adorable, et ça me rend triste quand il lui fait du mal.

— Je comprends. C'est affreux, les gens qui sont méchants avec les animaux.

Stella a acquiescé en silence.

— Est-ce qu'il l'est aussi avec d'autres personnes ?

Stella a dit qu'il était méchant avec Maxim, son chat. Je lui ai demandé de me parler d'autres amis de sa mère mais, à part Camilla, elle ne connaissait pas leur nom.

— Ils viennent seulement pour faire la fête. Et alors papa vient me chercher. Je veux dire Jack. Je l'appelle « papa », des fois.

— Je comprends. Tu sais si ta mère était fâchée contre quelqu'un ?

— Elle était fâchée contre beaucoup de monde.

— Mais avant qu'elle ne parte, cette fois-ci ?

— Elle était en colère contre les dames des services sociaux qui ne lui fichent jamais la paix et contre Henning parce que…

— Qui est Henning ?

— Notre voisin. Il a cent ans.

— Pourquoi est-elle en colère contre lui ?

— Parce qu'il se plaint qu'on passe de la musique trop fort, et maman trouve ça bizarre, vu qu'il est presque sourd. Et puis elle est en colère contre mon tonton aussi.

— Danny ?

— Non, Samuel. Parce qu'il est venu me chercher à l'école, un jour. Il a dit à ma maîtresse que maman le lui avait demandé.

— C'était vrai ?

Stella a secoué la tête en disant qu'elle savait qu'il mentait parce qu'elle n'avait jamais eu le droit d'être seule avec Samuel, mais elle avait été incapable de dire non. Elle ne savait pas pourquoi.

— Je comprends ça. Et qu'avez-vous fait ?

— Il a dit qu'on allait aller voir les lamas.

— Les lamas ?

— Oui, je les adore. Mais d'abord, on devait passer chez lui, et ses chiens étaient en liberté, et moi, je n'aime pas les chiens-loups. Alors je me suis enfermée dans les toilettes, et maman est venue me chercher. Elle a dit qu'elle allait appeler la police. Juste parce qu'il m'avait emmenée sans permission. On doit demander la permission d'abord.

— Tu te souviens quand c'était ?

— Il y a longtemps. Avant l'été, je crois.

— Alors tu n'as pas revu Samuel depuis ?

Stella a fait non de la tête.

Jack a crié que le repas était prêt, et Stella a rangé ses pots de crème. Quand elle s'est penchée pour les remettre dans le tiroir, sa chaînette ras-du-cou a glissé hors de l'encolure de son pull. J'ai cligné des yeux, pensant que j'avais la berlue. Quand j'ai demandé si je pouvais regarder son collier de plus près, Stella a soulevé le pendentif vers moi. C'était une petite lyre en argent.

À trop jouer avec le feu

Katia chantait du Janis Joplin, debout sur la scène du pub. Elle avait beau ne pas être sobre, sa voix était aussi limpide et assurée que d'habitude.

— Pourquoi tu ne montes pas là-haut avec elle ? a fait une voix derrière moi.

J'ai sursauté et je me suis retournée vers Samuel.

— Pourquoi je ferais ça ?

— Peut-être parce que tu es belle à regarder.

— Arrête.

— Pourquoi tu es si en colère contre moi ces temps-ci ? Qu'est-ce que je t'ai fait ?

Il se foutait de moi, ou quoi ? Il osait se foutre de ma gueule ? Ne savait-il pas lui-même ce qu'il avait fait ?

— Tu veux une bière ? Au nom de notre vieille amitié ?

— Non, merci.

— T'es vraiment énervante. Pourquoi t'es têtue comme ça ?

Il a fait mine de poser la main sur mon épaule, et j'ai reculé.

— Tout se passe bien par ici ? a demandé Karsten, assis à la table voisine.

— Non, ai-je dit. Il... Il ne me laisse pas tranquille.

Samuel m'a adressé un regard noir en disant qu'il m'avait juste proposé une bière, merde alors.

— On dirait qu'elle n'en a pas envie, a commenté Karsten. Hein, Holger ?

— Ouais, a dit Holger en hochant la tête. Elle n'en veut pas, mec.

Samuel les a fusillés du regard. J'espérais qu'il ferait une bêtise pour que Glad le mette dehors, mais ça n'a pas été nécessaire, car il a terminé sa bière et s'est dirigé de lui-même vers la porte. En regardant par la fenêtre, j'ai vu avec soulagement qu'il reprenait sa voiture.

Katia a fini son morceau. Après les applaudissements, elle a annoncé qu'elle avait écrit une chanson. Est-ce qu'on avait envie de l'entendre ?

Oui.

Tous les regards étaient tournés vers la scène. Katia a fermé les yeux, puis elle s'est mise à chanter une ballade nostalgique sur une fille de la campagne qui était triste et un prof étonnant, venu de la grande ville. À chaque couplet, les paroles devenaient plus explicites, et toutes les personnes présentes dans la salle ont assez vite compris de quoi il retournait et qui étaient les protagonistes.

— Tu en as pensé quoi ? a demandé Katia en venant me voir après.

Que pouvais-je répondre ? Tout me faisait tellement mal. J'ai dit que ce n'était peut-être pas très malin de chanter ça et que tout le monde avait compris de quoi ça parlait. Katia m'a toisée d'un air incrédule. Puis elle a expliqué que c'était le but. Elle a fait signe à Glad, qui a posé une pinte devant elle sur le comptoir.

— Ça va jaser, ai-je dit.

— Oui, c'est tout ce que font les gens par ici, alors autant dire les choses comme elles sont.

Elle a levé la main pour faire un *check* à un chef d'équipe de la scierie.

— Pourquoi tu ne vas pas plutôt voir la police ?

Katia a goûté sa bière en buvant à longs traits, puis elle a dit qu'elle n'allait pas s'exposer une fois de plus devant quelqu'un qui ne la croirait pas.

Comment pouvait-elle en être si sûre ?

Elle m'a rappelé la visite chez le proviseur et sa réaction immédiate de vouloir entendre la version d'Atle.

J'ai essayé d'argumenter : ça ne signifiait pas pour autant qu'il ne la croyait pas, c'étaient deux choses différentes, il ne fallait pas tout mélanger. Mais Katia ne m'écoutait plus.

Je fixais du regard le collier de Stella en essayant de comprendre comment elle pouvait en avoir un semblable au mien. Maman avait-elle créé plus d'un pendentif en forme de lyre ?

— Il est très beau, ai-je dit.

— Merci. C'est une lyre.

— Je sais. C'est le symbole de la poésie lyrique.

Stella a plissé le nez en demandant ce que ça voulait dire.

— C'est comme un signe pour ceux qui chantent et écrivent des poèmes.

— Maman chante.

— Oui, ta mère a la plus belle voix de Silverbro.

— Je crois qu'elle est la meilleure chanteuse du monde.

— C'est bien possible. Qui t'a donné ce collier ?

— La maman de maman. Ma grand-mère, quoi. Elle me l'a donné pour mon anniversaire.

Jack a crié que le repas refroidissait, et nous sommes redescendues.

— Ce n'est pas de la grande cuisine, s'est excusé Jack en posant sur la table un gratin de macaronis et du bacon.

Stella a dit que si, c'était son plat préféré.

— Bien, a répondu Jack en lui servant un verre de lait. Il faut que tu manges à présent, si tu veux avoir la force de danser.

Durant tout le repas, je n'ai pu m'empêcher de fixer le pendentif de Stella. Comment s'était-il retrouvé entre les mains de Kristina ?

— Va enfiler ton collant, a dit Jack lorsque Stella a eu fini sa seconde portion.

Elle a pris son assiette et l'a déposée sur le plan de travail avant de s'envoler.

— Il vaut mieux respecter son emploi du temps habituel, a dit Jack. Et puis elle aime la danse.

— La chaînette qu'elle porte autour du cou… ai-je commencé. Tu as vu le pendentif ?

— Oui, elle l'a reçue de Kristina pour son anniversaire. Quelque chose ne va pas ?

— C'est une lyre. La même que celle que j'avais.

Jack a hoché la tête. Il s'en souvenait à présent.

— Je la tenais de Cecilia. Elle l'avait créée elle-même. Et elle était exactement semblable à celle-ci.

— Elle en avait peut-être fabriqué d'autres, qu'elle a vendues ?

— Peut-être.

Mais je n'y croyais pas. Maman ne vendait rien.

Stella est revenue, vêtue d'un justaucorps bleu nuit scintillant, une brosse à cheveux à la main, qu'elle a tendue à Jack avec un chouchou en lui demandant de lui faire un beau chignon.

C'était touchant de voir la délicatesse avec laquelle Jack démêlait les boucles de Stella et la coiffait.

Jack a proposé de me reconduire en ville, mais je voulais profiter d'être dans les parages pour repasser chez Kristina et parler un peu avec elle. On se verrait plus tard au pub dans ce cas, a dit Jack. En chemin, j'ai appelé papa et l'ai interrogé sur la lyre. Maman en avait-elle fabriqué plusieurs ?

Il a répondu qu'il n'avait aucune certitude mais que c'était fort possible. Pourquoi ?

Je lui ai parlé du pendentif de Stella. Il a trouvé cela étonnant, mais il n'en savait pas plus que moi. Pourquoi était-ce important ?

— J'essaie de faire des liens.

— Sois prudente, Vega.

— Que veux-tu dire ?

— Tu me parais stressée. Tu ferais bien de te reposer un peu.

À mon arrivée, j'ai aperçu Kristina dans la cour, occupée à ramasser des fruits tombés sous l'un des grands pommiers près du mur.

— Ne me dis pas qu'il s'est passé quelque chose ! a-t-elle déclaré en me voyant. Ne viens pas m'apporter de mauvaises nouvelles, car je n'ai pas d'arme pour me tuer.

— Il ne s'est rien passé. Je voulais seulement te poser une question.

— Vas-y.

Kristina a jeté deux pommes pourries dans une brouette pendant que je lui parlais du pendentif de Stella.

— Tu veux dire la lyre ?

— Oui. D'où la tenais-tu ?

— Elle était à Sofia. Je n'ai jamais laissé les gamins toucher à ses affaires, mais... Le moment était peut-être venu d'admettre qu'elle ne reviendrait pas. Et puis c'était l'anniversaire de Stella, et je n'avais pas un sou, alors voilà.

— Sais-tu d'où Sofia la tenait ?

— Non. Pourquoi tu veux savoir ça ?

— Parce que je crois que c'est ma mère qui l'a faite.

— Ta mère était artiste, pas bijoutière.

Kristina a ramassé une autre pomme et a mordu dedans après l'avoir examinée. Puis elle l'a jetée dans la brouette avec une grimace en disant qu'elle avait l'air saine mais qu'elle était contaminée par les pommes pourries.

— Cecilia était beaucoup de choses, ai-je dit. Elle m'avait confectionné un pendentif exactement pareil à celui-là. Alors ça a éveillé ma curiosité, c'est tout.

— Elle en a peut-être fait plusieurs.

— Mais en aurait-elle donné un à Sofia ?

— C'est très possible.

— Elles étaient proches à ce point ?

— Elles avaient quelques années d'écart, mais elles se voyaient souvent. Peut-être parce qu'elles avaient les mêmes goûts.

— Lesquels ?

— L'art, les livres, les hommes.

Kristina a émis un petit rire.

— Ma mère ne s'intéressait pas aux hommes, ai-je répliqué. Dans mon souvenir, elle n'avait d'yeux que pour papa.

— Oui, c'étaient plutôt les hommes qui étaient fous d'elle. Ils étaient tous dingues de Cecilia, et de Sofia. C'était drôle à observer. Mais regarde ce qu'il leur est arrivé ensuite.

Empoignant la brouette, elle m'a dit de l'accompagner, le temps d'aller la vider, mais, en voulant faire demi-tour, elle a eu un geste si brusque que la brouette s'est renversée, et la moitié des fruits s'est retrouvée par terre. Kristina a regardé les pommes un moment, puis elle a déclaré qu'elles n'avaient qu'à rester là. Pour sa part, elle avait mieux à faire. Elle s'est mise en marche vers la maison, et je l'ai suivie.

Elle est allée tout droit à la cuisine, a ouvert la porte du réfrigérateur et sorti une bouteille de vin blanc.

— J'ai appelé la police, aujourd'hui, a-t-elle dit après s'être rempli à ras bord un verre ordinaire, sans m'en proposer. Je leur ai expliqué qu'on avait cherché partout, à tous les endroits possibles, mais qu'elle n'était nulle part et qu'il fallait qu'ils nous aident, maintenant.

— Qu'ont-ils répondu ?

— Demain. Si demain elle n'est pas revenue, ils lanceront les recherches. D'habitude, ils s'y prennent plus tôt. Mais c'est clair que les règles ne s'appliquent pas de la même manière pour tout le monde. Avec Sofia, c'était la même histoire. Quelle bande d'incapables !

— Je ne savais pas qu'elles se voyaient, ai-je dit en reprenant le fil de notre conversation un peu plus tôt dans la cour. Maman ne parlait pas beaucoup de Sofia.

— Peut-être parce qu'elle était triste. Ce n'était pas non plus comme si elles faisaient la fête ensemble. Elles échangeaient des livres, ce genre de truc. Il n'y avait pas beaucoup de monde avec qui parler de ces choses-là, alors elles étaient sans doute contentes d'avoir au moins quelqu'un avec qui le faire. Le Stockholmois a rejoint le groupe ensuite, je crois.

— Le petit ami de Sofia ? Nils ?

— Oui. Pourquoi c'est si important tout à coup ?

Kristina a de nouveau rempli son verre. J'ai hésité.

— J'ai l'impression que Katia a découvert quelque chose concernant Sofia.

— Quoi donc ?

Je me suis retenue de lui confier le secret de l'alibi de Nils, car si Kristina l'apprenait, elle risquait de faire un esclandre, et, dans ce cas, Camilla ne m'adresserait sans doute plus jamais la parole.

— L'enquête, ai-je dit. On l'a retrouvée chez Katia, dans la poubelle. Et Katia avait ajouté quelque chose dans un coin. Quelques mots.

— Quels mots ?

— « Tous des menteurs. »

Kristina a écarquillé les yeux.

— Ah bon ? Ce sont exactement les mêmes termes qu'elle a employés quand elle est venue. Elle était au téléphone. Elle parlait à quelqu'un et elle a dit que « tous les menteurs » devaient être punis. « Tous les salauds de menteurs doivent mourir. » Ça vient de me revenir.

— Et tu n'as aucune idée de la personne à qui elle parlait ?

Kristina a secoué la tête.

Je me suis levée en disant que je devais retourner au pub. Mais si elle pensait à quelque chose, n'importe quoi, pouvait-elle m'appeler immédiatement ?

Elle me l'a promis.

J'avais parcouru une vingtaine de mètres sur le chemin de la forêt quand mon téléphone a sonné. C'était Kristina.

— Elle n'est plus là, a-t-elle dit.

— Qui ? Quoi ?

— La robe !

— Quelle robe ?

— Celle de Sofia. La robe rouge qu'elle portait la veille de sa disparition. Elle est restée dans son armoire pendant tout ce temps et, maintenant, elle n'est plus là.

À trop jouer avec le feu

Un vendredi, deux semaines avant le bac, j'ai reçu un e-mail du jury m'apprenant que moi, Vega Victoria Johansson, j'avais gagné le premier prix du concours de nouvelles sur le thème des péchés capitaux. Il était formulé ainsi :

Avec une voix et une technique narrative originales, Vega entraîne le lecteur dans une descente aux enfers. L'expérience de lecture, quant à elle, est digne du paradis.

J'aurais dû être contente, mais je ne ressentais rien. Si j'avais écrit cette nouvelle, c'était pour voir la réaction d'Atle.

Eh bien, dis donc, Vega. Incroyable !

Mais Atle n'enseignait plus à l'école. Comme l'avait prédit Katia, il avait été chassé par la horde.

J'ai dû m'obliger à ne pas chercher un moyen de le joindre pour l'informer de mon premier prix. À croire que mon cerveau n'arrivait pas encore à assimiler qu'il était aussi tout autre – un autre Atle, plus obscur que celui que j'avais connu.

En apprenant la nouvelle, le lendemain, Katia a manifesté plus de joie que moi. Il fallait fêter ma victoire ! C'était un samedi. Nous étions seules à la ferme de Stentorp. Kristina était chez un type quelconque, dans un village voisin. Samuel était parti rejoindre une pauvre fille quelque part, et Danny et Jack aidaient le père de Jack à construire un mur.

Katia et moi, contre l'une des façades de la maison de Stentorp, à l'abri du vent, au soleil. À fumer et à boire des trucs forts. Eh bien, oui ! J'étais, pour ainsi dire, écrivaine, maintenant, d'après Katia.

J'ai dit que j'étais encore loin du compte.

— Quoi que tu fasses, ne t'approche pas d'une gazinière lorsque ton premier livre sortira.

J'ai dit qu'elle pouvait être tranquille. C'était déjà assez dur d'être publiée, et je ne connaissais personne qui cuisinait au gaz.

Katia m'a demandé pourquoi j'étais triste. Je venais de gagner un paquet de pognon, et Atle avait fichu le camp. Ne devrais-je pas être gaie ? Pour sa part, elle était plus heureuse que jamais.

J'ai dit la vérité : je trouvais tout ça pénible.

Katia ne comprenait pas. La seule chose pénible, c'était qu'Atle s'en était bien tiré. Elle aurait pu porter plainte, mais elle ne l'avait pas fait !

— Je ne comprends toujours pas pourquoi.

— Je te l'ai dit. Personne ne me croirait, ce serait parole contre parole, et toute cette merde. Il a eu beaucoup de chance de rester en liberté, et ça me rend vraiment triste.

— Je croyais que tu étais heureuse.

— Pas la peine de couper les cheveux en quatre.

Katia a vite oublié son bonheur, tout autant que sa tristesse, car à présent, a-t-elle déclaré en sautant sur ses pieds, nous allions voir ce que l'avenir nous réservait. Elle a disparu dans la maison et elle est revenue avec le jeu de tarot de Kristina. Assise sur les dalles de pierre chauffées par le soleil, elle a aligné les cartes devant elle. Elle allait me prédire mon avenir.

Elle est restée un long moment silencieuse, sourcils froncés.

— Alors quoi ? Dis quelque chose !

Les images étaient peu engageantes. Obscurité, mort et ténèbres.

— Pas trop sympa, c'est ça ?

— Si. Au contraire, c'est super. Tout va très bien se passer pour toi, Vega.

— Arrête de te foutre de moi.

— Je ne me fous pas de toi. Tu vas surprendre le monde, Silver. Tu vas le frapper de stupéfaction. C'est ce que disent les cartes.

J'ai ri, car les cartes n'avaient franchement pas l'air encourageantes, mais Katia a dit qu'il ne fallait pas s'attacher à l'apparence, ce n'étaient que des symboles. La Mort signifiait en réalité le renouveau.

— Tu ne sais même pas ce qu'elles représentent !

— Tu as foutrement raison, mais je sais ce que *toi*, tu représentes. Je sais qui tu es.

— Je ne le sais même pas moi-même.

— Tu es une étoile. Pas de quoi ricaner ! C'est la vérité, c'est tout. À la tienne !

Plus nous buvions, plus Katia voulait parler de Sofia et de l'enquête. Elle avait découvert un truc capital, mais elle n'avait pas l'intention de m'en dire plus. Au fait, est-ce que j'avais envie de voir sa chambre ?

— Celle de Sofia ?

— Oui.

— Kristina ne veut pas qu'on y entre.

— Kristina n'est pas là, et j'ai trouvé la clé.

— Alors qu'est-ce qu'on attend ?

Nous étions devant la porte défendue, de l'autre côté de la cheminée. Katia a fait tourner la clé dans la serrure. J'avais une sensation de vertige au creux de l'estomac. J'ai jeté un coup d'œil à l'intérieur ; les murs étaient tapissés de papier peint à petites fleurs roses sur fond blanc.

— Allez, viens, quoi !

Katia était déjà à l'intérieur, mais j'hésitais.

— Je crois que ce n'est pas bien, ai-je dit. J'ai l'impression qu'il y a une raison pour laquelle cette chambre est verrouillée.

— Peut-être, mais je ne crois pas que ça dérange Sofia, que nous lui rendions visite. Et maman n'est pas obligée de l'apprendre.

J'ai regardé autour de moi avec un sentiment d'étrangeté indéfinissable. Sofia avait quinze ans lors de sa disparition, mais tous les objets de cette chambre semblaient appartenir à une petite fille. Tout était rose et aussi léger que de la barbe à papa. Une rangée de poupées était alignée sur le couvre-lit.

Katia en a soulevé une, qui avait une tête en porcelaine et des anglaises.

— Elle les collectionnait. Elles font hyper peur, non ? Je ne sais pas comment elle arrivait à s'endormir avec tous ces yeux morts fixés sur elle.

Je me suis approchée du bureau. Au-dessus, sur le tableau d'affichage, des photos de Sofia et de filles que je n'identifiais pas. En approchant encore, j'ai compris que l'une d'entre elles devait être Kristina. Elle avait les mêmes yeux à la forme particulière que ceux de Katia et de Sofia.

Pendant ce temps, Katia faisait coulisser les cintres de la penderie. J'ai commencé à regarder dans les tiroirs. Quand je me suis redressée, Katia s'était changée. Au lieu de son pull pelucheux et de son short, elle portait une robe rouge à fines bretelles.

— Tu la reconnais ?

Puis, captant mon regard :

— Pourquoi as-tu l'air si terrifiée ?

Je n'ai pas su quoi répondre. Il y avait quelque chose de sordide à se tenir là, dans la chambre de la fille disparue, en compagnie de sa nièce, qui, à présent, dans l'ombre et sous mon regard alcoolisé, aurait très bien pu être Sofia Lo elle-même.

— Tu devrais enfiler quelque chose, toi aussi, a dit Katia.

Elle m'a balancé une jupe bleu ciel et un gilet assorti en m'ordonnant de les mettre.

— Nom d'un cul ! s'est exclamée Katia tandis que nous nous contemplions toutes les deux dans la glace. Qu'est-ce qu'on est stylées !

C'était vrai. Ni Katia ni moi n'avions l'habitude de porter des robes ou des jupes, et là, nous étions soudain si mignonnes, comme deux sœurs… Je n'arrivais pas à me détacher de notre reflet.

— Dire qu'on est plus vieilles que Sofia ne l'était quand elle a disparu. Quelle courte petite vie… Mince, alors.

Elle a ôté le chouchou qui retenait ses cheveux.

— C'est pour ça qu'il faut le punir. Celui qui a fait ça doit être puni.

— Ça ne la fera pas revenir. Car tu ne crois tout de même pas qu'elle est en vie ? Que quelqu'un la retient prisonnière quelque part ?

Katia ne le croyait pas, mais elle savait qu'elle-même et toute sa famille seraient plus en paix si elle faisait comme il était écrit dans la Bible.

— Je ne savais pas que tu lisais la Bible.

— Non, mais il y a des parties que je connais.

— Alors tu as entendu parler du conseil de tendre l'autre joue ?

— Peut-être. Mais j'ai aussi lu « œil pour œil, dent pour dent », et j'y crois un peu plus.

— Je comprends cette tentation, ai-je dit en pensant à toutes les fois où j'avais rêvé de faire du mal à Samuel. Mais je ne crois pas que ça fonctionne.

Katia a dit qu'elle savait que ce qui ne fonctionnait pas, c'était de laisser passer le temps sans rien faire, car sinon ils n'auraient pas été malheureux à ce point, tous autant qu'ils étaient. Mais, à présent, elle en avait marre d'inspecter cette chambre, et elle avait soif. J'ai commencé à retirer le gilet bleu, mais Katia a décrété qu'on gardait les fringues. Kristina ne reviendrait pas avant plusieurs jours, tout allait bien.

Nous sommes redescendues. Le soleil disparaissait derrière les sapins. Katia est allée chercher une autre bouteille et, quand celle-ci a été à moitié bue, elle a dit qu'on devait y aller.

— Où ça ?

— Chez Atle.

— Pourquoi ?

— Je veux une fin digne de ce nom.

— Je suis trop ivre. J'en ai pas la force, ai-je dit en me pelotonnant dans mon fauteuil.

Je ne voulais qu'une chose : me fondre dans l'ivresse, mais Katia a insisté lourdement, alors j'ai fini par me lever, et nous nous sommes retrouvées sur le petit chemin menant à la maison d'Atle.

Après la conversation avec Kristina sur la robe volatilisée, je me suis mise à courir. J'ai couru jusqu'au bourg, presque sans m'arrêter, et j'ai grimpé quatre à quatre l'escalier pour me rendre à l'appartement au-dessus du magasin de vélos. Je devais parler à Karsten. Il avait vu une fille en robe sur la route. Peut-être n'était-ce pas une vision d'ivrogne, peut-être avait-il réellement aperçu quelqu'un cette nuit-là.

J'ai frappé plusieurs fois. Rien. C'était verrouillé.

— Il est parti, alors c'est pas la peine d'enfoncer la porte, a dit une voix dans l'escalier.

En levant les yeux, j'ai vu une femme, un torchon à la main, penchée par-dessus la rampe.

— Tu sais où il est ?

— Aucune idée. Sans doute au pub.

Karsten était effectivement au pub, sans Sverker cette fois. Il m'a fait m'asseoir et m'a offert un verre pour me remercier d'avoir fait ses courses.

— Tu te souviens de m'avoir raconté que tu avais vu Sofia sur la route ?

— Oui. Mais j'aurais mieux fait de me taire. On n'a pas envie de passer pour un dingue.

J'ai acquiescé.

— C'était tellement étrange, a-t-il ajouté. Il m'a vraiment semblé la voir, mais, comme tu sais, je ne peux pas toujours me fier à mes impressions. Et Sofia… Bon, j'imagine qu'elle n'aurait pas reparu comme ça, au milieu de la nuit, pour redisparaître juste après. J'étais sans doute ivre.

— Sais-tu quelle était la couleur de la robe qu'elle portait ?

— Sofia ?

— Oui, ou celle que tu as prise pour Sofia.

Karsten a dit qu'il était quasi certain qu'elle était rouge. Elle ressemblait à celle de la photo publiée dans les journaux.

— Quand était-ce ?

Karsten a réfléchi un long moment avant de répondre.

— Hier ? Ou peut-être avant-hier ?

— Essaie de te rappeler…

— C'était la nuit, pas le jour. Mais je venais de recevoir un virement de la sécu. Maintenant, je m'en souviens : il est arrivé dans la journée, alors c'était mardi. C'est même pour ça que je suis allé au pub. Il faisait nuit, mais je l'ai vue quand elle est passée sous le lampadaire. Je lui ai crié de s'arrêter, qu'il faisait froid et tout, mais elle a continué à courir.

— Dans quelle direction ?

— Vers le pub. Tu crois que je vais devoir aller chez les fous ?

— Non, je ne pense pas. Si ça se trouve, ce n'était pas un fantôme, mais une personne en chair et en os.

Karsten a écarquillé ses yeux injectés de sang.

— Tu crois que la fille est vivante ? Elle est revenue ?

— Je pense que c'était Katia. Et qu'elle portait la robe de Sofia. Et que tu es la dernière personne à l'avoir vue.

Karsten a gardé le silence un moment, comme s'il tentait d'assimiler ce que je venais de dire.

— T'as peut-être raison, a-t-il dit enfin. C'était peut-être bien Katia.

J'ai quitté Karsten et je suis retournée au pub. En entrant, j'ai aperçu Rebecka et une fille qui semblait avoir une quinzaine d'années.

— Répète ce que tu m'as dit, Lollo, lui a demandé Rebecka après m'avoir saluée. C'est ma petite sœur, m'a-t-elle expliqué comme la fille ne disait rien. Elle a parlé à Katia, elle aussi.

— C'est surtout elle qui m'a parlé, a corrigé la petite sœur. Je l'ai croisée devant le kiosque. Elle était bizarre.

— Comment ?

— Elle parlait très vite et…

— C'était quand ?

— Le week-end dernier. Dimanche.

— Et que disait-elle ?

— Elle répétait sans cesse la même chose : « Vega ne me pardonnera jamais. » Et puis aussi qu'elle n'avait vu personne à la gare ce jour-là.

À trop jouer avec le feu

Nous avançons sur le chemin gravillonné. Katia porte la robe rouge de sa tante, et moi, une jupe bleu clair et un gilet assorti pris dans la même armoire.

Je dis à Katia que nous devrions rentrer, que c'est une idée complètement folle… Mais Katia continue, et je ne parviens pas à faire demi-tour.

En arrivant au vieux chêne, là où le gravier s'arrête et devient de l'herbe, Katia se met à chanter.

En promenade, autour de moi
Les oiseaux à pleine voix

Elle rit et me prend par la main. Ma voix faible se mêle à la sienne, qui s'élève dans l'air, pure et puissante.

Cette belle fille, soudain, surgit
Une pensée alors me dit

Tel un être invisible, un œil qui planerait en hauteur et qui verrait tout, j'observe notre progression chancelante vers la maison. Est-ce vraiment moi qui trébuche, là, en bas, sur le sentier, vêtue des habits d'une fille disparue ? Est-ce moi qui, en essayant de relever Katia, suis entraînée dans sa chute ? Est-ce nous qui rampons dans l'herbe, qui nous relevons, qui continuons d'avancer en fredonnant des ballades d'un autre temps ? Nous y voilà, nous y sommes.

Les fenêtres sombres de la petite maison, l'odeur forte de la haie de lilas, les oiseaux de nuit qui crient. La tondeuse un peu plus loin, là où le jardin cède la place à la forêt. À côté de la tondeuse, le bidon d'essence. Comme s'il avait été posé là par l'accessoiriste de cette mise en scène étrange, où je suis à la fois public et actrice.

C'est Katia qui dévisse le bouchon noir, Katia qui trace un sillon d'essence jusqu'à la porte, avant de projeter le reste sur la façade en secouant le bidon. C'est Katia qui fait tout cela, mais je ne la retiens pas. C'est seulement lorsqu'elle sort son briquet que je dis qu'il est peut-être encore à l'intérieur.

— Mais non, rétorque Katia. Il est retourné à Stockholm. Je l'ai vu à la gare aujourd'hui.

Puis elle se penche, met le feu à l'essence, et je ne fais rien pour l'en empêcher.

Tel un serpent, le feu sinue en sifflant vers la maison. Ça va si vite, ai-je le temps de penser. Les flammes lèchent déjà la façade. Soudain, le ciel change de couleur et illumine le visage de Katia. Elle crie quelque chose, mais le fracas de l'incendie couvre sa voix. Alors elle m'empoigne par le bras et hurle :

— Cours, bordel de merde, sinon on va mourir ! Tu veux mourir ?

Je fais non de la tête, mais mes jambes ne suivent pas, et je pense que je suis peut-être un animal, un cheval qui préfère brûler dans la sécurité de son écurie plutôt que de survivre au-dehors.

Katia me lâche et disparaît dans la forêt. Elle, elle n'a pas l'intention de mourir.

J'ai dit au revoir à Rebecka et à sa sœur, et je suis montée dans ma chambre. Je me suis allongée sur le lit, j'ai fermé les yeux et j'ai revu l'incendie. Les flammes dévorant la façade. Le visage de Katia. Elle savait. Depuis le début, elle savait... Elle ne l'avait pas vu à la gare, ce jour-là. Elle savait qu'Atle était peut-être à l'intérieur. Elle voulait qu'il meure.

Tous les salauds de menteurs doivent mourir.

J'ai envoyé un SMS à Camilla Niklasson demandant si nous pouvions nous voir, car j'avais encore quelques questions.

Elle m'a répondu tout de suite. Elle faisait le ménage. Avant que j'aie pu lui demander où, elle m'a envoyé un autre message. Elle était à la scierie et, oui, je pouvais passer.

J'ai reposé ma tasse de café sur le comptoir du bar et je suis sortie sans monter prendre ma veste. La scierie n'était pas loin, de l'autre côté de la rue principale.

Le bâtiment semblait surgi d'une autre époque, avec sa façade grise lépreuse et ses mauvaises herbes qui poussaient dru hors du bitume fissuré de la cour. S'il n'y avait pas eu les voitures, on aurait pu croire l'endroit abandonné.

Je suis entrée dans l'atelier. Personne ne m'a demandé ce que je voulais. Le crissement aigu des scies était insoutenable, et j'ai dû résister à l'impulsion de me couvrir les oreilles. Des femmes et des hommes en bleu se tenaient devant les machines. De loin, je ne reconnaissais personne, car tous portaient de grandes lunettes de protection, qui leur faisaient à tous la même tête. Ils m'ont suivie du regard quand je me suis dirigée vers la cuisine, où je devais retrouver Camilla. J'avais été comme eux, à exécuter les mêmes gestes monotones pendant que ma tête était ailleurs. Je ne sentais pas la chaleur, je n'entendais pas le bruit assourdissant et je réagissais à peine à la douleur quand les échardes pénétraient sous ma peau.

La table de la cuisine était maculée de taches. Camilla y était déjà installée avec un café.

— Tu me harcèles, dis donc. Vous avez des nouvelles de Katia ?

— Non, aucune.

— Bon, ce n'est pas la première fois. Pas de quoi s'inquiéter, sans doute. Il y a du café, a-t-elle ajouté en montrant une Thermos. Mais il est froid, alors tu vas devoir le réchauffer au micro-ondes.

Déclinant son offre, je lui ai demandé si nous pouvions parler quelque part où nous ne serions pas dérangées.

— Ici. Personne ne prend sa pause à cette heure.

Je me suis assise en face d'elle sur une chaise en plastique rouge.

— Alors ? a demandé Camilla en attrapant la boîte de sucrettes et en en faisant tomber quatre dans sa tasse sans me quitter des yeux.

— La dernière fois qu'on s'est rencontrées, tu as dit que tu n'avais pas revu Katia depuis que tu lui avais révélé la vérité au sujet de l'alibi de Nils.

— Oui.

— Mais tu lui as parlé, n'est-ce pas ? Au téléphone ?

Camilla a goûté son café, l'air de réfléchir.

— Kristina affirme avoir entendu Katia accuser quelqu'un de mensonge au téléphone. Est-ce que c'était toi ?

— Oui, c'est possible. Elle m'a appelée, un jour, pour m'engueuler. Je ne me souviens pas quand… Mais c'est assez récent. Il y a dix jours peut-être.

— Vous ne vous êtes pas vues ?

— Non, je te l'ai déjà dit, a répliqué Camilla avec, soudain, une dureté métallique dans la voix. Tu ne crois tout de même pas que je te raconte des bobards ?

— Non, je ne pense pas ça.

Mais comment en être totalement certaine ? Tout ce que je savais, c'était qu'elle était capable de mentir sur des sujets importants, même s'il était vrai que le mensonge en question remontait à longtemps.

J'ai demandé ce que Katia lui avait dit d'autre pendant ce coup de fil.

— Elle m'a engueulée pour cette histoire d'alibi.

— Rien d'autre ?

— Pas que je me souvienne.

— Tu m'as dit que vous vous disiez tout.

— Je ne sais pas si nous nous disions tout… Mais beaucoup de choses, quand même. Encore une fois, elle est déjà assez énervée contre moi, alors je ne vais pas en rajouter une couche. D'ailleurs, quelle importance ? Elle ne va pas revenir plus vite sous prétexte que je te révèle ses secrets ?

— Ce sont peut-être ces secrets qui expliquent sa disparition. Alors si tu sais quelque chose, je crois qu'il vaut mieux que tu me le dises.

— Il n'y a aucun secret particulier qui aurait un lien avec cette affaire. Enfin… Elle a un bagage assez lourd, si on peut dire, avec son salopard de père. Et puis elle a été violée aussi, mais ça, tu le savais déjà, non ?

— Oui. Par Atle.

Camilla a reposé sa tasse et m'a dévisagée.

— Ce n'était pas Atle. C'était quelqu'un d'autre. Je croyais que tu étais au courant.

À trop jouer avec le feu

Je pensais déjà être en enfer, mais le lendemain de l'incendie, j'ai compris que c'était comme celui de Dante : il existait plusieurs niveaux.

Grand-mère m'a réveillée. Des bigoudis plein la tête, enveloppée dans le peignoir qu'elle avait reçu de grand-père un demi-siècle auparavant, elle m'a secouée par les épaules avant de me raconter l'épouvantable tragédie qui avait eu lieu pendant la nuit.

— Ça a brûlé chez ton professeur, Atle Berggren. Il y a eu un incendie cette nuit et il…

— Quoi ?

J'espérais que les battements de mon cœur ne se voient pas à travers mon tee-shirt.

— Il n'en a pas réchappé, hélas. Il était à l'intérieur.

— Que dis-tu ?

— La maison d'Atle a brûlé cette nuit. Et il n'en a malheureusement pas réchappé. Où vas-tu ? a-t-elle ajouté comme je me levais d'un bond.

— Faut que je sorte.

La porte de la ferme de Stentorp était ouverte. Katia buvait un café dans la cuisine et a souri en me voyant en pyjama.

— Il est mort. Atle est mort. Nous l'avons tué. Il était à l'intérieur.

— Je sais. Je sais tout. Maman vient de m'appeler pour me le dire.

J'ai hurlé :

— Comment peux-tu rester si calme ? Nous l'avons tué !

— C'était un accident.

— Tu as dit que tu l'avais vu à la gare.

— Oui, c'est vrai. Il a dû retourner à la maison entre-temps, pour une raison ou pour une autre.

— Il faut qu'on aille voir la police.

J'étais secouée de tremblements.

— Ça va le ramener à la vie, tu crois ?

Katia s'est levée et s'est avancée vers moi.

— Tu crois que ça arrangerait les choses si on allait en prison, toi et moi ?

— Ce n'est pas toi qui veux toujours savoir la vérité et qui exiges que les gens soient punis ?

J'étais surprise de constater que mon cerveau paraissait fonctionner normalement.

— Il n'a pas d'enfant. Il n'a aucune famille, apparemment, alors ce n'est pas pareil. D'ailleurs, on ne l'a pas fait exprès.

— On l'a tué. Il faut qu'on le dise.

— Il n'est plus là. Il faut juste nous pardonner à nous-mêmes et continuer. Tu veux un café ?

Je ne te reconnais pas, ai-je pensé en voyant Katia aller chercher une seconde tasse. Je ne connaissais pas Atle Berggren, et je ne connaissais pas davantage Katia Rainen. Mais ce n'était pas le pire. Le pire, c'était que je ne me connaissais pas moi-même.

— Tu vas te rendre à la police ? a demandé Katia.

J'ai pensé à grand-mère, à papa, à l'effondrement que ce serait si je faisais ça. J'ai secoué la tête.

— Mais tu seras peut-être soupçonnée quand même, ai-je dit. Vu ce qu'il s'est passé entre Atle et toi. Tout le monde est au courant.

— Il n'y a aucune preuve que nous soyons allées là-bas cette nuit. Nous n'avions même pas nos téléphones. Et j'ai demandé à maman de me fournir un alibi si la police m'interroge. Bah oui ! Quoi ? Elle aussi, elle comprend que ça vaut mieux comme ça.

— Elle sait que c'est nous ?

— Non. Toi et moi, on est les seules à savoir. Il va falloir vivre avec.

— Et comment on va faire ?

— Je suppose qu'il suffit de continuer à respirer et de laisser passer le temps.

J'ai repoussé la tasse qu'elle me tendait en pensant que ça allait être difficile. À partir de maintenant, la vie serait plus difficile que jamais. Je me suis levée.

— Tu t'en vas ?

— Oui.

— Je peux compter sur toi ?

— Oui.

— Si tu dis quoi que ce soit à qui que ce soit, ça vaudra aussi pour toi. On était deux.

— Je ne m'inquiète pas en premier lieu pour moi.

Je pensais à papa, dont le dos était déjà assez voûté comme ça. Je me suis dirigée vers la porte. Katia m'a rattrapée et m'a serré le bras, fort.

— On l'emportera dans la tombe, Vega. Compris ?

J'ai hoché la tête.

— Dis-le à haute voix.

Je l'ai dit à haute voix. Katia aussi.

— Ne sois pas en colère contre moi, a-t-elle dit ensuite. Je ne supporte pas quand tu es en colère contre moi. Pardon.

Je n'étais pas en colère contre elle ; j'étais folle de rage. Atle était mort, et tout était notre faute. Comment aurais-je pu nous pardonner ? C'était impardonnable.

Je suis rentrée chez moi. Le chagrin était une vallée. Le chagrin était une longue vallée tortueuse.

Je fixais Camilla d'un regard médusé. Elle avait dû mal comprendre. Atle avait violé Katia. Pourquoi Katia m'aurait-elle dit que c'était lui si c'était quelqu'un d'autre ? Et pourquoi alors nous aurait-elle entraînées jusque chez lui cette nuit-là ? Je ne comprenais rien.

— Pourquoi aurait-elle menti ?

— Je n'en sais rien, a répondu Camilla. On était assez ivres quand on a commencé à parler de ça. Mais elle a affirmé que ce n'était pas Atle, qu'il ne l'avait jamais touchée.

J'ai inspiré profondément. J'étais de retour dans le jardin de la maison abandonnée, durant la soirée. Début de l'été, bourdonnement d'abeilles, pommiers en fleurs. La révélation de Katia : « Il s'est mis à m'embrasser. En vrai, je n'avais pas envie, mais je l'ai laissé faire. Et puis il m'a allongée sur le canapé et… »

Ç'avait dû se passer comme ça. Car, dans le cas contraire, ça voulait dire qu'Atle était innocent. Et alors… J'ai repensé à ce qu'avait dit Katia au téléphone : « Rien n'était comme je le croyais. » Mais elle devait bien savoir, nom de nom ! C'était quand même elle qui l'avait vécu !

— Qui, alors ? Qui l'a violée ?

— Elle a refusé de me le dire. Inutile de prendre cet air indigné ! J'ai vraiment essayé de lui faire cracher le morceau, mais impossible. Qu'est-ce que tu fais, tu pars ?

Je m'étais levée.

— Faut que j'aille aux toilettes.

— C'est à droite, derrière les machines, près de…

— Je sais où c'est.

Je suis ressortie dans l'atelier, pas même les crissements insupportables des machines n'étouffaient mes pensées. Le plus grand des WC était libre. J'ai fermé la porte, j'ai baissé l'abattant, je me suis assise et j'ai tenté de respirer calmement. Peine perdue.

Qu'as-tu fait, Katia ? Qu'avons-nous fait ?

Je ne sais pas combien de temps je suis restée là, happée par un autre monde. J'ai sursauté en entendant qu'on tambourinait à la porte. En ouvrant, j'ai vu un homme d'un certain âge, cheveux longs, regard sombre. Son visage m'était familier, mais je ne voulais pas m'attarder.

— Je croyais que quelqu'un était mort là-dedans, a-t-il dit en me toisant.

— Non, ça va, je suis en vie.

— Mais tu es blanche comme un macchabée. Tu es malade ?

J'ai secoué la tête.

— Tu es là pour la place de contremaître ?

— Non. Je rends visite à une amie.

— Tant mieux. On est plusieurs à avoir postulé, et j'en connais qui ne seraient pas contents si la direction s'avisait de prendre, une fois de plus, quelqu'un de l'extérieur. C'est comme une baffe, à chaque fois, que nous ne soyons pas jugés capables de grimper d'un échelon, si je puis dire. Nous avons bossé là toute notre vie.

J'ai hoché la tête, puis je me suis excusée et je suis retournée dans la cuisine. Camilla y était encore. Elle lavait les tasses mais s'est rassise en m'apercevant.

— Pourquoi Katia a-t-elle dit que c'était Atle si c'était quelqu'un d'autre ? ai-je de nouveau demandé.

— Elle était peut-être jalouse.

— De qui ?

— Bah, il y avait bien un truc entre vous, lui et toi. Non ?

— C'était notre prof !

Camilla a rigolé. Si la vie lui avait appris quelque chose, c'était bien que les hommes étaient capables de tout et n'importe quoi et que leur métier n'avait pas grand-chose à voir là-dedans.

— Il n'y a jamais rien eu entre Atle et moi. Rien de physique.

— Katia pensait sans doute le contraire.

Je voulais demander à Camilla si elle estimait que c'était une raison suffisante pour l'accuser de viol, mais que m'aurait-elle répondu ? Que pouvait-on attendre d'une personne qui avait sciemment privé quelqu'un d'alibi dans le cadre d'une affaire criminelle ? Par jalousie, précisément.

— Je ne comprends rien, ai-je dit. Je ne comprends pas ce qu'elle fabrique.

— T'auras qu'à lui poser la question. Quand elle reviendra, tu pourras lui poser toutes les questions que tu voudras, tirer toutes les histoires au clair.

— Si elle revient.

Tout au fond de moi, une intuition désagréable était en train de prendre racine. J'ai senti que cette occasion ne se présenterait sans doute jamais.

À trop jouer avec le feu

Couchée dans mon lit au Moulin, je regardais le motif en forme d'arbre qui se déployait au plafond, exactement comme après la mort de maman. Je croyais alors que rien ne pourrait jamais être pire, mais je me trompais. Ce qui m'arrivait à présent était bien pire. Car, en plus du chagrin, du regret, du manque, j'étais écrasée par la culpabilité. J'aurais voulu pleurer, mais c'était impossible.

Katia, Jack et Danny me téléphonaient et m'envoyaient des messages. J'ai coupé le son du téléphone et j'ai continué à regarder le plafond. De temps à autre, grand-mère m'apportait à manger, des gâteaux, un chocolat chaud, et mentionnait sur un ton enthousiaste la température qu'il faisait au-dehors. Il fallait que je me lève, peut-être faire quelque chose avec mes amis ? Ils étaient tous venus demander de mes nouvelles et, la prochaine fois, elle les ferait entrer malgré mon interdiction, car je ne pouvais pas passer mes journées couchée comme ça, les yeux écarquillés comme un fantôme.

Papa venait me voir, lui aussi. Il s'asseyait au bord du lit et ne disait pas grand-chose. À quelques reprises, je lui ai demandé de prendre sa guitare et de jouer pour moi, et il l'a fait. Il me jouait les mélodies que j'adorais, petite, et pendant quelques secondes merveilleuses, je pouvais fermer les yeux et faire semblant d'être de nouveau une gamine. Mais, ensuite, la douleur revenait.

Je suis en train de me casser en petits morceaux.

Non. Tu tiendras le coup. Tu es faite du bois le plus solide.

Deux semaines après l'incendie, grand-mère en a eu assez. Terminé, le lit. Elle a arraché la couverture et m'a tirée durement par le bras. Je devais me mettre debout.

Lentement, je me suis redressée en position assise et je l'ai laissée me brosser les cheveux. Ça a pris une éternité. Ensuite, elle m'a fait manger un peu et m'a obligée à sortir dans la cour.

— Où allons-nous ?

— Faire un tour. On va faire une petite promenade, chaque jour, jusqu'à ce que tu ailles mieux.

— Ça n'aide pas, ai-je dit en plissant les yeux, car le soleil était beaucoup trop fort.

Je n'avais pas la force de marcher, mais je n'avais pas non plus la force de me disputer avec grand-mère. Lentement, pas à pas, comme deux vieilles personnes malades, nous avons parcouru quelques centaines de mètres sur le chemin gravillonné avant de faire demi-tour.

En revenant à la maison, grand-mère a dit que je devais prendre une douche. J'ai protesté : la simple pensée de toutes les étapes nécessaires m'épuisait d'avance. Mais si je ne le faisais pas, personne n'oserait m'approcher, a-t-elle dit. Elle se trompait d'argument, car c'était précisément ce que je voulais : rester seule.

Chaque jour, grand-mère m'obligeait à me lever, et je lui obéissais. J'exécutais les tâches qu'elle m'imposait, je désherbais les framboisiers, je ratissais le gravier du chemin, j'épluchais les pommes de terre et je commentais la météo. Pourtant, je n'étais pas là. J'étais comme Dante dans son enfer, sauf que c'était le contraire : j'étais une morte au milieu des vivants.

Un jour, alors que j'étais assise dehors, en train de lire, Jack est arrivé. Je ne l'ai vu qu'au moment où son ombre tombant sur moi m'a fait lever les yeux.

— Qu'est-ce que tu veux ?

— Vérifier si tu es encore en vie.

— Tu vois bien que oui.

— Qu'est-ce qui se passe ? Pourquoi refuses-tu de nous voir ? On t'a fait quelque chose ?

J'ai baissé les yeux sur mon livre.

— Je suis triste, c'est tout.

— À cause d'Atle ?

J'ai acquiescé en silence.

— Tu l'aimais vraiment beaucoup, hein ?

Jack s'est assis à côté de moi et m'a dit que Katia n'allait pas bien, elle non plus. Elle avait commencé à boire énormément et à traîner en ville la nuit. Ils avaient essayé de lui parler, Danny et lui, mais elle ne les écoutait pas.

— Katia n'écoute personne.

Jack pensait qu'elle m'écouterait peut-être, moi. Ne pouvais-je pas faire un tour à Stentorp et lui parler ? Après, on pourrait aller traîner tous les quatre à la maison abandonnée, et tout redeviendrait comme avant.

J'ai dit que j'allais y réfléchir, mais je savais déjà que je n'irais pas. Car j'étais absolument certaine de deux choses : Katia ne m'écouterait pas, et rien ne serait plus jamais comme avant.

Pourquoi ? ai-je pensé en quittant la scierie. Pourquoi Katia avait-elle fait ça ? Qu'est-ce qui avait bien pu la pousser à ôter la vie à un innocent ? Maintenant, je n'étais plus seulement inquiète pour elle, à me demander où elle était, comment elle allait… J'étais aussi en colère. J'étais en rage.

Cette rage se mélangeait à mon chagrin pour Atle, à toutes les conversations que j'avais eues dans ma tête avec lui depuis cette nuit-là, à la manière dont il me rendait visite en rêve ; et quand j'étais éveillée, il m'encourageait à écrire et à vivre, alors que je ne voulais qu'une chose : dormir pour l'éternité.

Je l'avais trahi en faisant confiance à Katia. Mais qu'aurais-je dû faire ? Katia était ma meilleure amie.

« C'est difficile de savoir où la responsabilité commence et où elle s'arrête. »

Je ne peux pas rester coincée là-dedans, ai-je pensé. *Je dois trouver Katia et tenter de sauver ce qui peut l'être encore.*

Je sentais que j'avais besoin de me confier à quelqu'un, mais comment faire ça sans abîmer d'autres vies ? La seule personne avec qui je pouvais parler était Katia.

Alors que j'entrais dans le pub, l'idée m'est venue de demander à Glad de prendre le micro, ce soir-là, et d'informer le public de la disparition de Katia. Peut-être y avait-il, malgré tout, quelqu'un qui savait quelque chose.

Mais Glad n'était pas au bar. Il était dans le bureau, m'a dit Maggie, il n'y avait qu'à traverser la cuisine.

Je suis passée de l'autre côté du comptoir. J'étais déjà allée dans la cuisine, mais jamais dans le bureau.

— Ici ! a crié Glad depuis une pièce du fond.

Je l'ai trouvé assis derrière un bureau encombré de factures, de bouteilles vides et d'assiettes où traînaient des restes de nourriture.

— Comment ça se passe de votre côté ? a-t-il demandé en me voyant. Des nouvelles de Katia ?

— Non. Mais je me disais que tu pourrais peut-être lancer un appel au public ce soir. Monter sur scène, dire qu'elle a disparu, demander si quelqu'un a une information à communiquer.

Glad a dit que c'était tout à fait possible, mais qu'à son avis, ça ne donnerait pas grand-chose. À ce stade, tout le monde savait, pour Katia, et ceux qui avaient quelque chose à dire l'avaient déjà fait. Mais il allait essayer, bien sûr.

Et il fallait vraiment espérer que Katia ferait son apparition ce soir-là. Elle venait toujours quand c'était la Dame de Pique qui jouait. Elle aimait bien ce groupe.

— Tu crois qu'elle est au courant, si elle est dans l'état que tout le monde décrit ?

— Elle est venue ici assez souvent dans un sale état.

Nous avons été interrompus par la sonnerie du téléphone, une horrible sonnerie de réveille-matin. Pendant qu'il répondait, j'ai regardé le tableau d'affichage derrière le bureau. Il était couvert de photos de fêtes au pub : des groupes de musiciens sur la scène, Glad entourant de son bras des clients avinés.

— Ça, c'est le premier soir où elle a chanté, a dit Glad en raccrochant et en suivant mon regard, qui s'attardait sur une photo de Katia. Tu t'en souviens ? Quand tout le monde a compris la star qu'elle était…

J'ai hoché la tête en pensant aux applaudissements, aux sifflets enthousiastes.

— C'est Sofia ? ai-je demandé en désignant un groupe de jeunes filles en tenue de fête au pied du cytise, derrière le pub.

— Oui. Elles sont venues après la fête de fin d'année de l'école, elles voulaient être immortalisées ensemble.

— C'est Camilla ? ai-je demandé en montrant la seule des filles qui ne regardait pas l'objectif, mais Sofia.

— Oui.

— Comment était-elle après la disparition de Sofia ? Tu t'en souviens ?

— Bah, triste et effrayée, j'imagine. Comme tout le monde. Pourquoi ?

— Je ne sais pas.

C'était la vérité. Pourtant, quelque chose tournait en boucle dans mon esprit sans que j'arrive à mettre le doigt dessus. Ça avait à voir avec Camilla, son mensonge, la jalousie…

— Tu te souviens de lui ? a repris Glad en montrant sur la photo un grand type costaud aux yeux fous qui levait les bras.

Je ne le reconnaissais pas.

— Tu es peut-être trop jeune. C'est celui qui est mort.

J'ai attendu qu'il ajoute quelque chose, tout en pensant que son tableau était rempli de morts.

— On le croyait endormi. Mais, à la fermeture, on n'a pas réussi à le faire bouger. Pendant toute la soirée, on avait dansé et fait la fête autour d'un cadavre.

— Je crois que papa m'en a parlé… C'est affreux.

— Oui. Et nous qui le secouions comme un sac à patates, avant de comprendre. Beurk. Tu veux boire quelque chose ?

Glad a désigné une étagère marron, où verres et bouteilles côtoyaient fanions de l'équipe de foot locale et fleurs fanées. Il y avait du whisky, du rhum et une liqueur sirupeuse.

J'ai dit que je prendrais la même chose que lui, et Glad nous a servi deux solides whiskys dans des verres qui étaient devenus d'un blanc laiteux à force de passer au lave-vaisselle.

Après avoir trinqué avec lui, je me suis de nouveau tournée vers le tableau. Soudain, j'ai reconnu Atle. Son visage, au milieu de tous ces faciès couperosés. Ça m'a fait mal au ventre de revoir ses yeux et son grand sourire. J'ai demandé quand cette photo avait été prise.

— Je ne sais pas exactement. Je crois que c'était juste après son arrivée. Dans mon souvenir, il aimait bien boire.

— Pas plus que les autres.

— C'était pas pour dire du mal. Je n'ai rien contre les assoiffés, d'ailleurs. Il ne faut pas mordre la main qui nous nourrit. Tu ne t'étais pas un peu entichée de lui, au fait ?

— Ce n'est pas le bon mot. Mais Atle était le meilleur prof que j'aie jamais eu. Je l'admirais.

J'ai senti un picotement dans mon nez. Ma voix avait failli flancher.

— Pas après ce qu'on a appris, tout de même ? Personne ne l'a admiré après ça... En tout cas, il a été puni. Il a eu ce qu'il méritait. Je n'ai jamais compris ce que ce type était venu faire à Silverbro.

— Il travaillait sur un projet personnel.

Je revoyais Atle en train de me parler du bruit devenu insupportable pour lui à Stockholm, ce bruit qui l'empêchait de s'entendre penser. Il aurait dû rester là-bas. Il n'aurait jamais dû venir chez nous.

J'ai fait un pas vers le tableau pour l'observer de plus près. Atle portait une chemise blanche. Ses manches étaient retroussées, et j'ai remarqué qu'il avait un tatouage sur l'avant-bras.

J'ai demandé à Glad si je pouvais photographier la photo. Bien sûr, a-t-il dit, avant d'ajouter en riant que la coïncidence était étonnante.

— Quelle coïncidence ?

Ça venait de lui revenir : Katia avait fait la même chose, un jour. Elle avait demandé à prendre cette image en photo.

— Quand ?

— Il y a longtemps.

— Oui, mais quand ?

— Oh, vous alliez encore au lycée. Je crois que c'était au printemps. Vers l'époque où Jack et elle se sont produits au pub pour la première fois. Peut-être l'année de votre bac ?

Après avoir pris la photo, j'ai dit au revoir à Glad et je me suis dépêchée de monter dans ma chambre. Assise sur le lit, j'ai agrandi l'image. C'était bien ce que je pensais : c'était un tatouage, et il représentait une petite fenêtre noire.

On était déjà en août, et j'étais toujours aussi malheureuse. Grand-mère croyait que tout s'arrangerait si seulement je commençais à travailler. Elle savait qu'on embauchait à la scierie.

J'ai dit que je préférais remplir mes poches de pierres et me noyer dans le premier lac venu plutôt que de retourner à l'usine.

Grand-mère a répliqué qu'il n'y avait pas de quoi plaisanter. D'ailleurs, ce n'était pas possible de se tuer comme ça, avec des pierres, dans un lac.

J'ai dit que si.

Quoi qu'il en soit, tant que j'étais en vie, j'étais obligée de la gagner, a-t-elle insisté. Je ne pouvais pas me contenter de détruire mes poumons en fumant. Alors retour à la scierie. Cette fois, le travail était plus dur, la pause plus courte, le pain de la pause plus sec, et la journée infinie. Maintenant, ce n'était plus un job d'été, un arrêt provisoire ; c'était peut-être le terminus. Je passais l'essentiel de mon temps à le compter : *Encore quatre heures jusqu'à la pause déjeuner. Plus que l'après-midi et puis… Encore une journée… Pense pas à ça, pense au week-end… Et puis… Et puis quoi ?*

Un soir, fin août, Frans m'a appelée. Il devait accompagner Erik à la propriété dont celui-ci avait hérité près de Silverbro, afin d'évaluer les travaux de rénovation. Je lui avais manqué, a-t-il dit. Est-ce que j'allais bien ? Avant que j'aie pu répondre par la négative, il a demandé si j'avais envie d'aller boire un verre avec eux là-bas.

Deux heures plus tard, ils sont passés me prendre dans une Porsche grise.

— Mince alors, tu vis vraiment au milieu de nulle part ! a commenté Frans en riant quand je suis montée à côté de lui.

Erik, assis à l'arrière, était d'accord. C'était le bout du monde. Il paraissait plein de curiosité.

— Qu'est-ce que tu fais de tes journées ?

— Je travaille, je lis et je réfléchis.

Ils ont éclaté de rire comme si j'avais dit quelque chose de très drôle. J'ai pensé que c'était sans doute une erreur de m'être laissé entraîner par ces deux-là, mais Erik m'a tendu une bouteille, et j'ai avalé avec gratitude quelques gorgées brûlantes.

Je connaissais la propriété en question : un manoir blanc, flanqué de deux ailes, une allée de bouleaux. C'était un bel endroit.

— Tout va être refait, a dit Erik comme s'il s'excusait par avance au moment de franchir le seuil. La déco n'a pas été touchée depuis des décennies, et la dernière personne à s'en être occupée n'avait aucun goût.

Il a vaguement agité la main pour désigner la pièce dans laquelle nous venions d'entrer après avoir traversé le hall.

J'ai regardé autour de moi. Je n'étais pas d'accord. J'aimais bien les couleurs sombres et les tableaux, dont on distinguait mal les motifs.

— Ma femme veut tout démolir. Elle veut multiplier les puits de lumière et…

Je me suis tournée vers lui.

— Je ne savais pas que tu étais marié.

— Bientôt. Je me marie dans un mois. Bref, ma femme n'aime pas le style actuel de cette bicoque.

— Moi, je trouve ça beau. Mais, après tout, je n'y connais rien en décoration et en puits de lumière.

Erik a dit que c'était mignon. Que je n'y connaisse rien.

J'ai souri, d'un sourire incertain, car j'ignorais si c'était une insulte ou un compliment. Je savais que les gens comme Frans et Erik avaient un tas d'habitudes, d'usages, de connaissances qui me manquaient. Mais, ai-je pensé, deux grands verres d'alcool plus tard, je savais parler aux ivrognes et aux dingues, je savais nommer les plantes et les oiseaux, et je connaissais les essences de bois dures et tendres – celles qui cassaient et celles qui ployaient sans casser.

Eux, pendant ce temps, parlaient cotations boursières et plus-values, et d'une entreprise à Londres qui avait contacté Frans. Tout un monde qui ne m'était pas accessible. J'ai essayé de me rendre intéressante en glissant quelques références littéraires et philosophiques, mais ils n'ont pas eu l'air de saisir. C'était la première fois, mais non la dernière, que je le constatais : l'argent et le niveau d'études n'allaient pas nécessairement de pair avec la vivacité d'esprit.

— Tu n'aurais pas une copine qu'on pourrait appeler ? a demandé Frans quand nous avons fini le risotto préparé par Erik et lui. Là, c'est un peu déséquilibré, a-t-il expliqué en indiquant Erik.

— Mais Erik va se marier, non ?

Erik a haussé les épaules.

— C'est précisément la raison pour laquelle il a besoin d'un peu de compagnie féminine, a dit Frans. Avant qu'il ne s'engage à être fidèle pour l'éternité.

— Je ne sais pas si…

— Bah, ne sois pas si sérieuse ! a dit Erik. Appelle une copine.

J'ai pensé à Katia et j'ai senti le coup au cœur familier. Nous ne nous étions pas parlé depuis le lendemain de l'incendie.

— Je n'ai pas de copine, ai-je dit, et c'était la vérité.

Plus tard, alors que nous étions très ivres, Erik a voulu que nous montions au grenier. Il avait eu autrefois une grand-tante à moitié dingue qui adorait les fringues et, dans son souvenir, c'était un vrai trésor là-haut. On est montés en titubant. Sous les combles, on a découvert des rangées entières de robes, de manteaux, d'accessoires. Frans et Erik se sont coiffés de chapeaux trop petits pour eux tandis que, de mon côté, j'enfilais une robe bleue décolletée avec une petite traîne en pensant qu'ils allaient éclater de rire. Au lieu de ça, ils ont écarquillé les yeux en me voyant sortir du coin où je m'étais changée, à l'abri d'une grosse poutre.

— Bon sang, tu es magnifique ! a dit Erik.

— Fais gaffe, a dit Frans. Tu parles de ma copine.

Je n'étais pas sa copine, mais ça ne m'a pas empêchée, quelques heures plus tard, de l'autoriser à m'allonger sur un vieux canapé en velours vert, à soulever la robe, à baisser ma culotte et à me pénétrer pendant que son ami, je le savais, était tapi quelque part dans l'ombre. Je ne sais pas pourquoi je l'ai laissé faire, car je ne crois pas en avoir eu envie.

— Tu prends la pilule, j'espère ? a demandé Frans, trop tard.

J'étais retournée au pub pour ne pas être seule. Assise à une table près de la fenêtre, je regardais le soleil descendre sur la scierie pendant que les musiciens qui devaient jouer ce soir-là installaient leurs enceintes, leurs câbles et leurs micros. Autour de moi, la salle se remplissait petit à petit. Les gens passaient directement après la sortie de l'usine pour boire une bière avant de rentrer retrouver leur famille. Ça trinquait, ça riait. De temps à autre, je sentais des regards peser sur moi, mais c'était comme si une cloche de verre me protégeait, me séparant du reste du monde.

Derrière ma vitre, je pensais à ce qu'avait dit Atle le premier jour : « Parlez-moi de Silverbro. Racontez-moi cet endroit. » Il avait écouté nos récits avec le plus grand intérêt. Il avait dit qu'il était désolé pour toutes ces histoires tristes, et pour ce qui était arrivé à Sofia. Alors que, depuis le début, il savait. Il avait été là. Le petit ami, le Stockholmois, Nils. C'était lui. Il avait dû changer de nom après avoir été soupçonné, pour Sofia. Et ensuite, il était revenu. Comment avait-il osé ? Peut-être parce qu'il voulait écrire sur ce qui faisait mal. Sur le chagrin d'avoir perdu Sofia. Et d'être accusé, en plus. J'ai regardé de nouveau la photographie sur l'écran de mon téléphone. Il n'y avait aucune ressemblance évidente entre le jeune garçon et l'adulte. Mais, en me concentrant, je le reconnaissais. C'était son regard, vif, éveillé. Le doute n'était pas permis, c'était bien lui.

J'ai pensé à ma dernière conversation avec Katia. « Rien n'est comme je le croyais. Tout est revenu. Je ne peux pas le garder pour moi. » Ce n'était plus une énigme. Pourquoi elle était repartie dans une mauvaise spirale. Pourquoi elle s'était mise dans une telle rage à propos de Camilla et de son mensonge concernant l'alibi de Nils. Si elle croyait Atle coupable, pourquoi n'était-elle pas allée voir la police ?

Mais qu'aurait pu faire la police ? Les preuves n'auraient pas suffi. On n'avait pas retrouvé de corps. L'enquête n'avait rien révélé de neuf. Alors Katia avait fabriqué une rumeur de toutes pièces. Pour empêcher Atle de rester à Silverbro. Si seulement elle s'était contentée de ça. Si seulement elle n'avait pas eu l'idée folle de se rendre chez lui cette nuit-là. Tous ces événements, ces hasards, ces malentendus, ces mensonges qui nous avaient conduits là… Où avaient-ils conduit Katia ?

« Silverbro est un endroit où les rêves meurent et les jeunes filles disparaissent. »

J'avais besoin d'air. J'ai enfilé ma veste, je suis sortie, j'ai descendu les marches, j'ai traversé le jardin du pub. Un vieux vélo de femme était appuyé contre la resserre. J'ai tâté les pneus. Ils étaient gonflés. Sans vraiment réfléchir, je l'ai pris et j'ai pédalé sur le chemin jusqu'à la petite rue derrière le pub, puis j'ai dépassé la scierie, la bibliothèque, la supérette, et j'ai continué tout droit. J'étais en route vers le lieu où j'avais commis la plus lourde erreur de ma vie.

Il faisait froid, et je grelottais dans ma veste légère. Après la dernière montée, je n'avais plus qu'une envie : faire demi-tour.

« Tu dois aller vers l'obscurité, là où ça fait mal. » La voix d'Atle résonnait dans ma tête pendant que je parcourais à pied la dernière partie du trajet jusqu'à la maison. « Tu dois oser. Tout risquer. »

L'herbe avait repoussé après l'incendie. Sans les restes de l'ancienne cheminée, j'aurais eu du mal à trouver l'emplacement exact.

Je me suis dirigée vers l'endroit qui me semblait devoir correspondre à la fenêtre de l'ancienne cuisine, en repensant à la nuit où je m'étais tenue là, tapie dans l'obscurité, à observer Atle, ses doigts dansant sur les touches, puis son regard quand il m'avait vue, sa voix forte dans le noir : « Vega, reviens ! Vega, arrête-toi. Parlons ! » Si je l'avais fait, si j'avais fait demi-tour, si j'avais parlé avec lui cette nuit-là, je ne serais pas ici, au milieu des ruines. Atle n'était pas un criminel. Il ne l'avait jamais été. Il était la victime. Sa présence à Silverbro n'avait rien d'une coïncidence. Il était revenu pour écrire l'histoire. Il était entré dans ce qui faisait le plus mal. Sofia perdue. Les fausses accusations. L'injustice. Cette histoire inachevée, restée dans les limbes, qui le hantait. Je me suis assise, je me suis appuyée contre le vestige de l'ancien corps de cheminée. Et alors elles sont venues. Les larmes.

Mon téléphone a sonné. C'est seulement en décrochant que j'ai vu les nombreux appels manqués de Jack. Il paraissait inquiet. Il voulait savoir où j'étais, on n'avait pas dit qu'on se retrouvait au pub ?

Quand je lui ai expliqué que j'étais à l'emplacement de l'ancienne maison d'Atle, il n'a rien compris.

— Ce n'est pas Atle qui a violé Katia, ai-je dit. C'était quelqu'un d'autre.

— Quoi ? Mais qui, dans ce cas ?

— Atle était le petit ami de Sofia : Nils. C'était lui.

— Tu es sérieuse ?

— Oui.

J'ai dû lui expliquer, ma visite dans le bureau de Glad, la photo d'Atle sur le mur, le tatouage.

— Incroyable…

Jack a gardé le silence un moment avant de reprendre la parole. C'était épouvantable de faire une chose pareille, a-t-il dit. Accuser un innocent de viol. Pouvait-il exister quelque chose de pire que cela ?

Tuer quelqu'un, c'est pire, avais-je envie de répliquer, mais, au lieu de ça, j'ai dit que Katia avait eu la certitude que le meurtrier de Sofia était Atle. Elle avait voulu rendre justice elle-même. L'aveu de Camilla, tant d'années après, lui avait fait comprendre son erreur.

— Tu crois que c'est ça qui l'a fait dérailler ?

— Oui.

Jack a dit qu'il venait me chercher.

— Mais tu as bu.

— Peu importe.

— J'ai un vélo, ai-je dit en me levant. J'arrive.

Je n'avais parcouru que deux cents mètres quand la chaîne a sauté. Après quelques tentatives ratées pour la remettre en place, j'ai abandonné le vélo dans le fossé. Je demanderais à Jack de passer le récupérer le lendemain.

Il faisait nuit, à présent. Les sapins oscillaient dans le vent, au-dessus de ma tête, tandis que j'avançais sur le chemin gravillonné. Soudain, j'ai entendu un aboiement. Puis un autre, plus près cette fois. Je me suis immobilisée, cherchant autour de moi un endroit où me cacher, mais trop tard, le chien fonçait déjà vers moi. Nous n'étions plus séparés que par une vingtaine de mètres quand un sifflement a retenti. Le chien a pilé net et, faisant demi-tour, s'est mis à courir à fond de train en sens inverse.

Ma peur a cédé la place à la terreur pure. Je reconnaissais ce sifflement pour l'avoir entendu tant de fois à Stentorp, et jusque dans le Moulin, chez moi, de l'autre côté du mur. Le sifflement de Samuel Rainen. Paniquée, j'ai regardé autour de moi. Je pouvais m'enfoncer dans la forêt, ce serait possible de m'y cacher à condition que le chien perde rapidement ma trace. Trop tard. Je n'avais même pas franchi le fossé que mon nom a résonné dans le noir.

— Vega ? C'est toi ?

À trop jouer avec le feu

J'ai découvert que j'étais enceinte en décembre, seulement. Plus de quatre mois après la soirée au manoir avec Frans et Erik.

J'ai appelé Frans pour le lui dire.

— Qu'est-ce que tu entends par « enceinte » ?

En bruit de fond, des rires, des voix de femmes.

— Allô ? Tu es là ?

— Je suis là. Et je te le répète : je suis enceinte.

— Est-ce que… Je veux dire…

— Pourquoi je t'appelle, à ton avis ?

— Attends une seconde.

Frans a dû quitter le lieu de la fête, car tout était silencieux autour de lui à présent.

— Tu es sûre de ce que tu dis ?

— Oui.

— Mais… Enfin… Tu veux que je t'accompagne quelque part ? Ou que je paie quelque chose ?

— Les soins sont gratuits en Suède.

— Je pensais à une clinique privée.

— Dans ce cas, il faudrait une clinique qui pratique l'IVG à vingt-deux semaines.

— Bon sang ! Ça fait si longtemps que ça ? Comment ça peut faire si longtemps ?

J'ai dit qu'il n'avait qu'à faire le calcul. Depuis combien de temps n'était-il pas revenu à Silverbro ?

— Mais je croyais que tu…

Il s'est tu, comme s'il essayait de se rappeler notre rencontre. Puis, sur un ton soupçonneux :

— Comment se fait-il que tu n'aies rien remarqué jusqu'à maintenant ?

— Aucune idée. Je t'explique simplement ce qu'il en est.

— Que dit ta mère ?

— Pas grand-chose. Elle est morte.

— Pardon ! Je ne savais pas. Depuis quand ?

— Longtemps.

— Et ton père ? Il est en colère ?

— Non. Il n'est pas du genre à se mettre en colère.

Silence.

— Je me suis toujours dit que j'aurais des enfants, un jour, a repris Frans. Mais on ne se connaît pas et je... Je suis au début de ma carrière. Je vais déménager à Londres. L'entreprise vient tout juste d'être montée et...

Je suis passée en pilote automatique pendant qu'il me déroulait un long exposé sur cette entreprise formidable et les opportunités qu'elle lui offrait.

— Et puis je suis trop jeune, a-t-il conclu.

J'ai dit que je comprenais, sans avoir l'énergie de lui rappeler que j'avais sept ans de moins que lui. Mais voilà, cet enfant était là, à demi fini, dans mon ventre, il n'y avait pas trop moyen de modifier cette donnée. Je pouvais évidemment m'en occuper moi-même, ou l'abandonner pour que quelqu'un d'autre l'adopte.

— Ah non, pas ça ! a-t-il réagi. Ma mère me tuerait.

Nous avons été interrompus par un homme qui l'appelait.

— Fraaaans !

Il a dit qu'il devait y aller mais qu'il me rappellerait le lendemain.

Après cette conversation, je suis restée couchée un long moment dans mon lit sans savoir ce que je ressentais au juste. Aurais-je dû être en colère ? Déçue ? Triste ? J'étais tout cela à la fois, sans doute, mais il ne s'agissait pas de Frans.

Il s'agissait de moi. Dans quelle situation m'étais-je mise ? Tous mes espoirs, mes rêves, mes désirs avaient pris fin avec la mort d'Atle. J'en avais déjà tellement assez de la vie.

Je n'ai pas eu de nouvelles de Frans le lendemain, ni le surlendemain. Le troisième jour, sa mère m'a appelée.

Elle s'est présentée en peu de mots et est allée droit au but. Frans lui avait tout raconté et, si elle avait bien compris, il était trop tard pour… remédier à la situation.

J'ai dit qu'elle avait bien compris.

Toutefois, a-t-elle enchaîné, elle avait élevé son fils de telle sorte qu'il devait assumer la responsabilité de ses actes, et c'était précisément ce qu'il allait faire à présent.

À son ton pragmatique et efficace, je m'attendais à une forme ou une autre de proposition financière. Mais, au lieu de cela, elle a dit que l'appartement de Londres était grand, et que je pourrais emménager et accoucher là-bas.

— Et ensuite ?

— Pardon ?

— Et ensuite ?

— Eh bien, ensuite, tu t'occuperas de l'enfant. Tu n'auras pas à te préoccuper des aspects financiers.

Elle a continué en disant qu'ils exigeraient naturellement un test de paternité. Mais ce n'était pas possible avant la naissance de l'enfant, n'est-ce pas ?

— Non, ai-je dit, même si je n'en avais aucune idée, en réalité.

J'avais envie de poser mille questions. Son fils était-il d'accord avec ce projet ? Quel serait mon rôle dans cet appartement ? Et mon statut ? Partenaire ? Amie ? Ombre rasant les murs avec son enfant illégitime dans les bras ?

Aucune de ces possibilités n'était particulièrement alléchante, mais l'alternative, rester à Silverbro, où tout me hurlait ce que j'avais perdu, était encore pire.

Samuel. Une version plus âgée et plus puissante de lui-même. Incroyable ressemblance avec Tony. Le chien encore en liberté, mais collé à la jambe de son maître, comme attaché par une laisse invisible.

— Que fais-tu ici ? ai-je demandé, étonnée par le calme de ma voix alors qu'à l'intérieur, c'était comme si le monde s'effondrait.

— J'habite là. Et toi ? Tu ne sais pas que c'est dangereux pour les femmes de sortir seules la nuit ? Tu as de la chance qu'on t'ait trouvée, Lotus et moi.

Le chien semblait prêt à me sauter dessus.

Le flegme de Samuel me terrifiait. Je savais que ce sourire-là pouvait virer à la rage en un tournemain. La forêt m'a paru soudain plus sombre, plus silencieuse, comme si tout retenait son souffle. Le temps avançait à l'envers. J'avais seize ans, j'étais seule dans la nuit, j'étais de retour dans la grange, Samuel sur moi, impossible de respirer, la douleur.

— Où est passée ta langue ?

Samuel a fait un pas vers moi.

— Je voulais juste voir la maison.

— Quelle maison ? Ah ! Tu ne l'as toujours pas oublié, hein ? Et moi qui te croyais heureuse d'avoir réussi à épouser un compte en banque.

J'avais envie de répliquer que je n'étais ni mariée ni heureuse, mais Samuel a fait un pas de plus, et j'ai perdu mes moyens.

— Ne t'approche pas, ai-je dit.
— Tu as peur ?
Samuel souriait.
— Non. Je te demande juste de ne pas t'approcher de moi.
— Alors j'avais raison ? Tu pleures ton amant perdu ?
— Ce n'était pas mon amant. C'était mon ami.
Samuel a ricané.
— C'était un porc. Pense à ce qu'il a fait à Katia.
Je voulais dire qu'Atle n'avait rien fait à Katia, mais la situation ne se prêtait pas au dialogue. Samuel a fait encore un pas, et j'ai senti un relent d'alcool.
— Il faut que j'y aille, ai-je dit. Jack m'attend.
— On peut te raccompagner, si tu as peur du noir.
— Je n'ai pas peur.
— On doit rentrer de toute façon. Hein, Lotus ?
Le chien le regardait, attentif, la tête penchée.
— Vas-y ! Rentre !
Le chien a disparu dans le raidillon. Il n'y avait plus que moi, Samuel et la forêt. Et alors la peur a cédé la place à autre chose. Une question que je portais en moi depuis cette nuit-là, il y avait une éternité.
— Pourquoi tu as fait ça ?
— Quoi ?
— Ce que tu as fait. La nuit où tu m'as ramenée en voiture.
— C'est arrivé souvent, que je te ramasse.
— Pas seule. Pas la nuit. C'était l'été… J'étais…
— Je sais de quelle nuit tu parles, m'a coupée Samuel. Mais on était deux, non ? On a fait ça à deux. D'ailleurs, c'était hyper bon.
— Je ne voulais pas. Tu as profité de mon état, j'étais ivre et… Qu'est-ce que tu fais ?
Il venait de m'empoigner par le bras.
— Tu es vraiment une petite poète, toi, Vega, a-t-il sifflé contre mon visage. C'est vrai, ce que disait maman : tu as une notion de la réalité aussi tordue que celle de ta folle de mère.

Je l'ai frappé. Samuel a poussé un cri de surprise.

— Merde ! a-t-il fait en tâtant son nez. Je saigne.

Il s'est mouché dans sa main. Le clair de lune illuminait son visage maculé de sang. Son regard est devenu noir. Je me suis mise à courir, mais Samuel m'a rattrapée au bout de dix mètres à peine. Le temps que je tombe sur le gravier, il était déjà sur moi. L'air a quitté mes poumons. *Ça recommence,* ai-je pensé. *Tout revient.*

À trop jouer avec le feu

Hors de question de rester couchée comme l'autre fois, a dit grand-mère quand je me suis enfouie sous les couvertures en apprenant que j'étais enceinte. Ce n'était pas la fin du monde, d'attendre un enfant. Peut-être n'était-ce pas non plus le paradis, vu ma situation, mais je pouvais être certaine d'une chose, a-t-elle ajouté : c'était que le Seigneur ne nous donnait pas de fardeaux que nous n'étions capables de supporter.

— Dieu est mort, ai-je dit en me tournant vers le mur.

J'avais l'impression de devenir ma mère.

Papa est arrivé peu après en disant que j'avais besoin de prendre l'air. Une promenade me ferait peut-être du bien ?

J'ai dit que je sortirais dans l'après-midi.

— On est déjà l'après-midi.

En regardant par la fenêtre, j'ai vu qu'il avait raison. Et en croisant son regard triste, j'ai décidé de sortir pour lui faire plaisir.

— Ah, bravo ! a dit grand-mère en me voyant dans la cuisine. Formidable ! Où vas-tu ?

— Chez Jack. Pas longtemps.

Le chemin avait été attendri par la pluie, mais, pitié, voilà que le soleil me brûlait la nuque. J'étais en route vers chez Jack. J'essayais de me voir avec une poussette. C'était impossible. Tout me paraissait impossible.

Pourquoi chez Jack ? Pour lui dire bonjour, peut-être ? Ou pour qu'il me console ?

Il a eu l'air surpris de me voir.

— Entre, a-t-il dit. Je suis seul.

Je suis allée tout droit dans le séjour et je me suis assise sur le canapé.

— Comment ça va, Vega ?

— Super.

— Pourquoi tu ne réponds pas au téléphone ?

— J'ai dû louper ton appel.

— Alors tu en as loupé plein.

— Tu as du vin ?

— Oui.

— Je peux en avoir un verre ?

— Bien sûr, a-t-il dit sans se lever.

— Qu'est-ce qu'il y a ?

— C'est plutôt à moi de te poser la question.

— Je suis fatiguée, c'est tout.

— Tu as pleuré ?

— Peut-être.

— C'est à cause d'Atle ?

J'ai hoché la tête. C'était à cause d'Atle, à cause de Katia, à cause de l'enfant qui s'obstinait à grandir dans mon ventre, à cause de tout.

— Tu devrais vraiment parler à Katia, a dit Jack. Je ne comprends pas ce qui se passe. Pourquoi vous avez cessé d'être amies ?

J'ai dit que je n'avais pas la force d'y penser, là, tout de suite. Puis j'ai vu sa guitare et je lui ai proposé de me jouer quelque chose.

Il m'a demandé ce que je voulais entendre.

— N'importe quoi.

J'observais sa nuque inclinée et ses boucles brunes, en pensant à toutes les fois où j'avais eu envie de les toucher. Et alors je l'ai fait. J'ai tendu la main et j'ai caressé ses cheveux.

Jack a arrêté de jouer. Il a reposé la guitare et il m'a regardée.

— Désolée… Pardon.

— Ne dis pas ça.

— Je ne suis pas tout à fait moi-même.

— Glad a dit que tu partais vivre à Londres. C'est vrai ?

— Je crois.

— Tu vas faire quoi, là-bas ?

— Et ici ? Je ferais quoi, ici ?

— Tu as un boulot. Tu pourrais même être engagée en CDI.

— Ce n'est pas un boulot. C'est une ligne droite avec la mort au bout.

— À ce compte-là, on peut dire la même chose de tout, non ? Une ligne droite avec la mort au bout…

J'ai attrapé un coussin brodé.

— C'est vrai. Mais il y a des chemins plus ou moins agréables… Et toi ? Tu as l'intention de faire ta vie à Silverbro ?

— Qu'y a-t-il de mal à ça ?

— Rien. Aucun mal à partir ni à rester. Moi, je veux partir, c'est tout.

Jack ne comprenait pas. Qu'est-ce qui m'attirait tant là-bas ?

Je regardais ses doigts. Ses mains qui savaient jouer, clouer, visser, réparer tout ce qui était cassé ou en mauvais état. Soudain, il était mon père, et j'étais Cecilia, et je nous voyais, dans cinq ans, dans dix ans, dans quinze ans. Je me voyais en train d'essayer d'écrire, des bambins agrippés à mes jambes, tout en faisant les trois huit à la scierie, les possibles qui s'éloignaient l'un après l'autre, les cheveux qui devenaient gris, les rêves qui mouraient, une tombe familiale toute simple dans un cimetière rural. Était-ce vraiment si terrible ?

Oui, aurait dit maman. *Tu dois faire ce dont tu as envie. Regarde comment ça s'est passé pour moi, regarde ce qui arrive quand on n'est pas autorisée à devenir celle qu'on est.*

Mais si elle se trompait ? Et si nous n'étions pas des artistes, mais juste des âmes plus faibles que les autres ? Personne n'a envie de passer sa vie à réceptionner des planches brutes sur ses avant-bras, mais les autres le faisaient quand même, et ils n'en étaient pas détruits pour autant. Étions-nous donc des âmes flageolantes, maman et moi, incapables de supporter ce que les autres acceptaient sans problème ? Étions-nous faites d'un bois moins solide ?

— Qu'est-ce que tu veux, Vega, au juste ?

— Je veux devenir celle que je suis.

La forêt, la nuit, Samuel. J'ai crié, et la force qui m'est venue au même instant m'a prise complètement au dépourvu. J'ai réussi à rouler sur moi-même et à lui faire lâcher prise.

— Arrête ! a-t-il crié quand je me suis remise à courir. Je ne voulais pas te... Tu m'as frappé, merde ! Je saigne !

Quelques secondes plus tard, j'ai perçu un bruit de moteur, la lumière des phares m'a aveuglée, j'ai agité les bras. La voiture a pilé net, et j'ai vu Jack en descendre et, tout de suite après, Danny.

— Qu'est-ce qui se passe ? a hurlé Jack. Qu'est-ce qui se passe ici ?

— Elle m'a blessé. Regardez !

Samuel s'est relevé, tout prêt à nous montrer sa figure en sang.

— Il m'a sauté dessus, ai-je dit. Il...

— Laisse tomber ! a crié Jack à Danny, qui se dirigeait déjà droit sur Samuel.

Danny a paru négocier un instant avec lui-même. Puis il est revenu, il a repris le volant et on est partis.

— Que s'est-il passé ? a demandé Jack dans la voiture. Il t'a fait du mal ? On doit appeler la police ?

— Non. C'était... Rien. Il n'est rien arrivé.

De retour au pub, je suis montée directement dans ma chambre pour me laver et me changer. Quand je suis redescendue, j'avais encore les marques du gravier incrustées dans les paumes.

Glad est monté sur la scène. Le chanteur tout de noir vêtu lui a passé le micro, et Glad a réclamé le silence. Le brouhaha s'est atténué, mais on entendait encore des murmures et des rires. Glad a élevé la voix.

— S'il vous plaît, tout le monde, bouclez-la et écoutez-moi. Nous déplorons une disparition. Celle de Katia Rainen.

Silence. Tous les regards étaient à présent tournés vers Glad.

— Ça fait quatre jours maintenant que personne ne l'a vue. Sa famille et ses amis l'ont cherchée partout. Dans tous les endroits où elle a l'habitude d'aller, mais ça n'a rien donné, et en plus son téléphone ne répond pas, alors…

— Police ! a crié un homme barbu, debout au pied de la scène. Appelle la police !

— La police est au courant, mais elle pense que Katia va revenir d'elle-même. Alors (Glad a toussoté) si quelqu'un parmi vous a une information, quelle qu'elle soit, venez m'en parler. Ou parlez-en à Jack, Danny et Vega, ici présents.

Il a fait un geste vers le comptoir.

— Il faut qu'on s'entraide, pour que ça ne devienne pas comme pour…

Il s'est tu. Pas besoin de terminer sa phrase, tout le monde comprenait.

Le chanteur a repris le micro et a parcouru la salle du regard en disant qu'il espérait vraiment que tout s'arrangerait et que Katia referait surface très bientôt.

Ils ont enchaîné sur un nouveau morceau, mais personne ne semblait plus avoir la musique à cœur. Les clients tenaient conciliabule à voix basse, autour des tables, sur la piste, partout. Je croyais les entendre. Impossible que ce qui était arrivé à Sofia arrive de nouveau. En observant plus attentivement les visages qui m'entouraient, j'ai cru entendre aussi autre chose. Voilà ce qui arrivait aux filles qui quittaient la grand-route parce qu'elles préféraient, soi-disant, les chemins de traverse envahis par les ronces.

La première personne qui s'est approchée de nous était une femme d'une cinquantaine d'années, que Jack et Danny ont saluée comme s'ils la connaissaient. Comme je faisais mine de lui tendre la main poliment, elle a éclaté de rire.

— Tu ne me reconnais pas ? Ullis, voyons ! Ullis de la quincaillerie.

Je ne me rappelais aucune Ullis de la quincaillerie, mais j'ai souri comme si c'était le cas.

Elle ne savait rien sur Katia, s'est-elle excusée, elle voulait juste nous dire que c'était affreux et qu'elle espérait de tout son cœur que tout finirait bien. Car sinon comment Kristina le supporterait-elle ?

— Personne n'a oublié Sofia, a-t-elle ajouté. Parfois, je me surprends à dévisager les gens en me demandant si quelqu'un est au courant… Ou si c'est carrément l'un d'entre nous qui lui a fait du mal et qui se tait, depuis toutes ces années. Qu'en pensez-vous ?

— On n'en sait rien, a dit Danny. On veut juste retrouver ma sœur.

Je me suis levée pour aller chercher une nouvelle tournée de bières au comptoir. Ce n'était pas le moment de boire des shots et de faire la fête, mais il nous fallait au moins quelques bières pour supporter tout ça. La soirée promettait d'être longue.

Quand je suis revenue, Ullis était partie, et un homme s'était assis à sa place. Ses genoux tressautaient sous la table.

— Je te présente Max, a dit Jack.

On s'est salués. Ses traits m'ont remis en mémoire un garçon bruyant, du temps de l'école. Il avait quelques années de moins que nous.

— Continue, Max, a dit Danny. Tu étais donc chez Petter…

— Le copain de Katia, m'a glissé Jack. Celui qu'on a vu hier.

— Je sais qui est Petter.

— Bon, alors c'était mardi soir, je traînais chez Petter, on faisait la fête, il avait réussi à se procurer de bons trucs, on écoutait de la musique… Et après… C'était plus tard… Katia est arrivée. Elle était un peu, comme qui dirait, dans tous ses états. À peine habillée, en plus.

— Elle portait quoi ? ai-je demandé.

— Une robe, c'est tout. Le genre sans manches, a-t-il précisé en effleurant sa propre épaule. Et il faisait très froid dehors.

— Elle était rouge, cette robe ?

Max a dit qu'il pensait que oui.

La fille que Karsten avait vue sous le lampadaire était donc bien Katia Rainen. Katia dans la robe de Sofia, celle dans laquelle elle avait été photographiée la veille de sa disparition et que Katia avait mise une fois, la nuit où nous étions allées jusqu'à la maison d'Atle.

— Et alors ? Qu'est-ce qu'il s'est passé ensuite ? a demandé Danny en se penchant vers Max.

— Merde, alors ! Tu peux pas faire attention ?

Une jeune femme qui se tenait derrière lui venait, par mégarde, de renverser de la bière sur son dos. Elle s'est excusée et a crié à ses amis d'aller chercher des serviettes en papier.

Max s'est retourné vers nous avec un geste d'exaspération.

— Cette nuit-là est assez floue dans mon esprit. Mais elle voulait qu'on lui donne des trucs. Elle a dit qu'elle prendrait tout, du moment que ça pouvait l'anesthésier, et puis…

Max a regardé autour de lui et a baissé la voix.

— Et puis elle a demandé une arme. Un pistolet.

J'ai croisé le regard sidéré de Danny.

— Et alors ? Petter lui en a donné un ?

Max a secoué la tête.

— Il a dit qu'il ne lui donnerait jamais une arme. Jamais de la vie. Mais après, je ne sais pas ce qui s'est passé parce que je me suis endormi et, quand je me suis réveillé, c'était le lendemain, elle n'était plus là, et Petter a dit qu'elle était partie.

Jack s'est levé en tapant sur la table si brusquement que les verres de bière ont tangué.

— On va chez Petter. Maintenant.

— Je vous l'aurais dit plus tôt si j'avais su qu'elle avait disparu…

Max a ajouté quelque chose, mais je ne l'ai pas entendu car nous nous dirigions déjà vers le parking.

Danny conduisait. La maison était à quelques kilomètres du bourg, dans la forêt. En approchant, nous avons vu des flammes s'élever vers le ciel. Quelque chose brûlait dans la cour de chez Petter. Laissant la voiture au bord du chemin, Jack et Danny se sont mis à courir.

— Tu viens, Vega ? a crié Jack en se retournant.

— J'arrive.

En réalité, je n'avais qu'une envie : faire demi-tour. *Cours, bordel de merde, sinon on va mourir ! Tu veux mourir ?*

Petter se tenait devant le brasier, noir de suie, et balançait au feu des choses qui n'avaient rien à y faire.

— Arrête !

Jack l'a saisi par le bras au moment où il s'apprêtait à jeter aux flammes une batterie de voiture.

— Qu'est-ce que tu fous ?

— Je mets le feu à de vieilles conneries !

Petter criait pour se faire entendre par-dessus le rugissement du feu.

— On n'a pas le droit de faire du feu chez soi, maintenant ? Qu'est-ce que vous foutez là ?

Jack a trouvé un tuyau vert qui traînait, et Danny a repéré le robinet sur la façade. Quelques minutes plus tard, le brasier n'était plus qu'une masse noire fumante.

— Qu'est-ce que tu brûlais ? ai-je demandé.

— Je viens de vous le dire : un tas de vieilles merdes. Qu'est-ce que vous voulez ?

— Savoir pourquoi tu as menti, a répliqué Jack. Katia est venue chez toi. Pourquoi as-tu prétendu le contraire ?

Petter a regardé autour de lui comme s'il cherchait une issue. Danny s'est avancé d'un pas.

— On va peut-être aller en parler à l'intérieur. Qu'en penses-tu, Petter ?

Une minute plus tard, nous étions dans les lieux. L'endroit était sens dessus dessous. Dans la cuisine, il n'y avait ni table ni chaises, alors Petter nous a fait entrer dans le séjour. Un canapé en cuir noir pour tout mobilier, un ventilateur au plafond, de vieux tableaux de paysages aux murs. Par terre, un sac de couchage rouge et deux coussins.

— Ça arrive que des gens crèchent ici, a dit Petter en suivant mon regard.

— Raconte-nous. Que s'est-il passé le soir où Katia est venue ?

— Elle est venue un soir, c'est tout.

— C'était quand ?

— Mardi. Elle est venue. J'étais surpris, parce qu'elle avait décidé d'être clean. Je lui ai même dit de partir, mais elle a refusé. Elle était… en vrac, quoi.

— Et que voulait-elle ?

— Un truc fort. Vraiment fort.

— Et alors ?

Danny, assis sur l'extrême bord du canapé, regardait fixement Petter. Un aboiement aigu a résonné au-dehors.

— C'est Lilly. Mon chien. Elle est partie quand j'ai fait le feu.

— Rassieds-toi, a dit Danny comme Petter faisait mine de se lever.

J'ai dit que je pouvais faire entrer la chienne. Je suis retournée dans l'entrée. En ouvrant la porte et en voyant le grand chien doré, j'ai pensé aux paroles de Stella disant que Petter n'était pas gentil avec les animaux.

— Petter vient de nous dire qu'il a donné toutes sortes de trucs à Katia, a dit Jack quand je suis revenue. Un cocktail.

— Oui, mais pas beaucoup de chaque. Elle avait été clean, alors je lui en ai donné moins que d'habitude, même si elle me tannait pour en avoir plus. Et après, elle s'est mise à délirer dans les grandes largeurs, à parler de traîtres et de menteurs, en disant qu'elle allait buter quelqu'un et qu'il lui fallait une arme.

— Qui ?

— Elle a refusé de le dire.

— Alors ? Tu lui as donné ce qu'elle voulait ?

— Bien sûr que non ! Pour qui tu me prends ?

— Pour un toxico qui a des armes chez lui, qui sait qu'une femme est portée disparue et qui fait un faux témoignage à son sujet.

— Je ne lui ai rien fait.

Petter a claqué des doigts, et Lilly, qui se dirigeait vers nous, a aussitôt filé dans la cuisine.

— Alors pourquoi mentir ? Pourquoi ne pas nous l'avoir dit tout de suite ?

— Parce que je suis un toxico libéré sous caution et que ma baraque est remplie d'armes et de drogues. Tu crois que je veux que la police vienne fouiller chez moi ? Et Katia... Ça lui est déjà arrivé de s'en aller comme ça. Je ne pensais pas que c'était sérieux.

— Et ensuite ? a demandé Danny. Après que tu lui as donné les drogues, que s'est-il passé ?

— Elle... Elle était assise là, par terre, à maudire tous ceux qui avaient détruit sa vie.

— Tu te souviens de noms ?

— Quoi ?

— Qui avait détruit sa vie, par exemple ?

— Elle a mentionné son père, et puis quelques autres, je crois, mais je ne m'en souviens pas vraiment.

— Tu aurais dû nous dire la vérité. Bordel de merde, tu aurais dû nous dire qu'elle était venue !

— Je croyais qu'elle reviendrait. Si j'avais su…

— Elle t'a dit où elle allait ?

— Oui, je crois. Mais j'étais assez ivre, alors j'ai peut-être mal entendu.

— Qu'a-t-elle dit ?

— Qu'elle allait au pub. Et quand j'ai dit que le pub était fermé, elle a dit qu'elle allait rejoindre Sofia.

Jack a pris le volant pendant que Danny appelait la police et résumait ce que nous venions de découvrir. Katia était allée à une fête et avait demandé une arme. Elle était droguée, en pleine confusion, affirmant qu'elle allait tuer quelqu'un. Il a conclu sur le mensonge de Petter et le brasier dans la cour. Il a dû répondre à un tas de questions et s'est vu obligé de s'expliquer et de répéter plusieurs fois la même chose, avec une irritation croissante.

— Ils envoient direct une voiture là-bas, a-t-il dit en raccrochant.

— Vous croyez que Petter lui a fait quelque chose ?

Danny et Jack ont dit qu'ils n'en avaient aucune idée, mais Petter avait donné des drogues à Katia. S'agissant de lui, on ne pouvait rien exclure.

— Il a dit que Katia parlait d'aller « chez Sofia ». Qu'est-ce que ça peut bien vouloir dire ?

— Elle était sous influence. Elle ne savait peut-être pas vraiment ce qu'elle disait.

— Alors on fait quoi, maintenant ? a demandé Danny.

Jack a regardé l'horloge du tableau de bord. On ne pouvait plus faire grand-chose à cette heure-ci, a-t-il dit. Le pub était fermé, et les gens étaient rentrés chez eux.

— On rendra visite à Tony demain, en espérant qu'il sera réveillé et qu'il pourra nous en apprendre plus.

— Je ne veux pas le voir, a dit Danny.

— Tu n'es pas obligé de venir. Vega et moi pouvons y aller seuls.

Danny a demandé à Jack de le conduire chez Kristina. Il voulait dormir là-bas.

Jack a freiné devant la ferme de Stentorp. Danny a dit qu'il garderait son téléphone allumé toute la nuit au cas où.

On est restés un moment à côté de la voiture, à regarder Danny s'approcher de la maison, dans la lumière des phares. Je pensais à lui et à Katia, à la façon dont ils se battaient autrefois, à califourchon sur le mur de Stentorp, à leur façon de se chamailler en permanence, les taquineries, les rires. « Tu n'as pas l'oreille musicale, Danny. À croire que tu t'es fait couper tous les doigts et, en plus, t'as aucune oreille. » Et puis les accusations plus graves, la peur de devenir comme les parents : « Si t'arrêtes pas de boire, tu vas finir comme maman. Je parle sérieusement, Katia. Tu vas devenir exactement comme elle. »

— Et maintenant ? a dit Jack, une fois que Danny a refermé la porte d'entrée derrière lui. Tu veux retourner au pub ou… Si tu veux, tu peux dormir chez moi. Il y a tout ce qu'il faut.

J'aurais dû dire non, j'imagine, mais pourquoi ? Je ne voulais pas être livrée à moi-même et à mes pensées. J'en avais tellement, tellement assez d'être seule.

— J'ai faim, a dit Jack en arrivant chez lui. Je vais faire griller quelques saucisses, tu en veux ?

— Oui, merci.

— Assieds-toi, a-t-il dit en indiquant un banc encastré sur mesure avec un coussin rembourré, également sur mesure, sous une fenêtre de la cuisine. J'ai obéi. J'ai ramené mes jambes sous moi, et j'ai suivi du regard ses gestes familiers et efficaces. Quand il a allumé sa gazinière, une image de Sylvia Plath a surgi dans ma tête. Le désespoir qu'elle avait dû ressentir cette nuit-là, les serviettes éponge à l'aide desquelles elle avait calfeutré le bas de la porte de la chambre des enfants.

— Vega ?

— Quoi ?

— Combien de saucisses tu veux ?

— Deux, c'est parfait.

Il était tard, mais Jack a quand même voulu faire une flambée. En rénovant la maison, il avait conservé le poêle en faïence vert clair à motif de fleurs. Après que nous nous sommes installés devant le feu avec nos saucisses et une bière, j'ai posé une question.

— Que va-t-il se passer pour Stella si Katia ne revient pas ?

— Elle habitera ici. Mais, pour l'instant, Katia a juste disparu.

J'ai hoché la tête en pensant que « disparue », c'était bien plus que cela, que Sofia l'était depuis près de quarante ans et que tant de personnes étaient restées inconsolables à cause de cela.

Jack a demandé si j'avais froid. J'ai dit que oui, alors que ce n'était pas vrai. Il s'est rapproché, et j'ai appuyé ma tête sur son épaule.

— Tu te souviens de ce que tu as dit, la dernière fois qu'on s'est parlé avant ton départ ? Que tu voulais « devenir celle que tu étais » ?

J'ai répondu que je m'en souvenais très bien.

— Ce n'était peut-être pas la faute du lieu. C'était peut-être autre chose.

— Quoi, par exemple ?

— Je n'en suis pas sûr, mais je crois que c'est plus facile de devenir celle ou celui qu'on est en compagnie de gens qui savent déjà qui on est.

— Peut-être.

Je me suis tournée vers lui. Pendant quelques secondes, nous sommes restés ainsi, à nous regarder dans les yeux. Jack Linder, si familier, si étranger. *Un jour,* ai-je pensé, *un jour, je lui raconterai tout. Mais pas maintenant.* Ensuite, un court moment, la réalité s'est dissoute. Plus de Katia absente, plus de Frans à Londres, plus de mère morte. Plus de fausses accusations, plus d'incendie ni de chagrin, plus de marécages ni de chemins boueux qui ne menaient nulle part. Seulement Jack et moi.

J'étais dans la salle de bains de Jack quand mon téléphone a retenti : message de Valter. Il voulait savoir ce que je faisais.

Je revois quelques anciens copains, ai-je répondu en réalisant trop tard qu'il était tôt le matin.

Mais Valter n'a pas réagi, car il s'est contenté de demander quand je rentrais.

Je ne sais pas encore. Bientôt. Comment ça va chez vous ?

La réponse est arrivée illico.

Bien, mais tu me manques.

Toi aussi.

Papa veut te parler. Il a essayé de t'appeler.

Effectivement, j'avais deux appels manqués de Frans : le premier peu après vingt et une heures, le second à deux heures du matin.

Je l'ai rappelé. Il m'a demandé sèchement ce que je voulais.

— Tu as essayé de me joindre.

— Pourquoi n'as-tu pas décroché ?

— J'étais occupée. Et ensuite, je dormais.

— Katia est revenue ?

— Non.

— Qu'est-ce qui se passe au juste, Vega ?

— Je ne sais pas. Personne ne semble savoir où elle est.

— Entre nous, je veux dire ?

J'ai gardé le silence.

— Vega ?

Le regard rivé au miroir, j'ai pensé que j'avais beaucoup de choses à lui dire. Mais ce serait plus tard. À présent, je devais me concentrer. Cette vie, là-bas au loin, dont je ne voulais plus, on s'en occuperait plus tard.

La communication a été coupée. Aucun de nous deux n'a rappelé l'autre.

Une demi-heure plus tard, Jack et moi étions en route vers la maison de retraite. Après notre brève excursion dans un autre monde, nous nous étions réveillés dans la réalité, celle où Katia n'était pas revenue et où la peur grandissait à l'idée qu'elle ne réapparaîtrait peut-être pas.

La police avait rappelé Danny à propos de Petter. Il ne semblait pas être responsable. Mais la disparition de Katia était prise au sérieux, à présent.

Les paroles de Petter – ce qu'avait dit Katia au moment de partir – tournaient en boucle dans ma tête. Elle allait « chez Sofia ». Que voulait-elle dire ? Je n'avais pas la force de mener cette pensée à son terme.

Danny a maintenu qu'il ne voulait pas nous accompagner chez Tony. Il avait peur de commettre un geste qu'il regretterait. Et c'était inutile, vu que cette ordure allait enfin crever d'elle-même.

— Tu crois vraiment que Tony sait où elle peut être ? a demandé Jack quand nous sommes arrivés à la maison de repos.

Assis à une table, près du kiosque à journaux, il n'y avait qu'un homme aux cheveux blancs, l'air christique et le regard perdu dans le vide.

— En tout cas, il est l'un des derniers à l'avoir vue. Et elle était bouleversée en partant d'ici, alors il a bien dû se passer quelque chose.

Nous avons emprunté le couloir. Je ne savais pas quelle était la chambre de Tony et j'espérais tomber sur Marisol, car ses collègues ne se montreraient peut-être pas aussi compréhensifs.

Quelques vieux étaient installés sur un canapé entouré de livres. Une femme à grandes lunettes s'est levée lentement en s'appuyant sur sa canne pour nous demander si nous avions besoin d'aide. Elle était médecin et cheffe de service, a-t-elle dit, alors si nous voulions quelque chose, nous devions nous adresser à elle.

Je l'ai regardée, cette femme qui pouvait avoir dans les quatre-vingts ans, et je lui ai expliqué poliment que nous désirions parler à Tony Rainen.

— Tony Rainen... Je crois qu'il est dans la salle 11. Attendez, je vais demander à une infirmière.

Elle s'est tournée vers une autre femme, assise sur son déambulateur.

— Monsieur Rainen est bien dans la salle 11 ?

L'autre femme a poussé un soupir.

— Il n'y a pas de « salles » ici. Si vous tournez à droite dans le couloir, après le réfectoire, et que vous continuez tout droit, vous trouverez la chambre de Tony.

— Tu veux bien m'attendre ? ai-je demandé à Jack devant la porte. Ce sera peut-être plus facile de le faire parler si je suis seule.

Jack a failli protester avant de répondre qu'il m'attendrait à la cafétéria.

Tony était côté fenêtre, dans un lit médicalisé. C'était étonnant de voir cet homme, autrefois terrifiant, réduit à un pareil niveau d'impuissance. Ses yeux étaient fermés, et ses mains d'un blanc bleuté reposaient, immobiles, sur la couverture. Je le croyais endormi, mais soudain, il a ouvert la bouche pour réclamer plus d'antidouleurs.

— Je n'ai rien. Désolée.

Tony a sursauté. Il a tourné la tête. Ses yeux paraissaient recouverts d'une pellicule laiteuse. Visiblement, il me reconnaissait sans parvenir à me remettre complètement.

— Je suis Vega, ai-je dit. L'amie de Katia.

Il a eu l'air de se réveiller d'un coup.

— Vega... C'est Katia qui t'envoie ?

— Katia a disparu. On ne la trouve pas.

— Elle n'est pas ici, en tout cas. Elle, c'est sûr, je ne la reverrai jamais.

— Que s'est-il passé quand elle est venue ?

Il m'a montré la table de chevet en disant qu'il avait soif. Si je pouvais lui donner le bâtonnet...

Des bâtonnets garnis d'une sorte de pompon trempaient dans un grand verre d'eau. Je lui en ai tendu un. Lentement, Tony l'a approché de sa bouche et a commencé à suçoter le tissu mouillé.

— Je vais bientôt mourir, a-t-il dit en me rendant le bâtonnet.

Je ne savais pas quoi en faire, alors je me suis contentée de le poser sur une serviette en papier sur la table.

— Je n'en ai plus pour longtemps, a-t-il ajouté.

— Que s'est-il passé quand Katia est venue ? ai-je insisté, car il me paraissait sur le point de mourir d'un instant à l'autre.

— Elle ne te l'a pas dit ?

— Ça fait des années que je ne l'ai pas vue. Et puis, l'autre jour, elle m'a appelée pour me dire que je devais rentrer immédiatement et, maintenant que je suis là, elle n'y est plus. J'essaie de comprendre ce qui s'est passé.

— Elle a fini par venir. Je l'avais déjà suppliée, et Danny aussi, mais ces deux-là ont toujours été les gosses de leur mère. Alors j'ai demandé à Samuel de leur passer le message que j'avais deux trois trucs dont je voulais leur parler, parce que sinon ça me suivrait de l'autre côté et parce que j'étais sûr que ça les intéresserait, notamment Katia. Alors elle a quand même fini par se pointer.

— Et que lui as-tu dit ?

— Pourquoi je te le répéterais ? C'est entre moi et ma fille.

— Tu n'as plus de fille.

— Qu'est-ce que t'as dit ?

Tony a pris appui sur un coude pour tenter de se redresser, en vain. Il a reposé sa tête sur l'oreiller.

— Katia a disparu, Tony. Tout le monde s'inquiète.

— Je ne sais pas où elle est.

— Mais si tu me dis de quoi vous avez discuté, ça facilitera peut-être nos recherches.

Nous avons été interrompus par l'arrivée d'une infirmière. J'ai cru tout d'abord que c'était celle qui m'avait rappelé le règlement la veille, mais j'ai constaté que non, elles se ressemblaient simplement beaucoup. En me voyant, elle s'est immobilisée net et m'a demandé qui j'étais. Avant que j'aie pu répondre, Tony a dit que j'étais une amie et que nous avions bientôt fini, alors si elle pouvait attendre un peu, ce serait gentil.

— C'est toi qui as demandé plus d'antidouleurs, a dit l'infirmière. Mais OK, je peux revenir plus tard.

— Non, attends ! a dit Tony comme elle s'apprêtait à repartir. On ne sait jamais combien de temps ça prend avant que vous reveniez, alors j'en veux bien tout de suite.

L'infirmière m'a demandé de m'éloigner un peu et, d'un geste expert, a relevé la manche du pyjama de Tony pour lui injecter le produit dans son bras maigre.

— Est-ce que Katia a parlé à Samuel après leur visite ? m'a demandé Tony, une fois l'infirmière partie.

J'ai répondu que je n'en savais rien. Pourquoi ? S'était-il passé quelque chose entre eux ?

— Ne parle pas si vite. Ça me donne le vertige. Je ne vais nulle part, alors ce n'est pas la peine de me presser comme ça.

C'était tout le contraire, ai-je pensé. Bien sûr qu'il allait quelque part, et le temps était compté… Dans quelques minutes, il s'enfoncerait dans un brouillard de morphine. J'ai essayé de répéter ma question d'une voix plus calme.

— De quoi avez-vous parlé ?

— Je les ai vus. Ensemble.

— Qui ?

— Katia et Samuel. C'était il y a très longtemps, mais je voulais quand même en parler. Je ne veux pas avoir un tas de merde sur… Maintenant que je vais…

— Qu'est-ce que tu as vu ?

— Je les ai vus jouer… À des jeux d'adultes, si on peut dire ça comme ça.

— Je ne comprends pas, ai-je dit alors que je comprenais pourtant très bien.

— Des jeux d'adultes, a répété Tony en fermant les yeux. Je ne suis pas fier de ne pas être intervenu. J'aurais dû flanquer une bonne raclée à Samuel, mais ce n'étaient que des gosses.

— Quel âge ?

— Katia devait avoir neuf ou dix ans.

— Samuel a six ans de plus, ai-je dit.

— Je sais quel âge ont mes enfants.

— Alors tu sais que Samuel en avait quinze. Ce n'était pas un gosse.

— Pardon. J'aurais dû lui foutre la raclée de sa vie, mais… Je suppose que j'étais un peu sous le choc.

J'ai baissé les yeux vers le lino moucheté. Dans ma tête, j'entendais la voix de Camilla.

« Ce n'est pas Atle qui l'a violée. C'est quelqu'un d'autre. »

Les souvenirs de la grange affluaient. Les mains de Samuel, mon impuissance, sauf que maintenant ce n'était plus moi, maintenant c'était Katia, Katia petite fille, ses poignets minces dans l'étau des grosses pognes de Samuel, la douleur et la terreur. J'ai inspiré profondément et j'ai essayé de réfléchir clairement. Impossible. Katia et Samuel. Il avait fait la même chose à Katia.

— Comment as-tu pu ? Comment as-tu pu ne pas intervenir ?

— Je ne sais pas.

À sa voix, on aurait cru qu'il pleurait, mais, en levant les yeux, j'ai vu qu'il avait les joues sèches.

— C'était un jeu. Les jeux de garçons vont parfois un peu trop loin, a-t-il ajouté. Je ne crois pas que ça se soit répété.

— Moi, je crois que si.

— Qu'est-ce que tu en sais ?

Je n'ai rien dit. Je pensais aux périodes sombres de Katia, au chagrin noir dans son regard, à son comportement autodestructeur. « Les hommes sont des prédateurs, Vega. Ne te laisse jamais aller à croire autre chose. »

Les images se confondaient. Moi et Katia dans la grange, dans le marais, dans les prés, nos mains jointes.

Tout ce que nous ne nous étions pas dit. Pourquoi ? Pourquoi n'avions-nous pas parlé toutes les deux ?

Parce que, dans l'obscurité, il n'y a que du silence.

Tony a dit qu'il voulait un autre bâtonnet.

Je le lui ai donné.

— Tu crois que c'est pour ça qu'elle a disparu ? Que c'en a été trop pour elle quand tu as dit que tu les avais vus sans intervenir ?

— Non, on a aussi parlé d'autre chose.

Tony a suçoté le bâtonnet un moment avant de le reposer sur la couverture.

— Tu te souviens de Sofia ?

— Bien sûr que je me souviens de Sofia, ai-je dit en observant la tache d'humidité se répandre sur le drap.

— J'avais quelque chose qui était à elle.

— Quoi ?

— Son journal intime. Je l'ai donné à Katia.

J'essayais d'assimiler ce que venait de dire Tony. Il avait donc eu en sa possession le journal intime de Sofia, celui que tout le monde avait cherché désespérément. Mon regard s'est porté sur ses doigts tachés de mauve, et j'ai vu ces mains-là, du temps où elles étaient puissantes, en pleine santé, se refermer autour du cou de Sofia.

— C'est toi, ai-je dit. C'est toi qui l'as tuée.

— On voit vraiment que tu es d'ici. Tu vas vite en besogne pour juger les gens.

— Que lui as-tu fait ? Réponds !

Tony a fermé les yeux. Il a dit que, maintenant, j'allais l'écouter et qu'ensuite, quand il aurait fini, j'essaierais de trouver Katia et que, si je la trouvais, je devrais lui dire qu'il était putain de désolé pour tout. Infiniment désolé. Et puis il s'est mis à évoquer le soir de la disparition de Sofia. Le pub, la fête, la plus jeune des deux sœurs Lo sur la piste de danse, en train de flirter avec tous les mâles présents.

— Je croyais que tu n'étais pas là, l'ai-je interrompu. Je croyais que Glad t'avait mis dehors.

— Vrai, mais Glad n'est pas propriétaire du dehors, si ? J'ai tout vu depuis le parking, et c'était un sacré show, je peux te dire.

— Que s'est-il passé ensuite ?

— J'essaie d'y venir. Tu n'as aucune patience, ou quoi ?

J'avais envie de crier à Tony que le temps était compté, mais je me suis dominée. Je l'ai prié de continuer.

— Tout le monde était ivre mort. C'était une sacrée fête. Les bagues volaient, les poings sifflaient.

J'ai gardé le silence en espérant qu'il allait en venir aux faits.

— John et Cecilia se sont disputés. Moi, à ce moment-là, j'étais derrière les lilas, et j'ai tout entendu. Cecilia était hors d'elle.

— Pourquoi ?

— Parce que quelqu'un les avait vus ensemble. Quelqu'un avait vu John avec Sofia au bord du fleuve. Ils étaient nus et…

L'air dans la pièce est soudain devenu irrespirable. Je voulais me lever et m'enfuir, car je n'étais pas certaine de supporter la suite. Je revoyais John et Cecilia sur les marches du perron du Moulin, leur tasse de café dans les mains, serrés l'un contre l'autre. Puis John et Sofia nus au bord de l'eau. Et puis une autre image : deux filles dans la nuit d'été, l'une en robe à petites fleurs et l'autre dans l'une des créations bariolées qu'elle affectionnait quand elle était dans cet état survolté… La musique du pub s'éloigne, elles se dirigent vers la maison abandonnée. Pendant que Cecilia va chercher du vin, Sofia monte au premier étage et écrit sur le mur : « Sofia est venue. »

Puis je me suis calmée. Cecilia était folle, mais elle n'était pas mauvaise. Elle n'aurait jamais fait de mal à quelqu'un.

Mais connaissais-je vraiment Cecilia ? Savais-je de quoi elle était réellement capable ?

— C'était ça, alors ? Papa avait une liaison avec Sofia ?

Réponds-moi ! voulais-je crier devant le silence de Tony. *Dis-moi que ce n'est pas vrai !*

— Non. C'est pour ça que je n'ai pas dit à la police que je les avais entendus se disputer, car je savais que ce n'était pas ton père. Ce n'est pas John qui avait une liaison avec Sofia et ce n'est pas lui qui lui a réglé son compte cette nuit-là. Et moi non plus. C'est quelqu'un d'autre.

— Qui ?

— Tu es une fille très impatiente, Silver. Comme ta mère. Elle était aussi agitée que toi.

— Je suis comme je suis. Et je ne suis pas une « fille ».

J'étais atterrée. Tony voulait laver sa conscience avant de mourir ; ce n'était pas un homme qui se repentait de ses actes. C'était un homme qui jouissait d'exercer son pouvoir et d'être au centre de l'attention. Un homme dénué de conscience.

— Dis-moi juste ce qui s'est passé.

— Comment peux-tu être sûre que je le sais ?

— Vas-y. Dis-moi la vérité.

Tony s'est mis à tousser. Il a appuyé sur un bouton, puis il a indiqué la table de chevet comme s'il lui fallait quelque chose. Je n'ai pas compris quoi.

— Un sac, a-t-il sifflé.

J'ai découvert le paquet contenant des sacs blancs couronné d'un anneau en plastique. Il a commencé à vomir au moment où je lui en tendais un. Une infirmière est apparue deux secondes plus tard. Elle s'est approchée du lit et a pris une serviette sur une étagère.

— Va humecter ça, m'a-t-elle ordonné.

Je suis entrée dans le petit cabinet de toilette attenant à la chambre. Ça sentait la maladie et le fer. J'ai tenu la serviette sous le jet d'eau, je l'ai essorée et je suis retournée dans la chambre.

— Tu peux lui tamponner le front ?

J'ai fait non de la tête et je lui ai donné la serviette. Tony avait fini de vomir, mais son visage était d'un blanc de craie. Ses yeux étaient à peine ouverts.

— Je crois qu'il a besoin de se reposer un peu, a dit l'infirmière. Seul, a-t-elle ajouté comme je ne faisais pas mine de bouger.

— Il allait me dire quelque chose, ai-je répliqué en avançant d'un pas. C'était important.

— Pas maintenant. Quand il est mal comme ça, il lui faut du calme.

— Mais imagine que…

— Comme je le disais, a-t-elle ajouté d'un ton plus sévère, le patient a besoin de repos.

Je me suis dirigée vers la porte. Au moment où j'allais sortir, Tony a prononcé mon nom, ainsi que quelques mots que je n'ai pas compris.

— Retrouver Katia, m'a répété l'infirmière. Il dit que tu dois retrouver Katia.

Jack, qui était à la cafétéria, s'est levé en me voyant.

— Comment ça va ? Tu as l'air décomposé.

— Tony avait le journal intime de Sofia. Il l'a donné à Katia. Le jour où elle a disparu.

— C'est Tony qui l'a fait ? C'est lui ?

— Il dit que non. Mais pourquoi aurait-il eu son journal intime s'il n'était pas impliqué ?

— Et alors ? Il t'a dit si le journal contenait des révélations ?

— Non. Il s'est mis à vomir, et l'infirmière m'a obligée à sortir.

— Qu'a-t-il dit d'autre ?

— Pas ici.

C'était un soulagement de sortir à l'air libre. Je ne voulais qu'une chose : quitter cet endroit, partir le plus loin possible, loin de la mort, loin des chagrins, loin des disparitions, loin de moi.

— Où allons-nous ? a demandé Jack dans la voiture.

J'ai répondu que nous devions parler à Samuel, puisqu'il avait rendu visite à Tony en même temps que Katia. Je lui ai répété ce que je venais d'apprendre, que Tony avait vu Samuel et Katia ensemble quand Katia avait neuf ou dix ans.

— Comment ça, « ensemble » ?

J'ai dit qu'il comprenait sûrement.

Jack a freiné. Il s'est arrêté au bord de la route. Il a coupé le moteur et a dit qu'il allait tuer Samuel. Il allait les tuer tous les deux : Samuel et Tony.

Tu ne peux pas, avais-je envie de lui dire. *Tu ne peux tuer personne. Car tu as une petite fille qui a besoin de toi.* Mais Jack Linder n'était pas du genre à passer à l'acte sur une impulsion.

— Je comprends, ai-je dit. C'est pareil pour moi.

Jack est resté silencieux un long moment. Peut-être songeait-il à toutes ces années où nous avions été témoins du comportement destructeur de Katia, de sa terrible tristesse, de ses prises de risques inconsidérées.

— Est-ce que ça peut être Samuel ? a-t-il demandé. Je veux dire, maintenant ? Cette dispute a peut-être réveillé un tas de choses, elle l'a peut-être menacé de le dénoncer et...

— Peut-être. Mais je crois plutôt que l'état de Katia après cette visite était lié à l'histoire de Sofia. Il faut qu'on retrouve ce journal.

— S'il était chez elle, on aurait déjà dû le trouver.

— Samuel est peut-être au courant. Ou il sait pour le contenu. Il était avec Katia chez Tony.

— Je ne veux pas le voir.

Moi non plus, je ne voulais pas voir Samuel. Mais nous n'avions pas le choix.

Dix minutes plus tard, nous nous engagions sur le chemin conduisant à la maison de Samuel Rainen au lieu-dit de Bäcka. Deux pelleteuses jaunes et plusieurs autres machines stationnaient dans la cour.

— On dirait qu'il n'est pas là, a dit Jack. Je ne vois pas sa voiture.

Nous sommes tout de même montés jusqu'à la maison. En approchant, j'ai aperçu l'ancienne BMW. Ce n'était plus qu'une carcasse rouillée, sans roues, derrière un hangar.

— Les chiens ne sont pas là non plus, sinon on les aurait entendus. Il n'y a personne.

Jack a sonné à la porte. Rien.

— Appelle Danny, ai-je dit.

Jack l'a appelé. Occupé. Il a dit que si on voulait trouver Samuel vivant, on ne pouvait pas révéler à Danny ce qu'il avait fait à Katia. Danny deviendrait fou de rage.

— On s'occupera de tout ça quand Katia sera revenue.

— Et maintenant, alors ? Qu'est-ce qu'on fait ? On attend que Tony soit de nouveau autorisé à recevoir des visites ? Ou on traque Samuel ?

— Il vaut mieux attendre Danny, ai-je dit. On doit retrouver le journal de Sofia.

— Mais il peut être n'importe où, ce journal ! Katia a pu l'emporter avec elle, ou le cacher, ou le détruire. Ça me paraît désespéré.

J'ai hoché la tête. Soudain, j'ai pensé à ce que disait toujours grand-mère quand je perdais mes affaires : je devais les chercher à l'endroit où je m'en étais servie pour la dernière fois. Le dernier endroit où Katia s'était rendue, à notre connaissance, c'était chez Petter.

Jack a trouvé que c'était tiré par les cheveux, mais comme nous n'avions pas de meilleure idée, nous avons décidé d'y aller quand même et de l'interroger.

La chienne-lion jaune est venue à notre rencontre dans la cour. Je contemplais les restes noircis du brasier. Nous avons frappé à la porte. Au bout d'un moment, Jack a appuyé sur la poignée, et la porte s'est ouverte.

Nous avons à peine eu le temps d'entrer que Petter a surgi, en caleçon, les yeux rouges. La nuit avait été agitée, apparemment.

— Vous entrez chez les gens comme ça, sans frapper ?

— Pardon, a dit Jack. Mais on commence à être vraiment inquiets pour Katia.

— Elle n'est pas là. Et si vous ne me croyez pas, vous n'avez qu'à demander à la police.

— On ne pense pas qu'elle soit ici, ai-je dit. On voulait juste savoir si elle avait quelque chose avec elle quand elle est venue chez toi, mardi soir.

— Aucun souvenir.

— On peut regarder un peu ?

— Pourquoi ?

— Elle a peut-être oublié un livre ici. Un cahier. Un journal de bord.

Petter a haussé les épaules en déclarant que ça ne lui disait rien mais qu'on pouvait vérifier par nous-mêmes.

Difficile de savoir où chercher. Si Katia avait laissé, ou oublié, le journal de Sofia chez Petter, quelqu'un aurait dû l'apercevoir. Mais les gens qui traînaient dans cette maison n'étaient sans doute pas en état de prêter attention aux détails.

Dans la cuisine, un homme était assis sur un tabouret, le regard perdu vers la prairie et la forêt, de l'autre côté de la fenêtre. Je me suis demandé s'il était déjà là lors de notre visite, la veille au soir, ou s'il était arrivé plus tard. Le temps qui avait cours entre ces murs ne semblait pas être le même qu'au-dehors.

— C'est Fred, a annoncé Petter, comme si Fred ne pouvait pas se présenter lui-même. Ça fait un moment qu'il ne dort plus. Alors, maintenant, c'est comme s'il n'était ni endormi ni éveillé.

C'était sans doute le cas, en effet, car Fred semblait à peine enregistrer notre présence. Il se contentait de suivre nos mouvements d'un air vague pendant que nous ouvrions les placards et inspections les étagères sales. Quand je l'ai interrogé, il a secoué la tête. Non, il n'avait pas vu de journal.

Un homme en jean, torse nu, était étendu sur le canapé du séjour. Il s'est redressé à notre entrée en demandant ce qui se passait.

— Ils veulent jeter un coup d'œil, a dit Petter. Ce sont des copains de Katia. Tu aurais vu un journal intime quelque part, toi ?

L'homme s'est gratté les cheveux et a répondu non en clignant des yeux. Pas le moindre livre dans toute la baraque.

— Est-ce que Katia s'est assise sur le canapé quand elle était là ? a demandé Jack.

— Oui, peut-être. J'ai déjà dit que cette nuit-là n'était pas très claire dans mon esprit. Mais vas-y, Mangu, lève-toi pour qu'ils puissent regarder.

Mangu a demandé où était Fred.

— Dans la cuisine.

— Fred ! a appelé Mangu en se levant. Fred, *come to bed !*

Jack et moi avons soulevé les coussins du canapé. Il y avait de tout là-dessous, des briquets, des comprimés, des emballages de bonbons, mais aucun journal. Je me suis penchée pour regarder sous le canapé et j'ai poussé un cri en voyant deux yeux jaunes. Le chat a filé comme un éclair.

— Est-ce que Katia est entrée dans une autre pièce ? ai-je demandé, une fois remise de ma frayeur.

— Pas que je sache. Elle n'est pas montée au premier en tout cas, car, là-haut, c'est pas trop aménagé, et l'escalier est à moitié pourri.

— Combien de pièces y a-t-il en bas ? a demandé Jack.

— La cuisine, le séjour, ma chambre, c'est tout. Et ma chambre est fermée à clé parce que… Bon… Et puis il y a les toilettes.

Petter commençait à avoir l'air stressé, et j'ai pensé que nous avions des sujets de préoccupation plus sérieux que de découvrir où il planquait sa drogue.

Le téléphone de Jack a sonné. C'était Danny. Jack s'est excusé et est sorti. J'ai demandé si je pouvais regarder dans les toilettes.

— À gauche dans l'entrée, a dit Petter.

Le sol collait sous mes chaussettes ; j'ai cherché dans tous les espaces où aurait pu se cacher un journal intime. Rien.

Je suis sortie dans la cour. Jack parlait toujours au téléphone.

— Tu lui as dit ? ai-je demandé quand il a raccroché.

— Pas tout, mais j'ai dit que Tony avait donné le journal intime de Sofia à Katia.

— Sait-il où est Samuel ?

— Il le cherche, lui aussi. Là, il est en route pour aller voir Tony.

— Je ne crois pas qu'il lui soutirera quoi que ce soit, malheureusement. À supposer qu'on le laisse entrer.

Jack allait démarrer quand Petter a surgi en courant dans la cour, le chien sur ses talons. Il tenait quelque chose dans sa main. Un petit livre rouge.

— Je l'ai trouvé dans la ch… Bref, a-t-il dit en reprenant son souffle et en me tendant l'objet. Je l'ai trouvé dans notre cachette spéciale, à Katia et à moi. Elle a dû l'y déposer quand on y est allés pour récupérer deux trois trucs.

Nous avons roulé pour nous éloigner de la maison de Petter. Puis Jack s'est arrêté sur le bord de la route, et nous avons commencé à lire ensemble le journal de Sofia. Jack lisait avec une lenteur insupportable. Je n'avais qu'une envie : lui arracher le cahier des mains et tourner les pages à mon propre rythme. Le début n'a rien révélé d'important. Il s'agissait surtout de la vie et des fêtes – les réflexions d'une adolescente, mais avec une vivacité et une profondeur qui suggéraient quelqu'un de plus âgé. Les pages étaient pleines de commentaires sur les faits et gestes de ses amis. *Camilla a dit que si on dépliait nos intestins, on verrait qu'ils font le tour de la Terre.*

Sofia écrivait sur Kristina, sur la distance entre sa sœur et elle. *Je suppose que c'est impossible pour nous de nous comprendre vraiment ; nous sommes trop différentes.* Et à propos de Tony : *C'est quelque chose dans son regard, comme s'il était capable de voir à travers mes vêtements, j'ai envie de me cacher chaque fois qu'il vient. Comment Kristina peut-elle avoir envie d'avoir cet homme-là près d'elle ?*

Certaines pages étaient occupées par des poèmes. J'en ai reconnu certains. D'autres semblaient être de sa propre main.

— Tu as vu ? Pas cool… a dit Jack en me montrant deux lignes isolées.

Je suis celle qui n'a jamais existé. Je suis celle qui existe ailleurs.

— Tu crois qu'elle a deviné quelque chose ? a-t-il ajouté.

J'ai dit que ça ne signifiait rien. Cette impression de ne pas participer à la vie et de n'avoir aucune appartenance, je la connaissais. Je l'éprouvais, moi aussi, au même âge.

— On avance un peu plus vite ? ai-je proposé après quelques pages consacrées à l'ennui à l'école, à la lenteur des profs et aux attitudes idiotes de ses camarades de classe.

Comment tomber amoureuse de mecs qui font éclater des briques de jus d'orange dans les couloirs pendant la récré ?

Jack n'était pas d'accord, il voulait qu'on lise tout.

— On pourra le faire après. On n'est encore qu'en avril, regarde.

Je lui ai montré la date en haut à droite. Trois mois avant sa disparition.

Jack a cédé. On est passés au mois de mai. Fêtes dans la maison abandonnée, accidents liés à l'ivresse et détails sur qui avait fait quoi. Mais aucun signe annonciateur de la catastrophe.

Fin mai, Nils faisait son apparition. C'était douloureux de lire les descriptions du nouveau « gamin à problèmes » chez Arvid le fermier, avec son regard triste et son manque d'assurance, mais aussi ce que Sofia n'avait pas tardé à découvrir : son intérêt pour les livres, pour les histoires et pour le sérieux de la vie. Je croyais le voir. Atle jeune. C'était difficile de faire coller la fermeté de l'adulte avec la timidité du garçon dont parlait Sofia. L'amour entre eux semblait être venu petit à petit, du moins de sa part à elle.

Je ne dis pas que je suis amoureuse de lui mais… C'est le premier garçon avec lequel je peux parler, je veux dire vraiment. C'est nouveau.

Et puis, en juin, soudain, son nom apparaissait : Cecilia.

Cecilia et moi dans le jardin de la maison abandonnée, avec une bouteille de vin rouge, en train de boire au goulot. Elle a dit que j'étais trop jeune mais que les règles normales ne s'appliquaient pas, parce que j'étais une vieille âme. On était là, sous le pommier, à parler de tout, de la vie, de l'art, des rêves. On est restées jusqu'au coucher du soleil, et quand les autres nous ont crié de rentrer, Cecilia a enlevé sa chaînette avec le pendentif en forme de lyre qu'elle avait fait elle-même. Elle voulait me le donner.

— Alors il y en avait bien deux ! a dit Jack. Je ne savais pas que Sofia et elle étaient si proches.

— Elles aimaient les mêmes choses. C'était sans doute ça, leur lien.

Deux pages plus loin, Cecilia reparaissait. Cette fois, Sofia et elle avaient écrit sur le mur de la maison abandonnée. *On était ivres, et on s'est dit qu'on allait mettre un truc vraiment original, mais moi, je n'ai pas pu m'empêcher d'écrire que j'étais venue, et puis la date. Cecilia s'est mise à rire, à la fois à cause de l'ironie de la chose et parce que je n'avais même pas réussi à écrire la bonne date. « On est en juin, a-t-elle dit, pas en juillet, tu as tout interverti. »*

J'ai regardé la date en haut à droite. Le 8 juin. Sofia semblait parler de la soirée de la veille. Le 07/06, autrement dit. Si elle avait interverti les chiffres, cela voulait dire qu'elle avait écrit le 06/07. Soit le lendemain de sa disparition.

Jack a eu l'air surpris quand je le lui ai dit. Il n'y avait pas pensé, mais, évidemment, ce devait être ça. Quelle étrange coïncidence.

Dans les pages suivantes, il était de plus en plus question de Nils.

Le premier baiser tâtonnant, les soirées au bord du lac et, plus tard, dans le fenil de la ferme de Stentorp, ils avaient *joué à la bête à deux dos.*

Je voulais m'attarder sur les lignes suivantes, les nuits d'été claires, les baignades et les fêtes, mais ce n'était vraisemblablement pas là que nous trouverions ce qui avait fait disjoncter Katia.

Ensuite, l'ombre d'un autre se glissait dans le texte.

Tout ça m'a presque fait l'oublier, Lui, écrivait-elle après avoir décrit une nuit en compagnie de Nils dans la maison abandonnée.

— Qui ? a dit Jack. Qui a-t-elle presque oublié ?

— On va sans doute le découvrir…

Nous avons tourné les pages plus vite. Qui était cet homme que Nils lui avait presque fait oublier ?

À Nils, j'ai seulement dit qu'il n'était pas le premier, qu'il y avait eu un autre avant lui, quelqu'un qui m'avait blessée. Il voulait que je lui en parle et j'ai dit la vérité, que c'était inracontable, que je ne l'avais même pas mentionné dans mon journal intime.

Il pensait que ça me ferait du bien de l'écrire. Lui, en tout cas, ça l'avait déjà aidé, pour les événements et les pensées difficiles, de les transférer de sa tête à ses doigts.

Et alors, dans la partie suivante du journal, soudain, il était question de « Lui ». Un homme marié, plus âgé. Mon cœur battait la chamade tandis que nous lisions les descriptions de leurs rencontres secrètes. Il devait bien y avoir un nom quelque part. Pourvu que ce ne fût pas John. Je ne me fiais pas tout à fait aux dénégations de Tony. Quand Sofia décrivait la passion défendue, je voyais mon père. Sofia et mon père, nus sous le pont et dans son lit de jeune fille quand elle était seule à Stentorp. C'était John Silver que je voyais traverser la cour dans la nuit brumeuse, escalader le mur et disparaître telle une ombre à l'intérieur de la ferme.

Hier, nous nous sommes vus à la maison abandonnée. C'était dimanche, personne ne viendrait y faire la fête. Nous sommes montés dans la chambre du premier. Le lit, le vieux matelas et…

Jack s'est énervé.

— Mais qui c'est, à la fin ? Pourquoi n'écrit-elle pas son nom ?

— Elle ne veut sans doute pas le trahir.

— Mais c'est un journal intime ! Personne n'est censé le lire !

— On ne peut jamais savoir.

Puis un paragraphe dans lequel elle expliquait clairement que la liaison n'était pas vraiment finie.

J'aime Nils, pourtant, je ne peux pas L'oublier. Pourquoi la raison n'arrive-t-elle pas à dominer le sentiment ? Pourquoi je retourne encore à ce qui me fait du mal ?

Nous avons poursuivi notre lecture et, soudain, une phrase a suffi pour que je comprenne.

Il avait programmé un groupe de musiciens de la ville. Tout le monde était si ensorcelé par la musique qu'on a pu monter en douce dans une chambre.

Glad. Il n'y avait aucun doute possible. C'était lui, car, deux pages plus loin, son nom était mentionné en toutes lettres. Nous sommes restés un long moment silencieux dans la voiture, Jack et moi, à tenter de saisir comment le gentil Glad, le centre de tout, le moyeu autour duquel tournait Silverbro, avait pu avoir une liaison avec Sofia Lo, quinze ans.

Je le revoyais derrière son comptoir, les verres, les shots gratuits, la générosité et les rires. C'était donc lui, l'homme en compagnie duquel Sofia avait été vue et que quelqu'un avait pris pour John Silver. Comment avait-il réussi à passer sous les radars durant toutes ces années ?

— Mais ce n'est quand même pas lui qui l'a fait disparaître ? Je veux dire…

Jack n'a pas fini sa phrase.

Je ne savais pas quoi répondre. C'était déjà assez difficile de les imaginer ensemble : Glad et Sofia. Alors envisager que Glad ait pu faire quelque chose de bien pire encore… C'était impossible.

— Il faut qu'on aille lui parler, a dit Jack en remettant le contact.

On a continué en direction du bourg. Katia avait dû lire ces pages et en tirer la même conclusion que nous. N'avait-elle pas dit à Petter qu'elle se rendait au pub ? Elle se rendait au pub, après avoir demandé une arme. Mais le pub était fermé. Alors ? Tony lui avait-il révélé aussi autre chose ?

J'ai appelé Danny, je l'ai mis sur haut-parleur et lui ai demandé s'il était passé à la maison de repos.

Danny a dit que oui mais que Tony n'était pas en état de parler, qu'on lui avait donné trop de morphine.

Nous lui avons dit ce que nous venions d'apprendre par le journal intime, sur Glad et Sofia.

Danny est resté silencieux un long moment. Puis il a dit qu'il allait au pub. Jack a immédiatement répliqué qu'on était déjà en route, qu'on l'attendrait dehors et qu'on entrerait ensemble, tous les trois.

Danny est arrivé dix minutes plus tard.

— Si cet enfoiré d'hypocrite souriant a fait quelque chose à Katia alors... Je ne réponds pas de mes actes.

— Tu ne feras rien du tout, a dit Jack. Et pour l'instant, on ne sait rien.

— On sait qu'il avait une histoire avec Sofia, que c'est un salaud de pédophile, qu'il n'a pas pipé mot pendant tout ce temps et qu'il...

— Si on veut lui faire avouer quoi que ce soit, il vaut peut-être mieux rester calmes, ai-je dit.

Danny a écrasé son mégot en déclarant que c'était facile pour moi de dire ça. Ma vie entière n'avait pas été formatée par toutes ces saloperies.

Tu as tellement tort, ai-je pensé pendant que nous nous dirigions vers l'entrée. Et ce n'était pas fini, Ça me suivrait jusqu'à mon dernier souffle.

Nous avons trouvé Glad dans son bureau, devant une pile de factures.

— On veut te parler, ai-je dit sans préambule. De Sofia Lo. Et de toi.

Glad a gardé les yeux baissés comme s'il ne m'avait pas entendue. Mais quand il a levé la tête, son regard était éloquent.

— Asseyez-vous, a-t-il fait en indiquant l'autre côté du bureau, où il n'y avait qu'une seule chaise. Ou vous préférez qu'on aille ailleurs ?

— On peut rester debout, a dit Danny.

— Je crois que j'ai besoin de boire quelque chose.

— Pas tout de suite, ai-je dit. D'abord, on parle. Pourquoi n'as-tu jamais dit que tu avais une liaison avec Sofia ?

Glad s'est empourpré.

— Je ne pouvais pas.

— Mais qui es-tu, au juste ?

Sans laisser à Glad le temps de réagir, Danny a fait un pas en avant et a abattu ses mains sur la table.

— Réponds-moi ! Espèce de salopard de porc pervers.

— Je n'ai rien à dire pour ma défense. De l'extérieur, ça peut paraître le fait d'un malade. Mais je l'aimais vraiment beaucoup.

— C'est le fait d'un malade. D'un total malade mente…

Interrompant Danny, j'ai planté mon regard dans celui de Glad.

— Katia l'a appris. C'était toi qu'elle cherchait, la nuit de sa disparition. Est-ce que tu l'as vue ?

Il a fait non de la tête.

— Sais-tu où elle est ? Dis la vérité !

— Elle n'est pas venue ici.

— Qu'as-tu fait à Sofia ?

Silence.

— Tony nous a tout raconté, ai-je menti. Mais tu veux peut-être nous donner ta version des faits ?

À ma surprise, Glad s'est mis à parler. Il est remonté jusqu'au jeune homme frustré qu'il était à l'époque, à son couple qui battait de l'aile. Une nuit, elle s'était simplement présentée à lui. Elle. Sofia.

— Ne commence pas à reporter la faute sur elle !

— Laisse-le parler, Danny.

Glad a inspiré profondément. Ils avaient entamé une liaison. Et, oui, il savait que ce n'était pas bien, qu'elle était trop jeune et tout ça, et il n'avait rien à dire pour sa défense, mais Sofia était… Elle donnait l'impression d'être… Tellement plus âgée.

J'ai vu le regard de Danny devenir noir. Glad s'est mis à évoquer la période brève et intense durant laquelle ils se donnaient des rendez-vous secrets. Jusqu'au moment où il y avait mis fin. À cause du remords.

— Et ensuite ?

— Ensuite, il y a eu ce soir-là, le dernier. Je finissais la vaisselle. Sofia est entrée dans la cuisine. Elle voulait parler. On est descendus au bord de l'eau, elle était ivre et en colère, et elle s'est mise à me menacer de tout révéler. Dans ce cas, je savais ce qui allait se passer : Maggie me quitterait, et le pub ferait faillite. Je lui ai demandé de ne pas parler. Je lui ai dit que j'étais désolé pour tout. Et c'est alors qu'elle m'a frappé. En plein visage. Je l'ai repoussée pour me protéger. Elle est tombée en arrière. Elle ne s'est pas relevée. Au début, j'ai cru qu'elle voulait me faire peur. Je lui ai dit qu'on devait retourner au pub, mais elle ne bougeait pas.

Glad a dégluti péniblement avant d'enchaîner.

— J'ai pris sa main pour l'aider à se relever, mais elle était complètement molle. Et quand je l'ai retournée, j'ai vu… le sang.

— Et alors ? Pourquoi n'as-tu pas couru chercher de l'aide ou appelé une ambulance ?

— C'était trop tard. L'arrière de sa tête était… Elle était tombée sur une pierre aux arêtes coupantes et…

Je lui ai demandé de continuer. Glad a dit qu'il allait le faire, mais il fallait qu'il boive quelque chose. Quand il s'est levé pour se diriger vers l'étagère à alcools, c'était avec les gestes d'un très vieil homme. D'une main tremblante, il a pris une bouteille sans étiquette et s'est servi un demi-verre sans nous demander si nous voulions quelque chose. Peut-être comprenait-il que le temps de Glad le généreux copain de beuverie était révolu.

Il s'est rassis, et nous avons appris la suite. Pris de panique, il avait recouvert le corps de branchages et de feuilles, et il était retourné au pub. Plus tard, enfin seul, il avait pu aller au bord de l'eau. Et alors Tony avait surgi.

— Pourquoi ? a demandé Jack. Qu'est-ce qu'il faisait là ?

— Je l'avais mis dehors parce qu'il cherchait la bagarre et je crois qu'il était resté dans le coin, avec l'idée de m'agresser après la fermeture. Cet homme-là ne supportait pas qu'on lui dise non. Donc il m'a suivi et… il l'a vue.

Glad a avalé une rasade d'alcool.

— Les choses auraient pu en rester là. Tony aurait pu faire ce qu'il fallait, me dénoncer à la police et… Ç'aurait mieux valu pour tout le monde. Mais, au lieu de ça, il m'a aidé. Du moins, c'est ce que j'ai pensé sur le moment, quand il a dit que nous devions cacher le corps.

— Qu'en avez-vous fait ?

— Tony venait de creuser une nouvelle tombe. À titre professionnel, je veux dire, au cimetière, avec sa pelleteuse, pour un enterrement qui devait avoir lieu le lendemain.

Alors on l'a emmenée là-bas, on a creusé encore un peu, on a recouvert de terre, on a aplani le tout et...

Glad a baissé le regard vers la table.

— Et Tony a pris le journal intime pour que la police n'oriente pas ses soupçons vers moi.

— Pourquoi t'a-t-il aidé ? a demandé Jack. Je croyais qu'il ne t'aimait pas.

— Il ne m'aimait pas. Il ne voyait que son propre intérêt. Il a commencé à me réclamer de l'argent.

Glad a vidé son verre et s'est mis à parler de plus en plus vite. Il n'avait jamais eu l'intention de faire du mal à Sofia, c'était un accident, il ne s'était pas passé un jour depuis lors sans qu'il eût pensé à elle.

— On ne te croit pas, a dit Danny.

Glad m'a regardée. J'avais envie de confirmer les paroles de Danny, mais j'aurais menti. Car je savais ce que c'était de vivre avec la culpabilité. Je connaissais cette façon qu'elle avait de tout recouvrir comme une membrane. On pouvait donner l'illusion de participer à la vie comme tout un chacun. Mais ce n'était pas vrai.

Pourvu que ça s'arrête ici, ai-je pensé. Pourvu que ça s'arrête avec Sofia. Pourvu que la fille de Katia ne grandisse pas sans sa mère. Et puis les paroles de Petter me sont revenues. La réplique de Katia, quand il lui avait rappelé qu'elle trouverait le pub fermé à cette heure : « Elle a dit qu'elle allait chez Sofia. »

— Dans quelle tombe avez-vous enterré Sofia ?

— Celle de Mikael Engman. Celui qui s'était pris un arbre sur la tête.

— Elle a dit qu'elle allait chez Sofia, ai-je répété dans la voiture.

Danny avait refusé de partir tant que Glad n'avait pas appelé la police devant nous et fait une confession complète. Le policier lui avait d'abord proposé de venir au poste par ses propres moyens. Rien ne pressait, après tout, puisqu'il se rendait de son plein gré, mais alors Jack avait saisi le combiné en disant que la disparition de Katia pouvait être liée au fait qu'elle avait appris la vérité sur Sofia. Il fallait intervenir tout de suite. C'était grave.

— Elle pensait au cimetière, tu crois ? a demandé Jack.

— On doit aller voir. Si elle est venue sur sa tombe, elle a peut-être laissé… une trace.

Dix minutes plus tard, nous nous engagions sur le chemin qui montait vers l'église. Je n'y étais pas retournée depuis l'enterrement de maman. Papa s'était arrangé pour que je ne sois pas obligée d'assister aux fêtes de fin d'année ni aux cérémonies de l'Avent, puisque l'église et tout ce qui y était associé me donnaient des difficultés respiratoires. Mais, cette fois, rien n'aurait pu me persuader de faire demi-tour.

Nous avons laissé la voiture près du mur couvert de mousse. Nous sommes entrés dans le cimetière et sommes restés plantés là, à le balayer du regard. Il y avait tellement de tombes. Nous n'avions aucune idée de l'endroit où se trouvait celle de Mikael Engman. J'ai proposé qu'on se répartisse le boulot, mais, subitement, nous avons aperçu un homme âgé vêtu d'un bleu de travail et chaussé de grandes bottes vertes.

— Le bedeau, a dit Jack. On peut lui demander.

L'homme, qui semblait bien trop âgé pour être encore en activité, nous a considérés avec calme quand nous l'avons interrogé sur la tombe de Mikael Engman.

— Je crois qu'elle est sous les arbres, a-t-il dit en nous montrant le bosquet.

Je me suis figée. Maman était « sous les arbres », elle aussi. Soudain, je me suis revue, sous les frondaisons oscillantes, pendant qu'on faisait descendre le corps de maman dans le trou et que la main de papa se refermait autour de la mienne.

Le bosquet formait un petit espace à part, une transition entre les allées proprement ratissées derrière l'église et la partie du paysage qui n'était pas entretenue de main d'homme – autrement dit, juste avant l'endroit où le cimetière se transformait en forêt. Nous nous sommes réparti l'espace, et j'ai commencé à avancer entre les vieilles pierres recouvertes de mousse grise, avec leurs colombes sculptées, et les tombes plus récentes, où figuraient des bateaux à voile et des cœurs gravés. Mon regard cherchait le nom de Mikael quand, subitement, je me suis retrouvée devant une pierre d'un gris clair entourée d'un lierre qui poussait de façon échevelée. *Cecilia Johansson.* J'ai écarté les lianes qui cachaient à demi le texte gravé sous son nom. C'étaient les mots dont elle avait dit autrefois devant moi qu'elle les voulait sur sa tombe. Quelques vers d'un poème de Thomas Gray :

Combien de perles sublimes cachées
Enfouies aux abysses de la mer
Combien de fleurs mortes à peine nées
Parfument le vide espace amer

Mon regard errait sur les tombes. Je pensais à toutes les vies vécues, à tous les rêves non advenus, à tout le labeur dans les fermes et les usines, tout ça pour quoi ? Pour se retrouver là, sous une pierre, et ne plus jamais exister.

Soudain, Jack a crié qu'il l'avait trouvée.

Nous l'avons rejoint sous un grand chêne, devant une pierre gris foncé qui ressemblait à du marbre poli. *Mikael Engman 1938-1983.*

Nous sommes restés un long moment immobiles. Devant la tombe, une veilleuse, un petit buisson vert, une plante en pot aux fleurs fanées. Tout au fond de cette tombe, sous le cercueil de Mikael, gisaient donc les restes de celle qui avait été Sofia Lo. Pensée vertigineuse. Qu'elle eût été là durant tout ce temps, au-delà de tout secours, pendant qu'autour d'elle, on multipliait les battues en criant son nom.

Mais de Katia Rainen, pas une trace.

Les cloches de l'église se sont mises à sonner. Leur écho mélancolique nous a rappelé que c'était dimanche et que l'heure de l'office approchait. J'ai éprouvé un drôle de désir d'entrer dans la maison du Seigneur pour y puiser espoir et consolation. C'était étrange, puisque j'avais cessé de croire en Dieu presque avant même d'avoir commencé.

Je ne savais pas ce que j'avais imaginé trouver près de la tombe. Peut-être un fil conducteur, un indice, quelque chose qui nous permettrait de continuer jusqu'à l'endroit où se trouvait Katia à présent. Mais ici, il n'y avait que les morts.

Danny a dit qu'il avait besoin de fumer une cigarette.

— Tu en aurais une pour moi ?

— Et pour moi ? a demandé Jack. Je crois qu'il m'en faut une, là, tout de suite.

Ça ne nous paraissait pas décent de fumer au pied des tombes. Alors nous nous sommes un peu éloignés en direction de la forêt.

— Ben, dis donc, ils en font, du raffut ! a fait remarquer Danny.

Nous avons prêté l'oreille. Des oiseaux. Des corneilles. Beaucoup de corneilles.

Une sensation désagréable m'a envahie. À voir la tête de Danny et de Jack, ils venaient d'avoir la même pensée que moi. Sans un mot, nous nous sommes mis en mouvement vers la forêt. Nous avions parcouru quelques mètres seulement quand une nuée d'oiseaux noirs s'est égaillée vers le ciel. Là, sur le sol, les restes de la robe rouge, et puis elle, Katia Rainen. J'ai voulu courir vers elle, mais Jack m'a retenue en me serrant, durement, dans ses bras.

— C'est trop tard, a-t-il murmuré. Elle n'est plus là.

Mais il n'a pas pu retenir Danny. Danny s'est jeté sur sa sœur, et son cri a résonné par-delà la cime des sapins quand il a soulevé son corps sans vie.

C'est l'hiver, la neige scintille. Valter et Stella marchent devant moi dans la prairie.

Stella se retourne et me demande où nous allons. Ses joues sont cramoisies par le froid.

— Je veux vous montrer quelque chose.

— Quoi ?

— Vous allez voir.

Soudain, Valter s'arrête et indique la maison qui se dresse de l'autre côté du pré.

Quand je précise que c'est notre destination, Stella s'inquiète. Et si c'était une sorcière qui habitait là ? Une sorcière mangeuse de gens, qui attire les petits enfants et qui…

Valter rigole et dit que nous sommes dans la réalité, pas dans *Hansel et Gretel.*

— Promets-moi que ce n'est pas dangereux, dit Stella en levant son regard vers moi.

— Ce n'est pas dangereux. Et il n'y a pas de sorcière. Ni de monstre. Mais, autrefois, une personne très spéciale vivait à cet endroit.

Pendant que nous nous dirigeons vers la maison, je leur parle de Tora, l'artiste qui sculptait les pierres, qui peignait, chantait et écrivait.

— Où est-elle, maintenant ? demande Valter devant la vieille grille du jardin.

Je dis que je ne le sais pas exactement, mais qu'aux dernières nouvelles, elle était à Paris, dans un appartement sous les combles. Elle habitait là-bas avec ses amis et d'autres âmes libres.

— On dirait un conte de fées, dit Stella. On peut entrer ?

— Je crois qu'il vaut mieux rester dehors.

Je leur montre le toit, presque totalement effondré. Mais, devant leur déception, j'ajoute qu'on peut regarder par la fenêtre.

Nous contournons la maison et jetons un coup d'œil par une fenêtre aux vitres brisées.

— Il y a un piano, dit Stella. Regardez !

Je contemple l'instrument. Et dans la frêle lumière du soleil d'hiver, soudain, je la vois : Katia, ses doigts minces courant sur les touches. Et je l'entends chanter :

Dans la peine infinie
Petits éclats de rire
Étoiles qui scintillent
Au cœur de la nuit

Je tourne mon regard vers la porte d'entrée. En pensée, je monte l'escalier, je vois le mur, toutes les inscriptions, je vois tous ceux qui étaient là et qui n'y sont plus, Katia et Sofia, l'une près de l'autre dans le cimetière, les nouvelles tombes en granit vert, le texte en lettres d'or. Sur celle de Sofia :

Aimée, regrettée, retrouvée

Et sur celle de Katia :

She did not sing as we did
It was a different tune

— Tu veux bien nous raconter quelque chose sur ma maman ? demande Stella tandis que nous repartons à travers la forêt.

— Elle avait la plus belle voix de Silverbro.

Stella soupire en disant que ça, elle le sait déjà, tout le monde le sait. Elle veut entendre quelque chose de neuf.

— Je t'ai déjà raconté toutes les histoires sur ta maman…

— Les histoires ne finissent jamais, déclare Valter. C'est toi-même qui le dis.

Alors je réponds que je peux leur parler d'un ami à nous. Cet ami était venu à Silverbro en apportant avec lui le soleil, les histoires et les rires. Puis, sans entrer dans les détails, j'effleure l'obscurité, les malentendus, le récit qu'il n'avait pas eu la possibilité d'achever. Je leur raconte l'effet que ça nous a fait quand il a disparu. Je leur dis que c'était comme si la porte de tout un monde, beau et enchanté, s'était refermée.

— Il est mort ? demande Stella.

— Oui. Mais, d'une certaine manière, il vit quand même.

Je pense que la voix d'Atle est toujours là, en moi. Elle ne s'est pas tue.

— Je ne comprends pas, dit Stella. Il est mort ou il est vivant ?

— Son souvenir vit, dit Valter. C'est pas ça que tu veux dire, maman ? Que tant que vous tous, vous vous souvenez de lui, il n'est pas vraiment parti ?

— C'est exactement ça.

— Alors ma maman vit aussi, dit Stella. Parce que je ne l'oublierai jamais.

— Personne n'oubliera jamais Katia.

Et c'est comme si je sentais leur présence : Sofia, Cecilia, Atle et Katia. Ils nous escortent avec bienveillance sur le chemin gravillonné tandis que nous retournons doucement vers le Marais.

— Tu parles de maman dans ton livre ? demande Stella.

— Oui, bien sûr.

— Ça ne parle que d'elle ?

— Non, il y a aussi d'autres choses.

— Quoi ?

— Ça parle de quand j'étais petite, de gens, de choses qui ont eu lieu, ou non, à Silverbro.

— De choses qui n'ont *pas* eu lieu ?
— Oui.
— On peut écrire là-dessus ?
— On peut écrire sur tout.

Mais comment finir ? Quand les images insupportables me reviennent, je me pose la question. Les bras de Jack autour de moi, les larmes de Danny, tout ce qui a suivi, le chagrin, la douleur, tout ce qui nous pèse encore, qui est si lourd. J'imagine Katia, le dernier soir, perdue, éperdue, demandant justice sans l'obtenir, le mince tissu de sa robe à la lumière des lampadaires. Je la suis jusqu'à la fête, jusqu'aux drogues, jusqu'au cimetière, je la vois s'étendre sur la terre, elle veut se reposer un moment sous les arbres. Ce n'était pas vrai, ce qu'elle prétendait, que le froid ne l'atteignait pas. Car, à un moment donné au cours de la nuit, son cœur n'avait plus eu la force de continuer à battre dans le froid.

Il n'y a pas de fin. Il n'y a qu'un moment où l'on met un terme à l'histoire, et si je suis une conteuse, peu importe, peut-être, où je termine. Et si je ne le suis pas, ça n'a pas d'importance. Alors je vais m'arrêter ici, dans la forêt, avec Stella et Valter qui dansent entre les pins. Mon garçon et la fille de Katia. Je vais m'arrêter ici, dans la forêt, au milieu de tout ce qui a été perdu et de ce qui reste, dans le feu qui brûle encore. Je m'arrête ici.

PAPIER À BASE DE FIBRES CERTIFIÉES

hachette s'engage pour l'environnement en réduisant l'empreinte carbone de ses livres. Celle de cet exemplaire est de :
460 g éq. CO_2
Rendez-vous sur www.hachette-durable.fr

Photocomposition Nord Compo

Achevé d'imprimer en septembre 2024
chez Rodesa en Espagne
Pour le compte de Hachette Livre
(58, rue Jean-Bleuzen, 92178 Vanves)
Dépôt légal : octobre 2024
ISBN : 978-2-501-171-854
5693356 / 01